Arno Schmidt

Seelandschaft mit Pocahontas

Erzählungen

Fischer
Taschenbuch
Verlag

Fischer Taschenbuch Verlag
1.–22. Tausend: Februar 1966
23.–27. Tausend: März 1974
Umschlagentwurf: Jan Buchholz/Reni Hinsch
Fischer Taschenbuch Verlag GmbH, Frankfurt am Main
Lizenzausgabe mit freundlicher Genehmigung
des S. Fischer Verlages GmbH, Frankfurt am Main

Gesamtherstellung: Hanseatische Druckanstalt GmbH, Hamburg
Printed in Germany
ISBN 3 436 00710 2

Inhalt

Seelandschaft mit Pocahontas 7

Die Umsiedler 50

Kosmas oder Vom Berge des Nordens 84

Seelandschaft mit Pocahontas

I

Rattatá Rattatá Rattatá. / Eine Zeitlang hatten alle Mädchen schwarze Kreise statt der Augen gehabt, mondäne Eulengesichter mit feuerrotem Querschlitz darin: Rattatá. / Weiden im Kylltal. Ein schwarzer Hund schwang drüben die wollenen Arme und drohte unermüdlich einem Rind. Gedanken von allen Seiten: mit Flammen als Gesichtern; in schwarzen Mänteln, unter denen lange weiße Beine gehen; Gedanken wie leere sonnige Liegestühle: rattatá. / Rauchumloht Gesicht und Haar: diesmal strömte er aus einer kecken Blondnase, 2 gedrehte Fontänen, halbmeterlang, auf ein Chemiekompendium hinab (aber kleingeschlafen und fade, also keine Tunnelgedanken). / Rattatá: auf buntgesticktem Himmelstischtuch, bäuerlichem, vom Wind geblaut, ein unsichtbarer Teller mit Goldrand. Das ewige Kind von nebenan sah zuerst das weiß angestrahlte Hochhaus in Köln: »Ma'a kuckma!«

»Die Fahrkarten bitte« (und er wollte auch noch meinen Flüchtlingsausweis dazu sehen, ob ich der letzten Ermäßigung würdig sei). Die Saar hatte sich mit einem langen Nebelbaldachin geschmückt; Kinder badeten schreiend in den Buhnen; gegenüber Serrig (»Halbe Stunde Zollaufenthalt!«) dräute eine Sächsische Schweiz. / Trier: Männer rannten neben galoppierenden Koffern; Augenblasen argwöhnten in alle Fenster: bei mir stieg eine Nonne mit ihren Ausflugsmädchen ein, von irgendeinem heiligen Weekend, Gestalten mit wächsernem queren Jesusblick, Kreuze wippten durcheinander, der suwaweiße Gürtelstrick (mit mehreren Knoten: ob das ne Art Dienstgradabzeichen iss?). / Die Bibel: iss für mich 'n unordentliches Buch mit 50 000 Textvarianten. Alt und buntscheckig genug, Liebeslyrik, Anekdoten, das ist der Ana, der in der Wüste die warmen Quellen fand, politische Rezeptur; und natürlich ewig merkwürdig durch den Einfluß, den es dank geschickter skrupelloser Propaganda und vor allem durch gemeinsten äußerlichen Zwang, compelle intrare, gehabt hat. Der ›Herr‹, ohne dessen Willen kein Sperling vom Dache fällt oder 10 Millionen im KZ vergast werden: das müßte schon ne merkwürdige Type sein – wenn's ihn jetzt gäbe! / Aber dies Kylltal war schön und einsam. In Gerolstein, Stadt siegfriedener Festspiele, Recken hingen mit einer Hand an Speeren, schlief auch ein Bahnmeister auf seinem Schild, gekrümmt, man sah eben noch .... lste .... / »Elle est«: »Elle est«: schlugen die Ventile der Lokomotive drüben. / Magische Quadrate (wo alle Seiten und Diagonalen dieselbe Summe ergeben, schon recht!): aber gibt es auch ›Magische Würfel‹? (Interessant; später näher untersuchen). – Der Prospekt von Cooperstown: Heimat des Baseballs *und* James Fenimore Coopers (Was ne Reihenfolge! Und immer nur Deerslayer und Pioneers erwähnt. Ganz totgeschwiegen wurde das Dritte im Bunde, Home as found, wo er die Yankees so nackt geschildert hat, daß es heute noch stimmt, und das ja auch prächtigst am Otsego spielt: wenn der aus dem Grabe könnte, was würde der Euch Hanswürschten erzählen!) / Das bigotte Rheinland: selbst der Wind hat es eiliger, wenn er durch Köln kommt. Aber der Anschluß klappte: fette Jünglinge schritten in mestizenbunten Kitteln über die Bahnsteige; sorgfältiger Kuß eines geschminkten Paares; im Nebenabteil erklärte er einen Kurzroman: »Oh, Fritz, nicht hier! – Oh, Fritz, nicht ! – Oh, Fritz! – Oh!« / Ruhrgebiet: glühende Männer tanzten sicher in sprühenden Drahtschlingen; während ner Bahnfahrt schlafen können iss ne Gottesgabe (also hab ich se natürlich nich!). Wieder hingen ihr, sie fuhr bis Münster mit, die Rauchzöpfe aus den Nüstern, über die durchbrochene Bluse hinab, in den dunklen Schoß, vom Kopf bis aufs riuhelîn (also jetzt Heinrich von dem türlîn, Diu Crône; ebenso gut wie unbekannt, und mir den weitgerühmten mittelhochdeutschen Klassikern durchaus ebenbürtig, prachtvoll realistisch zuweilen, geil und groß). / Ein vorbeischießendes Schild ›Ibbenbüren‹: erschienen Flammenpanzer zwischen seidenroten Mauern, und ich wieder mitten drin als VB der Artillerie: Schlacht im Teutoburger Walde, 1945 nach Christie. Licht flößte oben dahin, in Langwolken. / Hellsehen, Wahrträumen, second sight, und die falsche Auslegung dieser unbezweifelbaren Fänomene: der Grundirrtum liegt immer darin, daß die Zeit nur als Zahlengerade gesehen wird, auf der nichts als ein Nacheinander statthaben kann. ›In Wahrheit‹ wäre sie durch eine Fläche zu veranschaulichen, auf der Alles ›gleichzeitig‹ vorhanden ist; denn auch die Zukunft ist längst ›da‹ (die Vergangenheit ›noch‹) und in den erwähnten Ausnahmezuständen (die nichtsdestoweniger ›natürlich‹ sind!) eben durchaus schon wahrnehmbar. Wenn fromme Ausleger nun gleich wieder vom »gelungenen Nachweis einer unsterblichen Seele« träumen, ist ihnen zu bedeuten, sich lieber auf die

Feststellung zu beschränken, daß Raum und Zeit eben wesentlich komplizierter gebaut sind, als unsere vereinfachenden (biologisch ausreichenden) Sinne und Hirne begreifen. / Wände mit braungelbem Lichtstoff bezogen: der Künstler hat nur die Wahl, ob er als Mensch existieren will oder als Werk; im zweiten Fall besieht man sich den defekten Rest besser nicht: man hektokotylisiert ein Buchstück nach dem andern, und löst sich so langsam auf. / Lieber schon mit dem Koffer nach vorn gehen!: surrten Nebligkeiten vorbei, dunkelgraues Schattenzeug; nur die Bahnhöfe wußten schon Licht. (Und das Münzkabinett des Nachthimmels).

II

Fledermausstunde I (abends ist II) und die Klexographien der Bäume. Das blasse Katzenauge des Mondes zwinkerte noch hinterm Schornstein, ansonsten prächtig klar und leer. Trotz der Müdigkeit war mir recht flott und akimbo im Gemüt, und ich fing an, aber bürgerlich rücksichtsvoll und nur mir hörbar, zu flöten, Girl of the Golden West, cantabit vacuus, wer müßig geht, hat gut pfeifen; als Scherenschnitt mit Aktentasche in einer Scherenschnittwelt. Und dies also ist Diepholz (kritisch vorm Stadtplan): Lange Straße, Bahnhofstraße, Schloß, ähä. Zwei Bauchfreundinnen stöckelten vom Tanz nach Hause und trällerten schwipsig die Schlager. Baulichste Schönheiten: nischt wie quadratisches Fachwerk und ›Gott segne dieses Haus‹, aber sehr sauber, das muß man sagen, auch feines Ziegelpflaster. Ein Büro der SRP und ich verzog bedenklich die kalte Gesichtshaut: nich für 1000 Millibar! (befühlen: wächsern, mit Ohren, die Gurgel sandpapierte bereits wieder). Im Grau die Büchertitel kaum zu entziffern, trotz Scheibennase und Lupenaugen: ? — ? — ah, Schmidtbonn, Pelzhändler, gut!: Zerkaulen oh weh und brr! Die plumpe Wasserburg, scheunenmäßig wehrhaft, auf dem Graben Entengrütze, alle Wetterhähne sahen gespannt nach Osten: immer diese Vergangenheiten! Erste Geräusche (und ich schielte eifersüchtig): ein verschlafenes Bauernmädel, umringt von belfernden Milchkannen; der Arbeiter, der prüfend sein Rad besichtigt, Tretlager und Gangschaltung; fern im Norden loses Gewebe aus Schall: ein Zug (Taschenuhr: grundsätzlich: 10 nach 4). Der große See schien zarten Qualm und Wolkenkeime zu senden; aber der Himmel blieb noch immer unbeteiligt.

Fledermäuse erschienen noch schnell mit schwarzen Markttaschen und feilschten zwischen Venus und Jupiter, so nahe, daß man es knacken hörte, wenn sie ihre harten Insekten schlachteten. Und endlich wurde auch das hölzerne Wartesälchen geöffnet (nachdem ich die Touropa-Plakate nun wirklich kannte!: »Ja, 'n Helles.«). / Der Frühzug in Richtung Osnabrück sammelte dunkelblaue Arbeiter und höhere Schulkinder; und mittenhinein plapperte endlich von außen das Motorrad: ? : ! : »Erich!!«: Malermeister Erich Kendziak: ein Rest roter Haare im Nacken, sonst kahl wie Ihr Bekannter; jedenfalls war er es, unverkennbar, und wir grinsten, 6 Fuß überm Erdboden, rissen uns auf altdeutsch die Hände aus: »Oba 2 Bier!«, und sahen uns dann, das erste Mal wieder nach gut 8 Jahren, genauer durch: — —: »Mensch, Du wirst ooch schonn grau!«, und ich parierte die Verbindlichkeit unverzüglich: »Leidestu immer noch so stark an vapeurs?«; wir stießen munterer an, und er verbrannte sogleich etwas Tabak zum Wiedersehen: »Roochstu immer noch nich wieder?« (Und ich mußte den Kopf senken: nee, 's reichte immer noch nich: »Wenn ich ma wer' 200 Eier im Monat haben!«). Dann ganz schnell die ersten Kriegserinnerungen: die schnellfingrigen Polen; das flohreiche Hagenau; Norwegen mit seinen gottlosen Granitpolstern: »Haste ma wieder was von Ee'm gehört?«; in halb Europa gab es keine Stelle, wo uns nicht Silbergeränderte zusammengebrüllt hatten: »Oba!«. / Er schwitzte jetzt schon hinter seiner Autobrille, in seiner Lederjacke: »Sieht aber fantastisch aus!« lobte ich, und er nickte überlegen: »Leute, die Dich in' Hintern treten möchten, müssen damit immer noch zugeben, dassde vor ihn' stehst!: Fuffzehn Geselln hab ich im Augenblick arbeiten, Spezialist für größere Flächen, da kommt schonn was ein!« (bekümmerter): »Bloß pollietisch mußte im Augenblick ganz vorsichtich sein — na, ich geb Je'm recht: und wähln tu ich doch, was ich will!« (und vertraulich-neugierig, ganz wie früher, im Flüsterton des Dritten Reiches): »Was hälstn Du davon?«. Ich zuckte die Achseln; war kein Grund, das vor ihm zu verbergen: »Auf Landesliste Gesamtdeutsche Volkspartei; im Kreis SPD: Wer mich proletarisiert, muß damit rechnen, daß ich ooch noch Kommune wähl'!« und er knallte entzückt die flache Hand auf den Tisch: »SPD iss zwa ooch nich mehr, wasse wa: wolln ooch schonn ›uffrüsten‹: Kinder, wo sind die Zeiten hin, wo se im Reichstag jede Heeresvorlage ablehnten?! Aber 's bleibt ja weiter nischt übrich; denn CDU — lieber fress ich 'n Besen, der 7 Jahre«: »Aber Herr Kendziak!« mahnte ich preziös, und er zeigte geschmeichelt die Zähne:

»Oba«!. / »De Ostzone?: Meine Schwester iss drüben,« berichtete er: »und meine kleene Nichte: die Briefe müßt'e ma lesen!: den' gehts nie schlecht! Sekretärin isse: ham sich vorjes Jah alles neue Möbel gekooft; *und* 'n Stückel Land mit 'n Wochenendhaus druff – sonne Wohnlaube eben für sonntags. Ja nie Alles glooben: mögen die drüben schonn Fuffzich Prozent lügen: für den Rest komm' unsre uff! Iss ja nich mehr feierlich, wenn De abends vom NWDR das Gelalle ›Hier spricht Berlin‹ hörst!« / (Überlegene westliche Kultur??: Nanu!!: Wo hat sich Goethe denn schließlich niedergelassen: in der Bundesrepublik oder in der DDR he?! Von wo nach wo floh Schiller? Und Kant hats in Kaliningrad so gut gefallen, daß er sein ganzes Leben lang nicht rausgekommen iss!) / Dann Familienstand: »Das Wölfel?!: Hachdu, der zerwetzt schonn alle 14 Tage 'n Paa Schuhe beim Fußball!« (War Erichs Sohn von der verstorbenen Frau). – Wieder heiraten? Er sah mich fromm an: »Da wär ich ja nich wert, daß Gott mir's Weib genomm' hat!: Du warst ja überhaupt noch nie verheirat': erst bistû dran! – Kellner!« Und erinnerte sich bei der Abrechnung schon wieder: »Was haste damals immer gesagt?: ›Es ist unnatürlich, daß ein Dichter für seinen Cocacola bezahlen soll‹ – Neenee: Lassen Se gutt sein: aber geem Se 'ne kleene Rechnung: ›Für Frühstück‹« und der Ober nickte weise, gütig lächelnd: Friede den Hütten, Krieg den Finanzpalästen! / Draußen: Papierhell und leer: das Zeichenblatt des Himmels. Geräte aus klarem Dunst darauf: 1 rotes Lineal, 1 grauer Winkelmesser; links unten die blitzende Reißzwecke: »NSU mein Lieber: genau wie früher!« und winkte verständig ab: »verstehst ja doch nischt davon.« Wrumm, wrummwrumm: ein stolzer Blick zu mir hinter, Meister im Daumensprung,: wrumm na?!! / So früh waren eigentlich nur erst die Fernlastzüge unterwegs, und wir wiegten uns bürgerlich räsonabel um die Ecken. Die breite Reichsstraße 51 wurde allerdings eben schwer ausgebessert, und rotweiße Hürden sperrten zehnmal Dreiviertel der Fahrbahn; brüllen: »Äu-ßerst-merkwürdich!!« (dazu hatte ihn nach eigenem Geständnis seine Frau erzogen: dies statt des ihm früher allzu geläufigen »Verfluchte Scheiße« zu sagen; aber Eingeweihte wußten, was er meinte!). Hübsch, das völlig ebene Land, Gras und Moor, sehr geschickt mit Nebeln aller Art verziert, breite stille Gräben, sowjetischrote Wolkentransparente im Osten, bis zum Kilometerstein 44,6 am Scheidewege: »Tja? . . .«. Wir standen. / Ein anderes Motorrad heulte von hinten vorbei (aber bedeutend weniger regelmäßig als wir vorhin, und Erich betrachtete verächtlich die Marke): »Also sehn wa uns erstama Lembruch an« und wir prasselten wieder vorwärts. / Lembruch: das Neue Kurhaus, modern mit Stromlinie und flachem Dach: »Die Dinger wer'n doch immer tankstellenähnlicher!«: »Sint ja ooch welche.« – Eine Wiese mit zahllosen Zelten (beschliefen natürlich noch alle die wehrlose Erde; vornehme Affen mit Autos, arme mit Fahrrädern: »Könn' ihr plattes Gesicht nich oft genug sehn!«). Aber vom gelbgrünen Deich der erste Anblick des Sees: hellblau und zitternd vor Frische; im Südwesten sah man kein Ufer, Dalladda, dalladda (Alde Leude wärn äm ginsch!). Und auch Erich wies stolz drüber hin: na, wer hat 'n entdeckt und Dich eingeladen?! Leider waren die Bänke noch klitschnaß vom Tau (und die 10 Fennje fürs Fernrohr schmiß ich diesmal). / Wieder eine große Wiese, ein Restaurant dahinter, und der Besitzer suchte uns hiermit zum Bleiben aufzumuntern: heute Abend kämen noch 200 Zelte her! Das gab allerdings den Ausschlag: »Komm bloß raus hier, Erich! Die andere Seite, sagtest Du?«. Er stand sehr da, unschlüssig, nichts als Skrupel auf dem Gesicht: einerseits wollten wir 'n bissel Ruhe; andrerseits sah er im Geist endlose Zeltreihen voll blanker Mädchen, die ihn, den Geldmann, unterwürfig anäugelten: »Stehste da wie Karl der Nackte! Äußerst merkwürdich!« und wir bürgerten verdrossener vor uns hin, wieder zum Motorrad: 7 Uhr 50. – »Eene Möglichkeit iss drüben: aber da iss gaa nischt los!« / Schon die Straße sah wirklich doll aus: halbrund gewölbt die Teerdecke : ? : »Das iss der Moorgrund,« erklärte er, noch immer ungehalten: »sackt nach beeden Seiten ab: iss 'n ganz blödes Fahren!« Drüben floß ein Zug flink durch Wolluft und Felderglanz, stutzte kurvenscheu, pfiff erstaunt auf und verschwand Vorbehalte murmelnd in sich selbst. Erich wandte um 160 Grad in die warzige Dorfstraße, schon schien uns die Sonne ins Gesicht, das leinölfarbene Schild ›Dümmerlohausen‹, wrumm-wrumm: halten: ein hübsches, ziemlich neues Gebäude, groß und sauber: ›Holkenbrinks Pensionshaus‹, Blumen um die Fenster, ein Garten: »Sieht gar nich dumm aus?!« (hoffnungsvoll). »Ich kenns,« sagte Erich kurz: »hab schonn ma uff Geschäftsreise hier übernachtet. – Blaib aber sitzen; ich frag,« und ging hinein. Umsehen: alles Bauernhäuser; Sprüche am Balken, und Namen wie Enneking, Schockemöhle, Kuhlmann; ein dicker brauner Hund tummelte wild gradaus, heraus aus dem Haus, auf mich zu: »Wissu rainkomm', Tell?!« und auch Erich erschien wieder in der gleichen Tür. »Na, que tal?: Iss was frei? –« (Es war was frei!).

III

Die Eine: 6 Fuß groß; weißgelb geringelt im zaundürren Wespenkleid, ›Wie die Alten den Tod gebildet‹; endlose Armstöcke, tiefbraune, knieten vor ihr auf dem Tisch; scheinbar Verlobungsring; Busen zumindest zur Zeit nicht feststellbar. Bussardig hakte die Nase aus dem Irokesenprofil; der ungefüge, fast lippenlose Mund; randlose Brillengläser ritten vor knallrunden Augen: »Hatschi!« (und das sah allerdings trostlos aus und wackelsteif, wie wenn Backsteingotik nieste oder ein Hochspannungsmast). / Die Andere: klein und bauerndrall; rotgestickter Mund in talggelbem Slawengesicht; Finger lagen unordentlich um die Tasse, hell und krumm wie Hobelspäne; und aus dem fetten Vokalgemische sprudelten lustig die harten »r«: »Ah, Pieronje bei Gleiwitz« erkannte Erich angeregt die Nationalität. Das höllenfarbene Mädchen bog den schlanken Stielleib hinüber, Augen belichteten uns kurz, die Kleine wischelte einschlägig; und auch Erich fiel eben unnötigerweise aus der Rubrik ›Oberschlesisches Liebesgeflüster‹ noch ein: »Warum nimmstu Fin-gärr?: Nimm doch IHN!«

Auch drinnen wars propper; alle Klos mit Wasserspülung (dazu die Illustrierte: Professor Baade hatte entdeckt, daß sich Miß Leavitt in bezug auf die Entfernung der δ = Cepheiden geirrt hätte; und ich griff, wieder ein abgerissenes Eckchen klüger, befriedigt nach dem vermessingten Kettchen). / Unten schon das Werbefrühstück: Kartoffelsalat mit Würstchen; richtige gute Butter zum Brot. Und Bohnenkaffee?: Potz Knack-, Schlack-, Blut- und Leberwurst! (Für uns, Vierzehntagsgäste, zwar extra angerichtet; aber immerhin!). »Neenee; Verpflegung iss in Ordnung hier!« entschied Erich energisch: »Volle Pangsion 8 Mark pro Kopf und Tag — — alassmann: ich zahl schonn —« (›Geben is seeliger denn Nehmen‹) »und absetzen kann ichs ooch noch!« vertraute er mir an. / Die S-prache in Oldenburg wie in alter Zeit (die Wirtsfamilie näherte sich, Einer löste immer die Andere ab): die Leute konnten kein »sch« am Wortanfang aussprechen! Entweder sagten sie ssön oder Skule, sslimm und Gesellskaft. »Die Vögelsammlung kannste später ansehn. — Aber kuck ma da!« und wies unauffällig mit der Stirn: / : also die andern Sommerfrischler abmalen: ein nieseliger dürrer Fünfziger (allerdings mit seltsam leichtfertiger roter Troddelmütze!); ein Ehepaar: kriegsversehrter Arm, sie klein und ganz bunte Kuh. »Nee die nich!«: / Sie war wirklich erstaunlich häßlich. Zuerst. Und

Erich stand gar nicht an, seinem Schock Worte zu leihen: »Höchstens aus anatomischem Intresse« meinte er bedrückt und sah mich bittend an:?. Aber ich hatte mich bereits wieder gefaßt, und suchte mir stur das Aparte heraus: — — hm — —: hm! Erich manschte schon mit den Augen in seiner strammen Maruschka, pavillon und culasse, da gab es für ihn gar kein Schwanken: »Also du das Nachtgespenst? —«: »Ja, was denn sonst?!« und das kam so aufrichtig, daß er doch einen Augenblick unsicher wurde, noch einmal verblüfft taxierte — —: »Wie alt schätzt du? — Ungefähr!«. Achselzucken: »Mitte 20? —« (war schwer; konnte auch Ende sein. Gebügelte Hosen hätt ich anhaben mögen: so bescheiden dieser Wunsch auch war, das Schicksal erfüllte ihn wieder nicht). »Du mußt ja ooch den meisten Mut haben: bist ja Untroffzier gewesen!« ratifizierte Erich befriedigt die Teilung der Interessensfären; dann räusperte er sich markig und ging, alter Routinier, ans Werk (und seine Bockssprünge standen ihm charakteristisch zu Gesäß): laute Unterhaltung mit der Wirtin, warmes Männerlachen: »O Geld spielt keene Rolle!!« (dabei 1000 Watt hinüber, und unsere beiden Dornröschen knisterten leiser miteinander). Auch das Fremdenbuch brachte der neugierige Alte, und wir lasen erst einmal behaglich darin, mit langen bedeutenden Fachmannsblicken zu den hold Errötenden und unbeteiligt Tuenden, aber s war enttäuschend leicht; Geburtsort Rybnik O.S.: »Bitte: Annemarie Waniek: hier hastu ihm, der Radio —« zu Erich. (Also hieß mein Glück Selma. Wientge, geboren 1930, beide Angestellte Richtung Osnabrück; eben sah man den bretternen Rücken fatal deutlich, und auf meinem Gesicht malte sich wohl tiefer Zweifel, denn selbst Erich bemerkte es und lachte vor Wonne wie ein Frosch). / »Falsche Namen?? —: Aber nur! Fallsde Eene anknallst! Und Ausweise verlangt niemand hier.« So behielten wir denn lediglich die Vornamen bei; so — — — (»Du: ich bin Landmesser!«: »Ich bleib Malermeister!«). Dann ließen wir das Buch unwiderstehlich offen am Tischrand liegen; erhoben uns zu voller Länge, wölbten die Brust und so weiter, neigten einen verbindlichen Guten Morgen: Lächeln, mit tiefen Blicken in die betreffenden zugewiesenen Augenpaare: damenhaft sah s beiseite und dankte gekonnt gleichgültig, durch uns hindurch — — (ah: ein Augenzipfelchen wehte doch noch hinterher!: »Mach schnell; se gehn ooch zum See!«). / »Vergiß dein' Foto nich!«. Aber das Leitungswasser schmeckte schlecht, wie nur je in Flachländern, sumpfig. ›Geständnisse einer Hotel-Waschschüssel‹. Der unvermeidliche 1890er Kleiderschrank: »So was haste früher bloß bei Großherzogs gesehn, in der gutten Stube!«. Am Fenster: ein flaches Dach davor, rechts von uns wehte noch eine Gardine, und Erich, alter Baukletterer von Beruf, begab sich hin und lugte ehern hinein:?, nickte erfreut: »Da wohn' se!«. Kam zurück: »Mensch: iss ja wie'n separater Eingang!« und fixierte fröhlicher die neuen Plattfußeinlagen. (Unten pumpte er sich dann noch 'n Riesenstrohhut von der Wirtin, warnte vergeblich: »Wirst schonn an mich denken!«, und sah drin aus, gerissen und ehrbar, wie 'n Farmer aus Connecticut).

IV

»Sie heißen Selma: ich hab' sofort aufgepaßt!« gestand ich. Das Wasser, stark wie ein blauer Stoff, lag uns als Hüfttuch an. »Im Gästebuch, als wir uns eintrugen«; auch die Schultern waren ganz mager. Sie öffnete unbeholfen den großen Mund, lachte dann schrillend, wurde noch ziegelfarbener, und vertraute dem See an: »Wir auch. Aber Sie sind Joachim, ja?!« und atmete befriedigt. Schaumkraut der Wolken. Ich holte so tief Luft, daß sie fasziniert auf meine Brust sah, an der sie entlang gehen konnte, wie an einer gelben Mauer: »Wir fahren zusammen!« behauptete ich, und sie nickte zaghaft und eifrig (gab sich aber auch pro Forma einen trotzigen Ruck). Enten starteten wie Klipperflugzeuge. Beide ohne Badekappe. Wir lachten töricht, und spielten vor Verlegenheit mit dem Wasser. Auch fiel mir ein: Schilfschlingen im Haar; die Gestalt traurig und steif; schwärzlich sichelförmige Flossen; in der Linken ein Seegewächs; lachsrote zarte Fiederkiemen als Blume hinter jedem Ohr: das sah sehr hübsch und ukulele aus. »Wir wollten uns erholen«, vertraute sie mir noch unschuldig an.

So mild war die Luft, daß man hätte Kremschnitten damit füllen können; Blütenstaub der Ferne lag über den Dammer Bergen (»Hach! Du hasta vorher de Karte angesehn!« Erich; und knurrte unzufrieden: scheußlich diese Gebildeten!); eine Kastanie wiegte bedächtig die gepuderte Perücke. — Die Häuser: »Könnten ooch wieder ma gestrichen wer'n«, urteilte Erich unbestechlich; nur zwei fanden seinen Beifall: ein schneeweißes, und eins mit Wasserglas: »Iss zwar teuer; aber sehr solide«. Mit Binsen gedeckt: »Arme Feuerversicherung!«. / »Gelobt sei Jees' Kristus: wohin gehste denn?«: »Nach Buttermilche in Ewichkeit Ahm'« (zwei Kinder, scheinbar Flüchtlinge; ich kannte mal einen, der antwortete auf »Grüß Gott«

grundsätzlich »Wenn d'n siehst«; war 'n feiner Mann). Tja, Münsterland ist stockkatholisch, historisch bedingt, (und Immermanns Oberhof für den Kenner sozialer Verhältnisse ein schlechter Witz. Anderes Tema.) / : Ein Kiebitz mit schwarzem Brustschild und Federkrönchen lief schreiend gradaus. Ein dürres altes Weib zwergte übern Weg, krumm wie 'n Fiedelbogen, weiße Fusseln an einem Ende, hantierte plärrend vorm Kruzifix: »Die darf nu genau so gut wählen, deren Stimme wiegt genau so viel, wie die von meinetwegen Ollenhauer: iss das richtig?!«: »Adenauer würd' ›Ja‹ sagen.« (Aber mal ernsthaft: allgemeines und gleiches Wahlrecht ist Unsinn: zumindest müßte Jeder erst 'ne geschichtlich-geographische Prüfung ablegen; und mit 65 Jahren das Wahlrecht, aktiv wie passiv, überhaupt erlöschen!). / Wind sprang schnarrend die prächtige Pappelchaussee herunter und stolzierte Grimassen aus Staub. Ein Maicomobil: »Sieht soweit ganz smart aus, was?«. Vor der Jugendherberge schritt es rüstig, unter Pfadfinderhüten: hahàha: auch wir Christen sind fröhlich! / Am See: erst ein Bäcker (auch mit Eis und Brausen); schon sah man weiße Wolkenkorallen; junge Burschen nahmen allerlei heldische Stellungen ein, vor halbwüchsigen Geliebten; Greise trugen an schnöden Speckwänsten; schnurrbärtige Matronen stampften auf Beinkegeln – aber doch sehr wenig, im ganzen vielleicht zehn, und sechs davon unter den Sonnenschirmen des Strandcafé Schomaker jun. Ich: »Das geht noch zu ertragen«; Erich: »Keen Betrieb hier!«. / »Kommkomm: rück die Peseten raus!«: 20 Mark Bootsmiete die Woche, und Erich sah ihn schärfer an:?! –: »Na, wern schonn einich werden!« behauptete er kühn. Dann studierte er, ganz Nichtschwimmer, besorgt die Karte am Eingang: »Ertrinkungsgefahr!«, die Naturschutzgebiete, und zwingend rote Rechtecke: »Hier!: Sieh dirs ruhich ooch an: da iss anläßlich des Deichbaues ausgebaggert und 5 Meter Tiefe: pass ja uff!« (Und besorgter: »Äußerst merkwürdich!«; ich mußte tatsächlich mit hintreten und mir ernsthaft die Stellen einprägen; grade, daß er nich abfragte!). / Das Paddelboot: weiß, mit flotter, kalkblauer Stromlinie und innen zinnoberrot; herausnehmbare Rückenlehnen; ein Holzpritschelchen als sportlich magerer Sitz (»Morgen nehm ich ma 'n Kissen mit!«). / »Aba intressant die Binseninseln, was?!«. Seerosen weiß und gelb. »Lauf brünieren lassen, daß a nich in der Sonne blitzt!« fügte er, alter Frontsoldat, hinzu, und zog die Badehose noch tiefer, wahrscheinlich um keinerlei Zweifel aufkommen zu lassen, daß er männlichen Geschlechtes sei. »Ruhch ama!«: ein Düsenjäger johlte weit vor seinem Schall her: ein erschrockener Entenruf, die Binsen wackelten, und weg war der dünne Hals mitsamt dem bunten Bubikopf: Haubentaucher!: »Haste das gesehn?!« / »Nanu?!«: – ein Schrei übers Wasser: »Mensch, das sindse doch! –«. Aber da schien – – na, ich rief erstmal beruhigend und bootsknechtig hinüber und spannte die Arme: !, !, !, ! / »Annemie iss schlecht geworden!« und die Augen liefen ihr ängstlich im hageren Gelehrtengesicht herum –: – sofort stand ich neben ihr im Wasser, und nahm ihr die fette schlotternde Kleine ab: »Sie halten's Boot fest. –: Erich!:« und er faßte unaufgefordert tiefer unter die breiten Arme, während ich, Oberkommandierender, in jeder Hand eine strotzende Popohälfte, gratuliere Erich, keuchend hochstemmte:! –: ! Selma schob bereits der Freundin feiste Füße übern Bootsrand, und hob dann bei mir mit an, (wobei unsre Schultern sich sachlich aneinander preßten: »Du fährst zurück, Erich, und bringst 'n neues Boot im Schlepptau mit! Avanti!« / Wir drehten einträchtig der Sonne den Rücken (im Wasser stehend, und das Wasser schwankte) und der klopstockische Vorname stand ihr gar nicht. »Wie lange sind Sie schon hier?« 8 Tage warens. »Und noch?«: »Bis Freitag früh.«: »Ach!!: Da haben wir so wenig Zeit!« (Reuevoll: »Ja!« und ansehen). »Ich glaubs nich«, sagte sie düster: »ich seh doch aus – wie ne Eule?!« und wartete verzweifelt auf Widerspruch, hoffnungslos, mit ungeschickt verzerrtem Mund und hagestölzernen Augen. Ich faßte ihre Hände unter Wasser und verbot ihrs mit dem Kopf: kein Wort mehr gegen – »Pocahontas« sagte ich leise (und sie horchte mißtrauischselig den fremden Silben nach; halblaut erklären.). / Wir schwammen meist Seite: Beinlatten scherten, Flossenfüße, die Arme griffen kompliziert durcheinander (aber einer immer als Sporn voraus): »Wollen wir schon 'n Stück entgegen?« / Ich im Boot, sie im Wasser (hat noch Angst?): »Wielangekannichtáuchänn?!« (und ich mußte gleich auf die Uhr sehen: sie steckte den Kopf (mit dem schwarzen spitzen Binsendach) mutig ins Wasser, die Beine angelten meist halb in der Luft, immer noch – – schnaufte flußpferdig, piepste: »Ja?!« – an sich 27 Sekunden, gibt der Kavalier fünfe zu: »32!«, dazu anerkennend und betroffen nicken; (und sie freute sich, atmete noch herrlich tief, und hielt schon wieder Umschau noch neuem Fürwitz: tatsächlich: ich mußte sie hinterm Boot herziehen!). / »Nich mein' Rücken ansehen!: Mir stehn doch überall die Knochen raus!« und flehend: »Ich will hinten hin!« (murmelte noch mehr; aber kommt nicht in Frage: uraltes Bootsgesetz!). / Die zarten mageren Beine; daß Genick köstlich frisch geschoren; ein lieber Kerl (wenn ihr bloß manchmal das Gesicht im Nacken stände!). Mit dem Steuerbordauge Erichs Boot beobachten: Die verschwanden grade lachend nach links: »Komm' Sie: Einkremen!«: sie tunkte schüchtern einen langnageligen Finger in meine dunkelblaue Niveaschachtel, rieb sichs auf den linken Oberarm, und saß dann verlegen damit da: »Mehr doch!«. / Aber nein: »Jetzt will ich paddeln!«: »Moment noch!«, und ich legte mich erst tiefer in Deckung — so! —: nun konnte sie ihre abenteuerlichen Moulinets übers Boot schlagen, mit dem Bihänder (und wir kamen wirklich langsam an der Schilfkulisse vorbei, eppoi si muove!). / Ein Haubentaucher mit zwei Jungen: sie erstarrte, Hände an der Paddelstange, winkte heftig mit den Schultern: ruhich!: lautlos trieben wir näher — — ein Pfiff: sie tauchten alle gleichzeitig. Hände und Gerät sanken ihr langsam aufs Boot; Flüsterschmachten: »Ach iss das süüüß!« / Manchmal stießen unsere Paddel aneinander, und sie lachte verschämt zurück und wurde noch eifriger, bis ich sie endlich überreden konnte, und das Ding lang links neben uns aufbewahrte. / Lichterloh schrie der Raubvogel, und packte mit Krallen und Zähnen die Wasserscheibe. »Mit Zähnen —?« wandte sie betroffen ein. Jener kreiste korsaren wieder hoch, und ich winkte im Beobachten der Unpoetischen ärgerlich ab; gab dann allerdings zu: »Na ja; wenig Vögel haben Zähne.«: »Wenig —?« wiederholte sie zähe und ungläubig (kannte mich also noch nicht lange, und ich mochte grade jetzt keine Vorträge halten, resümierte also: »Ja. Wenige.«).

V

Eine Wiese von Stimmen (darüber dreifaches Lehrerinnengemuhe, à la »Falls jemand noch ne Frage hat«): ». . . und das hier iss die Beckessine. Oder Himmelsziege: weil sie immer so meckert«: Holkenbrink der Alte, mit einem Rütchen in der zähen Hand; selig sind die Bastler, denn sie werden — — naja: eben selig sein! Vorn traute sich ein helles spindelförmiges Händchen in die Luft, fing vor Erregung an zu zappeln, fingerschnipsig: »Brandente!«: »Richtich!«. Kleine Jungen, resolute roundheads, mit nichtsnutzig langen Beinen. Die Mädchen miauten vor Vergnügen, und dazu ihre dünnen Waschkleider, Schöpflinhaagen, die ganze Kollektion. Kranich, Reiher, Seeadler. Haarfarben von Weiß bis Schwarz, auch das seltene Sandgelb und Rot. Dohlenkrähenelstern. (»Gibts denn nich bald was zu schpachteln?!«: Erich; aber die Wirtin, Messerbüschel in den Händen, wies nur resigniert auf den letzten Autobus): ein ganzes Rudel appetitlicher Fünfzehnjähriger, die meisten gingen sofort austreten. Alle Fleischfarben, pickliger Kalk bis marmorierte Sülze; Busen for beginners, schön hellbraun paniert mit Dümmersand: »Nain. —: Nain — —: Auch nich! — — —: Die Trauerseeswalbe!!«. (Verführung Minderjähriger: strafschärfend sollten dabei wirken: Nachtzeit (wieso das?); Unkenntlichmachung; falsche Angaben über Namen und Wohnung, ähä; Flucht; Rückfall; gemeinschaftliche Ausführung von drei oder mehr Personen, hier stutzte ich schon; Verweigerung der Werkzeuge . . .?? — Dann erst entdeckte ich, daß ich in die Forstdiebstähle geraten war, und stellte den Band entmutigt zurück: im StGB soll sich ma Eener durchfinden!). Endlich warfen die Fliegen vom Stubendienst ihre Motoren wieder an.

»Heut Mittag gibts Blumänn-kohl!« verkündete Annemie strahlend, und auch mein Meerwunder lauschte zufrieden, baute ein rotes Zelt aus ihren Händen, und machte ein paar aparte Bewegungen: dünnste Golddrähte hieltens hinter den geschnörkelten Ohrentrichtern, über der Nasenwurzel ritt ein breiter Goldsattel. / Dann kamen die drei Autobusse mit den Schulklassen, und wir warteten aufs Essen. Erich bot ergeben Zigaretten an, die gute Fox: erst seiner Zarewna: und auch Selma nahm eine, um in der Eleganz nicht dahinten zu bleiben; sie würgten zierlich am Rauch und setzten sogleich die dazugehörigen Weltdamengesichter auf. »Nee. Lassma!« und er lauschte interessiert: »Weeste: mein Vater, der war immer ganz verrückt uff Vögel: der hat sich als Arbeiter extra 'n Doppelglas gekooft, bloß damit er se besser beobachten konnte!« Die Vitrine in der Ecke mit den Steinzeitgeräten. / »Warum komm' ei'm Lehrer jetz so furchbar albern vor?«: »Weil man jetzt ihr formelhaftes, dabei dünkelvolles Wesen unbefangen überblickt.« / Die Frau des Steuerinspektors drüben schlug beiläufig eine Mandel plumper Kreuze über sich, die finnige Stirnwulst, das blaue schlagflüssige Kleid (Und schmatzte dann doch, daß ihr Gott erbarm! Erich, durch seinen Kartoffelknebel: »Obs ihr so besser schmeckt?«). / Der alte Holkenbrink, Mitte 70, noch mit dem Zeigestock in der Hand: Ja, eingedeicht war der Dümmer neuerdings, und der Wasserstand schwankte kaum; ja, man kann auch quer durchgehen: »wir habens ma gemacht: mit zwei Booten nebenher.« Und im Winter fror er zu: »Ich meine Erinnerungen skreiben?« (ich hatte's vorgeschlagen): »O da würd ich wohl — hach: 14 Tage zu brauchen!«: »Sagen Sie mal: ebensoviel

Monate: dann komm' Sie der Sache näher!« und er staunte ungläubig, voll bejahrter Ungeduld. – Das Wetter?: »Ou nain! Hoit früh wa sche ga kain Nebel: da s-timmpwas nich!« und wackelte mißbilligend. »Nu, vielleicht kommt der Nebel noch«, sagte ich gefällig und leichtfertig; aber er sah mich s-treng und durchdringend an: verfängt bei mir nicht mehr, Alterchen! Wer sein bissel Scheiß so ernst nimmt, ist für mich nur noch komisch! / »Wir legen uns auch etwas hin!« verriet Annemie. »Also dann los: huschhusch in die Buntkarierten!« / Oben im Spiegel besehen: Mund verbiegen, Nase kräuseln, mit Eckzähnen ratlos spotten (auf einem Buchumschlag hinten: 12 vom Dichter selbst geschnittene Gesichter). Nochmal: Nee!: war nischt mehr los mit mir! Stoppelig, rappelig, geknittert, unbeherrscht: was war ich für ein Kerl mit 18 gewesen, Barrenhandstand und Expressionismus, Körperfeuer und Gesang (und jetzt: alle Verschlüsse undicht: »Du, Erich?«: »Hnn?!«: »Fühlst Du Dich eigentlich schon alt, Erich?«: »Nee.«. Er schnitzte riesige Stufen in den Brotlaib, fraß militärgeschwind: Ananas, Wurstbüchsen, Edamer; vertraulich: »Weeste, wenn man als Kind so hat hungern müssen, und jetzt später wieder: da wird ma zum Tier im Fressen!«). / Ein Kopfkissen wie ein Findling: so stand ich lange und dösig im Bett vorm Hemd (ogottnee: th' other way round; jetzt wirds aber Zeit für mich!). Auch er bettete sein pensives Haupt; wir drehten uns die gestreiften Rücken, Erich mußte natürlich laut fortzen, »Vorsicht: Feind hört mit!« (und es rasselte noch aus ihm, endlos, wie 'ne nasse Kette). – »Leiden eigentlich Wale an Blähungen?« (mit der Gargantualust des Volkes an physischer Großleistung). »Na Du kannst doch ooch nich klagen!« schlug ich vor; und er kicherte stolz. (Aber unter uns: ich wußte's tatsächlich nicht, ob Fische überhaupt. Im Brehm stand natürlich nichts darüber; ma 'n Spezialisten fragen. – Aber ein finsteres Bild war's schon: 1000 Meter tief der blaugefühllose Riese, und die zimmergroße Gasblase wriggelt hoch!). / Im Zahnputzglas entstand ein schwingender Summerton, schnarrendes fading, aus dem Wasserkrug antwortete unwillig der zweite Störsender: Fliegen. (Dower Traumsalat). / Windschiefe Wolken? Schwül? (Also nochmal entleeren; Hände waschen; frisch mit Wasser füllen). Die Bäume gaben sich, aufpassen, Zeichen mit grauen Ästen, wegen dem gelben Schein überm Horizont: »Na? Riskieren wir's, Fräulein Wientge?!«

Im bleiernen Wolkenkolosseum (das überall goldene Risse kriegte): auf den lindgrünen Wiesenscheiben schnoben die Bauern, rannten Gabeln in rundrückiges Grummet, hoben es stolpernd über die steilen Strohhüte, breitbeinig und nervös wie ihre sehr braunen Pferde: Rum rum rumpum! Wir duckten uns unter den Nackenschlägen der Fallwinde, lange Staubwimpel an den Füßen. Nebenan in Selmas Bluse begann es bauschig zu ringen; der Rock schlüpfte ihr von hinten zwischen die Beine, entzückend kerbte sich das stürmische Gesäß; ihr Haar kippte nach vorn und wollte auch wetterfahnen. Teremtemtem!: die Pappeln wurden hellgrau und zitterten am ganzen Leibe. Ein Handwagen knatterte heran auf gekräuselten Rädern von Staub: »'N Stück laufen?«: sofort bezogen sich ihre Sepiawaden mit festeren Sehnen, am schrägen Oberkörper galoppierten zweie winzig voraus, und ich mußte nur zusehen, daß ich mitkam: »Bloß bis zur Ecke – zu'n Bäum'!« Und nicht nur das, auch Milchkannen lümmelten unterm amputierten Christus, aber immer flott weiter, und tatsächlich hatte sie beim Gasthaus erst 2 Tropfen am Arm: »Mein lieber Mannhh!«. Es riß quer in der gellenden Schwärze, alle Blumen warfen sich aufs weggewandte Gesicht, Wasser stürzte aus dem Schlitz, handhoch spießten die Silbernadeln aus dem Pflaster: »Mein-liebermann!!«

Pferde weideten vor ihren unruhigen Schwänzen her, Bäuerinnen radelten in weißgestärkten ›Schlatthüten‹, und auch mich stach die Bremse: knatsch! fiel weich ab: »So ein Biest!«. Das Laub hing schlapp die Äste entlang, wie alte Girlanden; auf einem flammte es gelb auf, wir erstarrten, und eine harte hohe Stimme schrie etwas von kommenden Blitzen, wandte sich um, und verschwand wieder in der schwülen Oberwelt: ??: »'N Pirol. Sieht man selten!«. / Eine Brennessel: aber es hätte genau so nur ein weiterer Schritt von ihr sein können. Sie sah sich stolz um: ?! und wir belohnten uns Tapfere mit Augen. / Unser Boot: Nummer S 5: »Und bitte ne Büchse mit, zum Wasserausschöpfen! – Jaganzrecht: was heute früh der Herr mit den roten Locken bezahlt hat!« Die Wellchen sprangen am Holz hoch, tolpatschig, wie kleine graue Katzen. »Die Schulkinder sind auch alle da!«. / Hinaus. Noch weiter. (Und in Lee der letzten Schilfinsel wenden: so!). Dann ins Wasser klettern (ich sprang kühn hinaus) und wir umkreisten die leere Holzschale und bewachten sie gut. – »Wolln ma sehn, wie weit wir rannkomm'«: an den Haubentaucher, und wir griffen uns lautlos hin, 50 Meter, 30, zwan-zig — na — —: und war weg mit quäkigem Schrei; atemlos: »Das hätt' man knipsen müssen!«. / Ich trat vor sie hin und zog sie tiefer in die Flut (drüben am Landungssteg wollten grade die Kinder absegeln): »Pocahontas!« Sie verstand bald, zögerte rundum, — — —, zeigte überraschend durchtrieben: — ! — (und dann tauchten wir ganz ein, und gaben uns den ersten Kuß unter Wasser: »Komm ins Boot«). / Die Sonne brandmarkte uns scharlachne Oberschenkel (mein feines Haargespinst drum sah jetzt hellblond aus). Immerhin: alte behaarte Wolkenmännchen wälzten sich lässig am Horizont und rülpsten monochrom. Noch selten. —: »Halt ma an!!«: eine Hummel trieb hilflos im Wasser und machte schwächliche Beinchen; sie ›rettete‹ sie sorgsam und setzte sie vorn aufs Holz: »Da kann sie trocknen!«. / »Jetzt mußt Du Deinen Kopf hergeben!« und sie gehorchte überhastet und machte alles falsch, stieß auch ein Paddel in den See und kletterte lange; bis sie dann auf dem Rücken vor mir lag, den schweren Kopf auf meinem blauen Höschen. Arme streicheln, Augen küssen (aber sie gingen sofort ängstlich wieder auf, und beargwöhnten, ob auch alles genügte), im Haar wandern, »Ich mach Dich doch ganz naß«, und kam mit der Schläfe auf etwas härteres zu liegen (Augen sofort zu!) und zitterte beherrscht: : und wir klebten die Lippen aufeinander, bis wir fast ohnmächtig wurden. / Die Schlammbeißer schnappten unruhig: »Einmal noch ganz weit rausfahrn!« / »Ain Pa'lbooooot!!«: Kindergeschrei, und unzählige Hände ruderten im See; einem Bootsmann fiel die fesche weiße Mütze hinein und er brüllte beschämt. Die Wolken im Südosten knurrten und machten träge Buckel gegen den Wind, der sie von hinten stieß. Das Wasser ergraute. »Komm lieber Richtung Heimat« »Och 'n büschen noch!«. (Aber der Mann am Steuer begann auch schon, sich umzusehen, und ging sachte über Stag: hinten kollerte das Wolkenfaß wieder ein Stückchen näher: Binsen faßten sich an den Rispen und ringelreihten kurz ums Boot: »Neenee. Komm mit!«). / Die Bäume hupten und gebärdeten sich, als wollten sie in Staub aufgehen, Wind machte Kopfsprünge, und die Büsche jazzten verzerrter in ihren Mauerecken. Ein plumper Wolkensack schleifte quer übern Himmel, riß immer wieder, daß die grobe Jute faserte und die Messingbleche rausschlitterten: »Aber jetzt los Du!«

Welt der Zeichen: das sandsteinerne des Mondes; die ähnlichen Dreiecke der Giebel; tausendfüßig schritt die Allee; trübten Laternen die reine Schwärze, schliffen Grillen, wieder schimpfte ein Hund hinter uns her. Annemie sang dahin, auf weichen großblättrigen Lotterlippen, verbuhlte Arithmetica: 1 Nacht im Mai, 2 Gitarren am Meer, 3 Musketiere; und so verschwand das verjazzte Geschöpf sordino in der haltlosen Dämmerung, vor uns, am Ericharm. Welt der Zeichen: unsere brilligen Scheiben lehnten sich aneinander, ihr Nasenschnabel hakte fest, die Hände knoteten um mich herum (Mond trieb da als Brander zwischen Wolkenfregatten), ihre Zähne kniffen sehr: — — und dann tappten wir weiter über die weißen Kegelschnitte. Zurück. Schwarzhäutige Häuser; ein Auto murmelte vorbei; »Hastu vorhin die rote Wolkenschlange gesehen?«

»O neulich gabbs Schönäss: so kleine Schüsselchen, für die Schnitte zu essen: Sallaat!« und die glatten Augen schwankten ihr vor Vergnügen im Gesicht; Annemie; hatte sich auch die Zehe heute früh gestoßen und griff guttural klagend danach ⁚ : ! . Ich schlug die Probe nach altem salischem Recht vor: ob das Stück des zerschlagenen Knochens so bedeutend war, daß es, über die Heerstraße auf einen Schild geworfen, noch hellen Klang gab; wurde aber von der ganzen Runde entrüstet abgelehnt. Aus Rache hörte ich sie halblaut zu Erich sagen: »Issd Sellmaa verrlobt!: erbt mal 30 Morrgen Lant, und da iss sich Inspektorr mutig rrangegangänn!« und lachte schadenfroh. / »Oh : : 'n richtiges Nordlicht?!« (Selma ehrerbietig); aber wir winkten nur schwermütig ab: für jedes Nordlicht ne Mark, Du, da könnten wir 14 Tage länger bleiben! (Und als hors d'oeuvre hatte's noch Hinlegenaufmarschmarsch und erfrorene Zehenkanten gegeben: »Geht bloß mit Euern Nordlichtern weck!«; wir tranken grimmig am Bier, und hoben zürnende Brauen: *die* Erinnerungsserie hätte ooch wegbleiben können! Aber spazieren gehn wir noch 'n Stück, jawoll!). / »Der Dümmer stöß die Gewidder ap!« belehrte der Alte gewichtig: »die gehn fass alle rechts unn links vorbei!« (Und Tell zitterte sehr beim fernen Wetterleuchten: »Der iss in Hamburg geboan. In den Bombennächtn: unn da kann er das nich ap!« Also selbst die Tiere!). / Sie faltete die Hände hinterm Kopf und machte sich aus den Ellenbogen eine schicke große Flügelhaube. / »Wieso ›Pocahontas‹??«: »Ne indianische Prinzessin!« wie beiläufig; und die Dicke bekam sofort neidische Falten, wisperte mit Erich, und Beide lachten schmetternd aus zerknülltem Augenfleisch: »Na lasse man« entschied er gutmütig: »für uns genügt ›Annemie‹ ooch, was?« prägte die Hand herablassend in ihr geblümtes Rückenfett, und ich registrierte abwesend, wie sie, noch flinkere Leute, mit den Augen aneinander gerieten; also blieben auch wir etwas zurück, ich nahm sie in die Hände, sie, rötlich und duftend, nach knirschendem Abend, und nasser unterer Erde, nach Wurzelzeug und Seligsuppengrün, fern klang eine Kreissäge, und wir erstickten uns mehrere Male, bis sie sich ins Licht barg. / »Aaach!!« und sie hatte doch als Erste das Storchennest am First entdeckt: unbeweglich silhouettierte Adebar, auf einer Beinstange, und ich mußte solange warten, bis er einmal nachdenklich geklappert hatte: »Denk doch ma: 2 Junge sind vorjes Jahr gegen die Hochspannung geflogen: tot!!« und bat sehr um Mitgefühl. (Am Baum hier ein Zettel, den auch Erich, immer Geschäftsmann, studiert hatte: warum soll ich weiser sein? ›Fohlenverkauf beim Baron Frydag‹: 's iss doch immer falsch!). / Drinnen erst mal die Abendnachrichten (und Erich kommentierte sie gratis): Die Amerikaner kreisten unbefangen weiter ein, andererseits rätselten die Westmächte, was Moskau mit seiner letzten Note wohl wieder meine: »Iss doch ganz klaa: entweder EVG oder Wiedervereinigung; Beedes gipts nich!«. Theodor Blank hatte diskrete Einzelheiten, hinreißende Interieurs, über das schmucke neue Heer durchblicken lassen: »›Wenn der Deutsche nich pausenlos die Knute uffm Hintern spürt, iss 'm nich wohl‹ hat schonn mein Vater immer gesagt!« Wahlrummel: Eener kam mit Gott an; der vorsichtig mit 'm Hakenkreuz; der pries Rußland: »Selbstverständlich sind die Gewerkschaften SPD: solln se etwa für Krupp sein?!«. Deutscher Evangelischer Kirchentag (und diesmal verfinsterte ich m'ich); drehten auch schon wieder ›lustige‹ Militärschwänke: der Knecht singt gern ein Freiheitslied des Abends in der Schenke: »Na de Russen wern schonn helfen!« (Oh Erich: irret Euch nicht! Und falls wirklich: ist es nicht traurig genug, daß wir selbst nicht gescheut sind?). (Dann noch Sportnachrichten; und es wurden wortreiche Schätzungen gewagt, wer demnächst am schnellsten uff'm Hintern den Berg runterrutschen würde, oder so ähnlich; scheue Recht und tue nie was). / Aber jetzt lief Erich zu ganz großer Form auf: die Wirtin kam, der König rief: – (und Annemie, glänzenden Leckernäschens, sicherte sich gleich den vergoldeten Sektkorken: zum Vorzeigen; später, im Geschäft, konnte er der Handtasche entkommen, vor den neidischen Kolleginnen: so haben wir im Urlaub gelebt! — Albernes Paketel.). »Na?: Das iss 'n Säftel; was?!«. / Durcheinander: »Seit 200 Jahren, Du: Tatsache!«. Sie wurde so eifrig, daß sie mit dem Arm zu zeigen anfing: der reichte weit, und Annemie drückte ihn empört von ihrer Nase weg: »Ach, entschuldige.« Nahm ich also das älteste davon, »Hannoversches Hof- und Staatshandbuch« Jahrgang 1839. »Na, soll ich?: noch ist es Zeit ....«: »Nein sieh nach!« also blättern: ...., ...: Seite 386: tatsächlich: J. H. Wientge, Copiist und Pedell beim Consistorium zu Osnabrück! (Kann man die restlichen 80 Jahre also auch glauben!). Und sie lachte mit ungeschlachtem Mund (aber feinen Lauten!!). »Meine Ahnän ...« fing jetzt auch Annemie vornehm an, aber Erich winkte schon gähnend ab: »Trinkfest und arbeitsscheu, ich weeß. Und immer Appetit »auf derr Liebä«!«. Wir lachten gefällig: Selma kameraden und bieder, Annemie pfiffig und bauerngeil, ladies first, dann ich leicht amüsiert aber abwehrend, Erich (als Initiator) geschirrig und hoch böcksern. / Landmesser? Gewiß. »Spezialist für Karten: Preußisches Doppelbild!« wußte Erich vornehm und nicht unwitzig; aber ich erklärte es willig meiner Interessierten: »Gut vermessen? Sind auf der ganzen Erde nur: Deutschland (bin ich nu'n Patriot?!) und England; die Kleinen noch: Hollandbelgienöstreich: aus! Die stolzen USA sollen erst noch lernen, was 'ne 25 000er Karte iss.« / »Am Himmel weessa ooch Alles!«, nuntius sidereus, und forderte irgendein eindrucksvolles Fänomen. »Morgen Abend findet eine ungewöhnlich lange Venusbedeckung statt,« erwiderte ich flegmatisch. »Aber Herr Bo-mann!« kreischte Erich jungfräulich und sittichen; allgemeines Gelächter; Gelehrtenlos; also iss scholarship wenigstens zu was gut; Gundling. (Die beiden Mädchen waren zusammen Stenotypistinnen in derselben Berufskleiderfabrik): »Zeit schlafen jetz: morgen iss auch noch 'n Tag!«

VIII

Sie lief, schlenkrig verfolgt von ihren Kleidern, grillenschlank, meine braune Zikade. Kam in Gottesanbeterin-Stellung auf mich zu, legte mir die scharfen Vorderbeine über die Schultern, und versuchte lange, mich zu verzehren. Mit Händen; mit Zähnen. Dann schaukelten die Aktentaschen außen neben uns. Ringelblumen machten Lachsaugen durch Zäune, zuerst nur zwei, dann standen sie förmlich Spalier vor Neugierde, eine steckte sofort den Kopf unter Selmas Rock, daß ich entrüstet pustete: das überlaß ma in Zukunft gefälligst mir, werter Luteolus! Sie fragte gleich, und nickte dann mehrmals hochbefriedigt ob solcher Eifersucht: so soll es sein! – »Kumma das weiße Haus!«. Das?: sogar eine Villa, mein Kind! Und es war raffiniert einfältig, dick mit ergrauten Binsen gedeckt, kunstvoll narbiger Verputz, vorn drei Bogen als Loggia, große Fenster mit gelben Butzennetzen; Hecke, kleine Rasenfläche, ein verträumtes Klöchen –: »Na, Du? –: Dreißigtausend bestimmt!«. Auch Georginen, getuschte, bandierte und Bizarden; und sie war zutiefst ernüchtert: cha, wenn man so was hätte, Mädchen!! (Gehörte dann, wie billig, auch einem Bielefelder Fabrikanten, und stand natürlich 350 Tage im Jahr leer! Wenn man zum See geht links, kurz bevor die Pappelallee anfängt).

Selma also, wie gesagt ganz in verlupptem Organdy, mitten im Sonnengepralle, und faßte mich steif an beiden Händen; wir nestelten die Finger ineinander, auch mein Herz trabte überraschend an, und endlich ließen wir alle Oghams und Futharks beiseite, und sagtens uns frei heraus: wie hübsch wir wären, undsoweiter. Ihr Rock tänzelte schon vorweg, schlug wohl auch ein schickliches Rad, und schien überhaupt recht unternehmungslustig, der Rock. / Langes schlankes Gebell machte Bogen; und dann tanzte ein heller Hund aus dem Hoftor, immer vor dem dick trabenden Gespann her. Überall fesselten die Bauern Pferde vor ihre Wagen, und die Müden ließen es in edler Resignation geschehen: »Die verlieren auch nichts, wenn sie aussterben!«. Oben Walmdächer, unten Katzentürchen, schwarze oldenburger Schweine röchelten angeregt, und mir fiel Graf Anton Günther ein, der große Marstallhalter, und sein Apfelschimmel, der ›Kranich‹: »9 Ellen war der Schweif lang, die Mähne 7«, und sie tadelte es als unpraktisch: zugegeben; jedenfalls sprangen unsere Stimmen uns munter voraus. / »Was machstu'n im Werk?«: »Nuu –« sie wiegte nachdenklich »soo – Angebote schreiben; mit Stoffmustern.« In Osnabrück also; hatte auch dort gelernt. »Was liestu gern?«. Sie sah mißtrauisch herüber, suchte sichtlich nach dem Gewichtigsten; zauderte – –: »Gustav Freytag, Verlorene Handschrift.« Hm. Nicht übel. Aber sie wollte den Eindruck unbedingt vertiefen: »Einer bei uns liest immer Kant!« berichtete sie ehrerbietig. »Dann muß er verrückt sein!« entschied ich: »Du glaubst es nicht?!: Paß auf: . . . .« (und ich machte sofort die alte Probe: welche Stelle steht im Kant, und was iss Mist?: a.) »Eine Einheit der Idee muß sogar als Bestimmungsgrund a priori eines Naturgesetzes der

Kausalität einer (gewissen) Form des Zusammengesetzten dienen«; oder b.) »Die Kausalität einer (gewissen) Form des Zusammengesetzten muß einer Einheit der Idee sogar als Bestimmungsgrund a priori eines Naturgesetzes dienen«? Sie senkte die Stirn und antwortete nicht mehr). / Zwei Mandolinen kicherten nervös auf der Terrasse. Zur bunten Eistüte gab es frischen Nordost, und der Rock wollte sie gleich ungestüm nach mir hinziehen, gut der Rock; aber der karierte Waffelteig zerbarst eben unter ihren großen Zähnen, und da umschlang sie mich drüber hinweg mit Augen, schweigend, den Mund voll eisiger Süßigkeit. / Sattellos auf dem Bug: ritt Pocahontas, mit klebenden dünnen Haaren und blauem Lippenschlitz. Patschte ihn mit beiden Händen, stützte sich ab, und lachte mich noch aus dem Wasser an. Madreporisches Gewölk. / Reinklettern: sie stand tiefatmend neben mir am Bootsrand (ich drin), so daß wir uns bequem anbeten konnten: — — aber nun gab ich ihr kritisch die Anweisungen: »Geh vorn hin.« »Und ganz mit den Armen übers Boot fassen!«; sie gehorchte blindlings. »Jetzeinbeinübernrandlegn — —« es erschien endlos glatt und wasserüberzogen: »Mit einem Bein stehst Du noch? . . .« Nicken, heftig; die Augen hingen an meinem Mund (ihrer offen, fast mitflüsternd). Jetzt lehnte ich mich weiter nach Backbord — noch weiter — auch das Paddel bereit — —: verflucht: fing der Kahn doch wieder an zu drehen! Also: »Lassnomalos!«: links energischst durchziehen, nochmal — halt, kleiner Schlag rechts —: so; jetzt kamen die Wellen wieder von vorn: »Nochma jetzt!«. / Dann saß sie strahlend und triefend vor mir: »Trocken' Dich sofort ab. Und ziehn Pullover an; der Wind iss zu frisch.« Sie nickte dankbar und strich die Arme ins Handtuch; Gesicht. Nacken; Pause. Beine, Beine: Pause. Sie ließ die Augen flüchtig nach mir herum reisen, aber ich blieb unerbittlich. — »Sieht uns auch bestimmt Niemand?« bat sie noch einmal kläglich. Bitte: Binsen rundum, Blaues oben Blaues unten, nur ein Vogel strich mit heischerem Protest links ab: da griff sie endlich nach dem Knopf auf der Schulter, langsam, der weite Weg Graf Isolan — — und das andere Handtuch mußte immer in Reichweite bleiben: »Vorsichdu!«: ein Binsenschnitter mit hochbeladenem Kahn, weit drüben: er betrachtete uns hoheitsvoll und bauerndoof — bis sie dann atemlos im blauen Pulli flach dalehnte, gestriegelt und hoch entdeckungslustig. / Schon schoß ein Fingerzeiger vor: »Kuckmada!« — —: ich sah nur die fernen Zinken der Pappelallee nach Lembruch — vielleicht das Schilf, an dem die kurzen grünen Wimpel durcheinander züngelten? »Nein: die Wolken da!«, ah, die Wolken; und wir würdigten sie ausführlich nach Morgenfarben und -formen: eine Fusslige, eine Beulige, eine Aufgepustete, eine Ballonannemie, eine gereckte Dünne: lustig flattern, Wolkenmädchen, Deine Wasserstoffbänder! Sie maulte erst ein bißchen (weil die leinene Gestalt gar so endlos war), ließ sich aber ganz leicht versöhnen, mit Augen, Mund und Händen, sperrte sich immer noch, weil's gar so schön war; immer noch — jappte zweimal auf, und fing sich befriedigt meine Finger (während das Boot selbständig kreiselte und schlappte). / Auf dem Oberarm die feine Blindpressung ihrer Pockennarben: —: sie suchte gleich meine und küßte sie auch eifrig. / Zwei langhälsige Vögel tanzten zusammen oben im Licht; die Binsen schauerten nach vorn; ich nahm abwesend wieder das Paddel hoch und mahlte langsam glitzerndes Wasser. »Rasch essen, und dann wieder her, ja?!«. Der See winkte uns mit tausend blauen Händchen nach.

IX

Tucketucketucketucke: »Ein Motorboot soll's auf dem Dümmer geben.« (abfällig). Sie schlang sich das graue Wasser ein paarmal ums Handgelenk, ehe sie murmelte, wie eine Stimme aus dem See; ließ auch die Finger lange nebenher treiben, daß jeder sein feines Kielwasser zog. — — Zur Rechten flimmerte's wie Gestade: Bäume aus Rauch geblasen; das Dunsttrapez eines Daches; Schatten wollten unter Gasfontänen: aus heißer Grauluft die Idee einer Küste. Seelandschaft mit Pocahontas. — — »Du!« — — Sie warf die Mahagoniseile rückwärts hoch, mir um den Hals: »Ja! Schnell!«; schnürte fester zu: ! —, richtete sich auf, und fing wild verworren an zu paddeln, unermüdlich eckig, dem Glasqualm entgegen.: Dem Glasqualm entgegen!!

Leicht bedeckt aaach: da hatten unsere glühenden Häute etwas Ruhe (und manchmal traf es uns doch). / Die Wasserjungfer, beide Hände am Bootsrand, schwamm aufrecht nebenher, und sah traurig und gedankenlos herein (lutschte auch dazu zwei Pfund Mirabellen, die ich ihr einzeln reinstecken mußte: langer Leib, von Rohrleitungen durchzogen, Ventile klappten, bunte Säfte liefen in ihr herum, purpurnes Fleisch mit Elfenbein besetzt und steifen Schwarzgrannen: »Und jetzt tauchen? Na Du?! Willst wohl auch 'n ›Fund‹ machen?!« Aber sie war nicht aufzuhalten). / Dies brachte sie heraus (mit einem Arm gründelnd, sich am Boot hinabdrückend), und bot mir Alles dar: eine Qualle knirschender grüner Wasserpflanzen; ein gekrümmtes schweres Hölzchen (so schwer, daß es nicht mehr schwamm, nanu?!); eine Handvoll seidenschwarzen Schlammes – aber hier waren zwei Teichmuscheln drin: die erste tot, also weg. Die zweite wehrte sich kräftig gegen Öffnen und Neugierde: »Kuck ma hier!« und Biologieunterricht: Mantelrand, Spinner, Bart: »Komm jetzt rein.«. / Treiben: ihre Finger schrieben rastlos meinen Namen ins Wasser, ums ganze Boot, stips wieder der i-Punkt drauf, also irgendein Undinentrick, bis ich ihr dergleichen verdächtige Praktiken untersagte. Aber das hatte lediglich den Erfolg, daß sie jetzt sofort das Wassermärchen hören wollte (wahrscheinlich noch was dazulernen, he?!); murmelte sympatisch zur Katastrofe, restlos überzeugt, oh diese Männer!: »Dabei hieß die Undine in Wirklichkeit Elisabeth von Breitenbauch, 7. 5. 1780 in Minden geboren, heiratete 14. 5. 1800 den Herrn von Witzleben, hatte 3 Kinder mit ihm, und starb endlich, längst Witwe, am 27. 5. 1832 in Halle. Fouqués große Liebe. Übrigens spielt die ganze Affäre am Steinhuder Meer drüben« schloß ich hastig: kritzelte die Emsige nicht schon wieder an Steuerbord?! »Spiegelschrift!« erklärte sie kalt und hexenheiter, und ich schloß vorsichtshalber die Augen (als ich sie dann wieder aufmachte, war schon der ganze See voller Kringel und Unterstreichungen: vorwurfsvoll: »Siehstu!«). Aber das bunte Geschöpf lächelte nur ungerührt, und hieß mich paddeln; fing auch in neu erwachter Lust bald selbst mit an: »Ma sehn, wie lange wir bis rüber brauchen!«. / (Halbe Stunde nebmbei) und armes Lembruch: immer noch nischt wie Zelte, Bootsgewimmel, faules, Deutscher und Britischer Yachtklub, Hochbetrieb im Kurhaus, und am Anleger wie verabredet Annemie und Erich. »Na, ihr?« fragte er gütig und scheinheilig, pfiff kurz »Im Wasser haben wir's gelernt«; ich drohte ihm mit Augen, er lächelte verrucht und dumm, gin mit juice, wie nur er es konnte, bückte sich auch zu mir: ». . . . . . !«, ich zuckte ärgerlich: man verstand bloß immer »Beene«? (Ah, auch das Zeichen zur Abwehr des malvagiocchi: weiß genug!). Dann rief er noch über die Schulter: »Wir komm' ers morgen früh wieder: Lembruch bei Nacht!«, und auch Annemie wußte viel von einem Preistanz: »Viel Spaß!«: »Dasselbe!«. / Sie hatte sich stillschweigend eine Blase innen am Daumen gepaddelt, und wurde sehr gewürdigt: »Mußt aber den Daumen dann mit *über* die Stange legen: versprichst Du's?!«: »Mm« ihre knöchernen Finger versuchten mein Ohr. / Auf der Wasserplatte. Grauhitze. Ich hörte auf und legte es quer vor mich hin, so lang lief das Boot aus. Der Horizont hatte uns in seiner flachen Schachtel. Vor mir lehnte stumm eine ellenlange Rote, die knochigen Knie in Kopfhöhe, das Kinn auf der Brust. Große Schwalben strichen so dicht vorbei, als sei unsere Stelle leer, und wir schon nicht mehr vorhanden.

X

Wieder blitzte es die Schatten aus unserer Bleikammer: über der Stuhllehne dünne nackte Schläuche, das Dreieck und ein rosa Doppelschüsselchen. Ich ruhte nicht eher, bis im Sitz noch die zwei winzigen Söckchen lagen, darunter dann die braunen Sandalen: »Was hastu für 'ne Größe?« Sie stöhnte verzweifelt: »Frag nich . . . .«; dann so gebrochen: »Dreiunvirzich!«, daß ich sofort hineilte und ihr Trost zustreichelte: »Pocahontas! – !«. (Nur mit einer roten Hüftfranse aus dunkelgrünen Wäldern treten. Müßte Sie. Sie suchte ein bißchen in ihrem Koffer: – –, holte ein Kopftuch heraus und probierte es schüchtern: – –, machte den abschließenden Knoten an der Seite: – – ?. Stand still mit hängenden Armen: ernst pfählte und hager die endlose Hüfte rechts aus den harlekinenen Stoffzungen, war also ihre linke Seite, und wartete ergeben und sehnsüchtig bis ich sie nannte und erlöste: »Pocahontas!« – Ein roter Samtfleck kam aus ihren Lippen, wurde schnitzelspitz, drängte unbeholfen, und schlüpfte mir dann tief in den Mund . . .).

Warten. Ein Raschel drüben. Ich pfiff einmal matt die schalldichten Wände an: die Tonröhre prellte flach ab, und ich stand wieder alberner im Gelben. Als zuvor. Leeres Korridorgehirn, hölzerne Augen, Scharniere dran. Im Ledergetäfel der Minuten. – – – (Dann wenige Tappe und sie warf sich eilig durchs Fenster). / Ich küßte auch in den konkaven Mirabellenbauch. Unsere Flüster durchirrten sich; unsere Hände paarten: sich! Ich mußte erst das rote Gitter ihrer Arme durchbrechen, Fingergezweige zurückbiegen, ehe ich die Tomate mit den Lippen am dünnen kurzen Stiel faßte, daß sie sehr meuterte, vil michel ungebäre, und verschluckte sie dann ganz, daß sie süß empört aufwollte (aber ja nicht konnte); so schrie sie nur einmal schwächlich und lüstern; dann klemmte wieder die mächtige Schenkelzange. (Wir ritten sausend aufeinander davon: durch haarige Märchenwälder, Finger grasten, Arme natterten, Hände flogen rote Schnapphähne, (Nägel rissen Dornenspuren), Hacken trommelten Spechtsignale unter Zehenbüscheln, in allen Fußtapfen schmachteten Augen, rote Samtmuscheln lippten am Boden, kniffen mit Elfenbeinstreifen aus denen Buchstaben schimmerten, Flüster saugten, Säfte perlten, abwechselnd, oben und unten.) / Eine Büchse Milch aufstechen und abwechselnd lutschen. Auf'm Rücken liegend: das schmeckte wie kondensiertes Mondlicht, und dazu Feigenpudding aus den kleinen US-Döschen. / Sonnenbrand: Arme und Beine, meine, waren nur rosenrote Feuerrohre mit abgesengten Nervenenden. Wir wimmerten beim Waschen, und zitterten vor Fieber, wenn unsere Härchen sich streiften. Also: Einkremen! / Einkremen (und ganz leicht massieren mit feinen Duftfetten): das Fingergespinst, die beinernen Arme, »hfhfhf-hforsichth!«, die runde Rippenharfe, zwei weiche Kupferknollen, Kupferknollen; Kupfer — knollen — —. Die Bauchschale mit dem hohen Beckenrand, die steife Beindeichsel: »hfhfhf-aaachch!«. (Dann aufs Gesicht wenden, PTO, Gott war das lange Bündel schwer!): Nackenwadi, Schultertafeln, Gesäßknorren, die schmächtigen Kehlen der Kniee; aufrichten: nochmal Achseln und Schlüsselbeinpartie: —; zuletzt Stirn und Nasenrücken: »Aaach!«. (Dann aber gleich drohend: »So: jetz bistû dran!«). / Beim Hemdchen anziehen: sie stand weitgebärdig da, wie Orion (den leichten rosa Nebel allerdings in Händen, weit überm Adlerkopf): meine rote Alpha-Riesin! Sie merkte, daß ich dachte, und ich mußte es sofort sagen. Brummte fast verdrossen: lautlos renkte weiter das Sternbild.

XI

Der Fernfahrer aß sehr schnell und künstlich, skalpierte Wurstecken mit scheußlich huronischer Technik, schnipste sich auch die bleiche Pellentrofäe vorschriftsmäßig in Gürtelgegend; der Mund lästerte von Staat und grobem Wetter: die Katastrofe trat ein, da hieß der mächtigste König Eisenkauer, nach ihm regierte sein Dalles, immer abwechselnd (oben drei kalaharische Fussel, gelbe, Oranje & Transvaal; auf der linken grünlichen Schulter ein Regenlicht, fensterglänzend und traurig). / Mondbazillus, Wolkenhefe, und Pocahontas summte ein helles heiseres Lied zum Geräusch der Nacht. (Hinter der Haustür quietschte sie dann unnötigerweise wie ein Gemisch aus Hahn und Henne. Entschuldigte sich aber sofort reuig: es wäre so plötzlich gekommen. Also werden wir das exerziermäßig üben: ! — —? aber jetzt hielt sie geschult still. : ! ! — —? nur Tiefatmen. : ! ! ! — —: »Siehstu es geht Alles!

Wenn man nur etwas guten Willen mitbringt!«. Sonder Not und ohn Gefahr übern Hof so kam das Paar).

Tell, losgebunden, raste selig allen Windstößen und Katzen nach, schnauzte vergnügt, und sie dddrängte furchtsam näher: »Obs noch regent?«. Je nun: verbogener Mond trieb auf gelben Lichtwellen (hinten bollwerkten aber schon die Wolken, und er riß mühsam eine Silberbresche nach der andern hinein. Sie hielt einfach die Hand davor, daß ihr Gesicht oben im Schatten hing, und ich durfte ein bißchen darin herum küssen). / Ein Textilreisender, behutsam, schwarzer Ölscheitel, fahles Antlitz, spitzes Gehirn: »Der hat dem Chauffeur drinnen noch gefehlt!« (Sprach auch das f so blasebalgig und überzeugt, daß man es nur noch mit ph wiedergeben konnte; sein Hut: ein Matterhorn, von einer Art Nürburgring umgeben). Sie berichteten, wie Vertreter tun, von den Merkwürdigkeiten ihrer Mägen: »Also nach 10 Uhr abends: kei-nen-Bissen-mehr!«: »Professor Berger — aus Bonn — sagte: in phier Monaten sind Sie 'n Toter-mann!«, sah stolz rum, ob wir auch atemlos lauschten, und strich sich mit der Fingerschere den Stumpen aus dem rosa Maul: »›birnenphörmich‹ behauptete er; der Chefarzt ›konisch‹ —«, er hielt beteuernd seinen Bauch, in dem sich jenes Darmgeschwür befunden hatte, mit beiden Händen hin (aus deren einer Rauch loopte. — Dann kamen Sauereien an die Reihe, bis die Wirtin huchte und lila floh. — Aber Eins hab ich von ihm gelernt — von weitem nur, versteht sich! —: im oldenburgischen nennen die Schneider den Lappen, mit dem sie zum Bügeln einsprengen, »Swienhunn«; auch der leidige Chauffeur bellte gottlob drüben neben der Theke). / Speckkuchen und süßes Malzbier (kaufte ich;: »Ach Du!«). Aber diese Speckkuchen!: »Also mir iss das zu fett!!«. Aß die sparsame Selma Alles allein, trotz meines Kopfschüttelns (und eben kamen auch Nachrichten, Ansager mit ausgestopfter Stimme, die Silben rappelten wie Bauklötzchen, begann wie immer, deutsch devot, mit »Bundeskanzler Doktor Adenauer«, wie der geschlafen hatte, und war tragisch amüsant, wie sich die doowen Evangelischen so für die Gegenreformation mit einspannen ließen. Dann »Kommentar der Woche«, Doktor Walter Maria Guggenheimer, und ich nickte beifällig: klarer Kopf! Und eine rechte Erfrischung auf all die andern Jesuitenschüler. »Ich?: Atheist, allerdings!: Wie jeder anständige Mensch!«. / »Schnell noch 'n paar Postkarten schreiben«, stöhnte sie, verzweifelt ob der verlorenen Zeit, sah flehend an der Zimmerdecke nach, kratzte auf jede bloß eckig »Gruß Selma«, und sah mich selig an: »Fertich!« »Gleich rüber bring'.«: eine Büroausrüstung wie in Soll und Haben: »Seit 25 Jahn hab' ich die Post-s-telle!«. Eine Katze mit nationalem Gesicht, schwarzweißrot: »Die Dreifarbigen sinn die Besten!« beteuerte der Alte erfahren: »Die bringt Ratten. Bald jeden Tach: das tut nich Jede!« (und streicheln ließ sie sich auch). »Tja; der ›Seespiegel‹ heiß' es immer, wär sche preußisch?!« (bauernschlau; geheimnisvoll): »Vielleich wenn Oldenburg ma wieder selbständich wird .....«. Zeigte auch stolz Zeitungsausschnitte: auf einem war er sogar abgebildet, inmitten seiner Vogelsammlung. Ein Buch ›Günther Schmieder, Gott weiß den Weg‹: »'n Romaan von' Dümmer: taucht aba *gaa* nichts!«, und ich schlug mißtrauisch auf: »... wie eines atmend Fischleins Kiemen .....« owehoweh! (Im Leben kann man höchstens 100 Autoren richtig kennenlernen, mehr Zeit hat man nicht; also darf man sich sprachliche Dickhäuter wie den hier gar nicht erlauben, hebe Dich hinweg!). / Aber hier waren Vorzeitfunde, recht interessant, trotz des knickebeinigen Kreuzes auf dem Umschlag und ›Reichsamtsleiter‹ Reinerth: »Das gehen wir uns morgen ansehen, Du!«. (Was der Alte allerdings ständig von Pfahlbauten faselte, war blanker Unsinn, obwohl der Feuersteindolch in der Vitrine schön genug dalag). / Wetter?: der Mond zeigte nur noch undeutlich seine Tätowierungen. »Komm rüber zu mir. – Durchs Fenster.« / Wir stöhnten, rotglühende Gestalten aus soundsovieltem Höllenkreis; selbst das Waschen war eine eigene Qual: wenn das kalte Wasser dran kam, hätte man bibbern mögen vor schmerzlichem Gelächter. Sie, flehend: »O nich spiegeln!« (heißt wohl: in den Spiegel sehen): »ich erschreck immer so!«. Versuchte aber trotzdem schüchtern ihre schwarze Kunst: mit Haaren, mit Augen. Dann die rote, und ich legte ihr einen Armhinterhalt; den sie aber sofort sah, angriffslustig hineinstürzte, und ich mußte tatsächlich erst jedes ihrer zähen Otternglieder einzeln bändigen, ehe sie sich nach Belieben bogen (auch so ringelten sie sich noch alle Augenblicke um mich Laokoon: »Du hast es selbst so gewollt!«). / »Hastn hier Alles mitgebracht?«: ein Brillenfutteral, Leder, rotgenarbt; eine Handtasche, und ich hielt sie anklagend hoch: deswegen hats so lange gedauert?! Aber sie war schon da und schnappte mirs aus der Hand: »Das iss tabú!«, holte mir zum Trotz gleich noch den Stenoblock heraus, machte wichtig eine längere Notiz, und schobs wieder rein: »Bäh!« Erregter: »Und da heißts immer: Frauen wären neugierich .... ! !«: »Ja –: und wenn ich mirs nich angesehen hätte ....?« forderte ich verblüfft heraus. Sie sah hoheitsvoll herum: »Dann hätt ich

Dich der Teilnahmslosigkeit beschuldigt. Und gewußt, daß Du Dir nichts aus mir machst!«. (Längere Zeit diese unerhörte Anschuldigung widerlegt. Dann riß sie sich aber doch noch einmal los, schnell die weißen Söckchen durchs Wasser ziehen, »Für morgen!«, und hängte sie über die Fensterflügel zum Trocknen). / »Mammalich!!«: nanu, was ist denn? Ich knipste verstört: sie kippte sich knopfäugig aus dem Bett, riß unten das Türchen auf und erbrach Alles in den Henkeltopf: »Orrrrrr«, schwülkte und pumpte blassen und farbigen Schleim aus. Ich kam betroffen herüber und hielt ihr die Stirn, gab gute Eiaworte: das fehlte allerdings! Huschte in einer Pause zur Waschkommode und bereitete Zahnputz: sie wusch sich den schlotternden Mund, gurgelte somnambul, kam und fiel aufs Gesicht ins Bett, »Och«, fuhr halb hoch und auf den Rücken (rasch das Kissen falten und dick untern Kopf;: »Du biss gutt!«). Rülpste noch einmal, und lag immer stiller, nur ihre Nase knisterte noch. (Nachsehen: war aber doch wohl bloß der reine Speckkuchen! Ja auch kein Wunder. Rausschaffen ins Klo). Die Füße, 2 lange Klinker, standen aufrecht da. / Dann doch ein Nachtgewitter, daß Summanus seine Freude dran gehabt hätte (Hunde werden lebend an Holunderbäume gekreuzigt; die Arvalbrüder opfern nur schwarze Lämmer). (Gegen Morgen kam es lärmend die Treppen herauf:?:!: und sie glitt nachtwandlerisch aus dem Fenster: »Bald wieder Du!«.)

XII

».....und dann griff der Höhlenmensch nach seiner Selma:......« sie quiekte hoch, im langen dunkelroten Samtkostüm mit weißem Krägelchen, in dem das glatte Bronzerohr des Halses steckte; atemlos: »Erstens sossdu nich Selma sagen!...« (ich schrumpfte schuldbewußt): »und dann: wie hießen wir wirklich?!« Nuuuu —: »Ich Uthutze?« (sie nickte beifällig, ganz rundes Eulenangesicht): »und Du Pultuke!«; ein Wort wie Schokoladenpudding, und wir versuchten gleich, obs mundete: »Pultuke: üss der Luchs schunn woich?«; und sie grunzte finster zurück: »Nuch nüch!«, klappt also. Der einsame Chausseebaum neben dem Loch klatschte wirbelnd in die Blätter und zischte; ›Pfeile mit Schlangenzähnen‹ fiel mir als Waffe ein (›Schlangen mit Pfeilzähnen‹, auch so stimmte's grausig; in schlimmen Klüften). Sie murmelte eben den Wunsch, und ich bremste sofort: »Könntest Du Bärenfelle butterweich gerben?« Sie konnte es nicht; gab es aber nicht zu, sondern parierte: »Du einen 20-Zentner-Elch mit der Hand fangen?« Vielleicht.

»Tch!!« (scharf und ungläubig). »Oder den Todfeind langsam in Scheiben schneiden?«: ihre Blicke stachen sofort wie Achatdolche in die Osnabrücker Ecke, augenscheinlich wußte sie jemand Bestimmtes. Aber sie gab noch nicht auf, bewegte den Mund, sann —: eifrig: »Du, ich mach Dir Hausschuhe aus Wolfspelz: gefütterte!«, kam auch verführerisch näher, neolithisch lang lockend. »Und ich Dir Ringe aus buntem Hirschhorn!« (Kavalier). Dankbar: »Ach ja!« Als Spiegel?: »Na hör mal: 'n Schälchen Dümmerwasser! Also diese Frauen!« und sie wars gleich zufrieden. »Aber woher kriegen wir Seife?« und hing sich ängstlich vor mich:?. Seifeseife — hn — — — (ha: da: mein Plinius!: »Aus Holzasche und Ziegentalg!«. Ihr leerer Blick verriet keinerlei Begeisterung; eher das Abschlußzeugnis »zur Steinzeit kaum geeignet«, und wir tupften mutloser die Gesichter aufeinander).

»Gehtoch immer voraus: wir komm' ja mitn Motorrad nach!« greinte Erich aus Kissen (was uns auch wesentlich lieber war!). / Im Garten schallte die Amsel. »Iss Dir noch schlecht, Du?!«. Sie nahm mich strahlend und schüttelnd bei Hand und Mund; wir kelterten einander —— rissen uns vorn los:!! / Autos kreisten schreiend und prustend um ihre Ecken; unsere Kappen saßen scharmant, über Pappelmäulchen und Brauseohren, lustig, wie aufm Fahrrad. Ihr Kleid flackerte junge Zeichen, der Mund zersprang zu gigantischen Lachen; die feiste Bäuerin besah uns durch ein Reisigbündel (und hackte später mit schartiger Stimme nach ihrem Mädchen). Die Erlen brausten hellgrau auf, brüsselten grün (und der Wind haschte doch tatsächlich schon wieder nach Selmas Glockenrock!). / Bitte sehr: so sieht die Unsterblichkeit aus! Ihr Struldbrugs.: Am Moorloch, dicht neben der Hunte, und sie hummelte sehr enttäuscht, bis ich eben anfing zu erzählen. »Das iss nich anders. Manche schlagen auch Kieselsteine mit Hämmern entzwei, um, wie sie sagen, zu sehen, wie die Welt gemacht worden ist.« / Aber nun ernsthaft vom größeren Eiszeitdümmer: dreimal so lang war er! Wie man das wissen kann?: durch viele Bohrungen: der See setzte damals weiße Kalkmudde ab: wo man also in bestimmter Tiefe auf die trifft, war damals Wasser. Von Birken und Haselbüschen locker umstanden: weiß man durch Blütenstaub aus gleichaltrigen Moorschichten. »Und um den lagen diese einzelnen Blockhäuser?«; certainement, wenn auch die Bewohner mit Germanen noch nichts zu tun hatten, wie sich Herr Reinerth vorschriftsmäßig einbilden mußte. Hm. Gerste glänzte; braungrün liniierten Kartoffeln zum Waldrand; weißes Wolkenfeuer, und Wind lehnte lässig herum und blies ab und zu hinein. »Jajasicher!: Und dann wird es Nacht: durch die Nähte des Hauses schiebt der Nebel die schlaffen Finger« (und sie schlug einmal schnell auf die frechen) »oder der Wind rüttelt an der nicht vorhandenen Tür, damit Du die Wölfe besser hörst . . .«, und sie lauschte angestrengt: richtig: bloß Wind wars nich: auch ein Motorrad plapperte fern:! / Annemie mit weit offener Bluse; aß Glaskirschen und schnipste schon von Weitem mit den Kernen: »Na, wo sind nu Deine Neanderthaler?« (Erich; zog auch das mittlere Flakon »Ackersegen«, gegen Schlangenbisse, wie er religiös erklärte, ein Kerl wie Samt und Seide, nur schade, daß er suff). / »Ach Jungfrau-jungfrau: das gabs damals« (zur Steinzeit; laut Erich) »überhaupt noch nich! Das iss ne Erfindung des Monopolkapitalismus: weeßte ooch, wie oft sonne Höhlenfrau . . .?« Annemie wollte sogleich präzise Angaben:? — und verzog nur abschätzig den Mund, »Daran soll nich scheitärrn!«; lächelte bosbreit: »Odu!: weißdu wie oft Höhlän-Mann . . .?« und flüsterte scheinbar so unverschämte Zahlen, daß Erich vor dem bloßen Wort zusammenknickte. / »Weeßte, wenn man Euch so von hinten sieht: Ihr seidn Pärchen!!«. Nu wurd's aber doch verrückt: das mußte Plattfußerich mir sagen?!: »Denkste Du siehst aus wie Harry Liedtke? Nimm bloß Deinen Popoffka ins Schlepptau und verschwinde!« (empört!). »Na dann komm!« und gab ihr hinten einen leichten Backenstreich, den sie auch ohne weiteres vereinnahmte, sich auf den Sozius schwang, den Rock zünftig hochstrich, die geborene Motorbraut. Wichtig über die Schulter: »Wir fahränn wieder ins Kur Haus!«. Und wir erlöst: »Ja!«. Wrumm, wrumm. Noch einmal bog sich Erich herüber: »Übrigens schlag ich vor: die Herrschaften ziehn der Einfachheit halber zusamm'. Wir ooch.« wartete keine Antwort ab und stank davon. / (Erst ma von der Ertappung erholen). / Im blendenden Gewühl der Blätter: »Kennstu Pilze?«, und ich runzelte unwirsch die Stirn: sind wir zum Botanisieren hier?! Erzählte ihr aber zum Trost, daß Eichkatzen Pilze auf Ästchen spießen, auf einmal wachsen sie oben im Baum, das sieht sehr spaßig aus. Ameisen trugen ihren kleinen Plunder vorbei. Ich grub mit dem Mund ihre Augen wieder aus, Schmeichelaugen, Streichelaugen. / »Nach 'm nächsten Krieg iss es soweit: da lebt man wieder in Wohngruben; alle 100 Meilen Einer: Du erlebsts noch« (düsterer) »hoffentlich finnstu 'n erträglichen Uthutze.« / Sie sagte es wild vor sich hin, »Was denn?«, blieb stehen, mit dem Rücken zu mir, den Kopf gesenkt: »Dich will ich! Noch was länger.«, und wir gingen betrübt weiter. Schüttelte aber doch streng die Fantasien weg: »Ja, wenn wir reiche Leute wären« (sachlich) »dann würds vielleicht gehen. Wenn ich immer nur die Pocahontas sein könnte. Und wir keine Sorgen hätten; Angst wegen Kindern und so. – Aber dann würdest Du Dir auch noch ne Andere aussuchen. Als mich –« sie sah sich an den Ästen um nach dem dürrsten Wort: »– Vogelscheuche!«, und blickte haßvoll und flehend:?. Ich zerrte entrüstet an ihrer Schulter: kommst Du sofort mit ins Gebüsch?! – – – / »Ojunge« jappte sie völlig erschöpft und krümmte sich noch; »Och«; und: »Vielleicht finden wir doch noch die Brieftasche!«

XIII

Mein Kopf in ihrem Schoß (im hohen Gras ihrer Finger): und sie hatte grüne Flecke am Oberschenkel, blauschwarze mit gelbem Rand, alle vom Reinklettern ins Boot, um mehrere sah man sogar Zahnbogen, und ich schüttelte heuchlerisch mitleidig. Im Spinnweb geflüsterter Worte, in Wasser- und Bleiglanz. / Still ziehend ein Segel, vorm Mast die Gestalt im zweiteiligen Trikot, grün wie Hallenbad; hob ein schwarzes Doppelglas zur Stirn, sehr vornehm, äugelte auch mehrfach über uns:: (nachher sah sie aber doch knitterig aus wie die Mutter der Gracchen, klatschbasige Augen, und manworn). / Ihr Kopf in meinem Schoß: meine Hände bewohnten lange, Käfer, ihr schwarzes Haargras. Machten Ausflüge über Schläfen und Achseln; lange. Eine glatte Kupferebene; Buntsandsteinwüste mit Rippenriffen. Ein Hügelland: Thyle I, Thyle II. Lange. Eine spitze Jumarra im Süden.

Und so fuhren wir daher, allein durch den leeren See, Monos and Una, das Mädchen alle Tönungen, allein in der Riesenmuschel von Himmel und Dümmer.: »Im Boot, Du? Einfach irgendwo ins Schilf fahren?!«. Sie hob nüchtern den Kopf und sah um: – – »Nee. Geht nich. Wackelt auch zu sehr.« legte sich wieder zurück. (Erst beim Nachhausegehen war sie deswegen nicht gut auf sich zu sprechen; knurrte: »Hättens doch versuchen sollen: man iss immer zu faul!«, und ich mußte ihr versprechen, in Zukunft gar nicht erst mehr lange zu fragen). / Zusammen schwimmen: sie fing mich in blauen Wasserarmen auf, intelligent und gelenkig, und wir zogen ein paar Cassinische Kurven. – »Menschastukräfte« sprudelte sie durchs ölige Wasser, und: »Ich bleib noch!« / Also allein im Boot: genau gegen die Wellchen; oft klatschten und polterten sie unterm Bug (und immer Pocahontas im Auge, my playful one; einmal gelang es mir, sie, die mächtig Ausholende, zu überfahren). / Denken. Nicht mit Glauben begnügen: weiter gehen. Noch einmal durch die Wissenskreise, Freunde! Und Feinde. Legt nicht aus: lernt und beschreibt. Zukunftet nicht: seid. Und sterbt ohne Ambitionen: ihr seid gewesen. Höchstens voller Neugierde. Die Ewigkeit ist nicht unser (trotz Lessing!): aber dieser Sommersee, dieser Dunstpriel, buntkarierte Schatten, der Wespenstich im Unterarm, die bedruckte Mirabellentüte. Drüben der lange hechtende Mädchenbauch. / Wieder schnappte es zärtlich, und eine Florfliege verschwand darin: Fische!: Zobelpleinzen, Jense, Gieben, Halbbrachsen, Alat, Witing, Sandeberl, Kilps, Tabarre, Plieten, Chasol, Döbel, Schnott: Sprechen Sie Deutsch? — — »Döbel?« fragte sie nach einer Weile träumerisch zurück: »so hieß ma 'n Chemielehrer ....«: die Treulose! Ich sagte ihr das auch auf den Kopf, und sie gab zu, daß sie damals, eventuell — —: »Aber jetzt nich mehr, Du!« und sah treuherzig hoch: nur Knurren und giftige Blicke dankten ihr 's; möge es jedem offenen Geständnis so gehen! / Graue Gesichter erschienen am Himmel und betrachteten uns strenge; sie lag da, die großen Mahagonikämme ihrer Hände schick ins Haar gesteckt; und ich rüttelte bittend an ihr: »Pocahontas!«. (Sobald ein andres Boot auf 1 Kilometer näher kam: ein Handtuch! Und ich legte es stets selbst drüber!). / Immer wieder bis Seemitte, und hinein treiben lassen (Südost-Strömung also). Hinaus — — hinein. Ansonsten Flaute: die Segelbootsherren stakten sich mißmutig umher (während ich einmal in großem Tempo dicht dahin jagte: Euch werden wirs zeigen. War das Handtuch auch ... ?). Knallweiß ihre Segel: also Apparat hoch: 1/100; Blende 16, unendlich:!: »Soll ich Dir 'n paar Abzüge schicken?« Sie spielte lange mit dem See und antwortete nicht. / Himmel voll großer grauer Fässer: Wind wälzte sie polternd näher, also das obligate Nachmittagsgewitter; »Iss doch verrückt hier!«: »Komm!«. »Wenn bloß nich so viel Menschen da wärn!«, und wir jagten über das bleiige Geknitter, mitten auf den Landungssteg zu: allein sein, Seebesitzer, und alles Land 5 Kilometer im Umkreis unser: Wald, Moor, und bloß unsre weiße Villa! Sie überlegte einen hetzenden Augenblick, dann schrie sie fest zurück: »10!« (also Kilometer: gut! Von mir aus Meilen, und Dänische noch dazu!). (Dem Bootsmenschen ankündigen: »Wir kommen heut noch mal: abends; spät!«).

Auspacken helfen: ein silbernes Kesselchen, in dem etwas 4711 klinkerte; eine hagere Krummschere; lüstern biß blutrotes Mundwasser; 2 brave alte Pantöffelchen (die ich sofort mit vor mein Bett stellte: »Denkma: die hab ich gekriegt, da wa ich 14!«); der Riese Roland von Regenmantel, eine goldene Sprungfeder für den Unterarm; ein fußlanger Kamm, schwarz wie ein Tiefseefisch und mit dito Zahnreihen. Jedesmal beim Vorbeitragen verfing ich mich in ihrem braunen Geranke, Selmajoachim verschlungen, und sie gab mir scharfe Schläge mit den Augenwimpern. Ein kleines Nähetui mit erlesenen Garnen und Knöpfen. Grüne Zahnpasta: »Hier; probier ma meine — —?«: »Mm priema!« (aus schaumigen Pfefferminzlippen). Sie runzelte plötzlich die Stirn, griff nach dem Schienbein und zog sich ein grauseidnes Hautstückchen ab, fingerschmal, klagte: »Die schöne Bräune!«; hier fing es auch schon an: »Wo?!« und rannte enttäuscht vor 'n Spiegel, zeterte: »Hol lieber mein' Koffer!« Und gleich neugierig den Deckel hoch: ein Teufelskerl von einem getigerten Pyjama räkelte sich auf gebrauchter Mädchenwäsche; ein Schächtelchen »o. b. Tampon« (und sie sah erst verlegen, murmelte auch etwas von übermorgen, und schobs energisch in das moderne Handtönnchen: aus braunem Samt mit Lederreifchen, und dann griffen wir unverzüglich nach einander, carpe diem!: ihre Finger kletterten auf mir herum; sie mausten allerorten, putzten uns, knüllten mein Ohr zusammen; erfand auch eine vollkommen neue Wischelsprache mit vielen »u« und Kopfstößen, und trieb 1000 fromme Dinge. Auch oben, fern im Haus, hatte ein Bett zu stampfen begonnen: sie machte ihre Hände ganz weich, wie Heizkissen, und sagte dazu Vieles auf Neolithisch, klagte erstorben und schlug traurig verwundert die Füße zusammen, Ochone de traitor, schob sich, unaufhörlich tadelnd, weiter weg, immer lokkender — — bis auch ihr Körper mich unermüdlich prellte, und wir nur noch ein paar Vokale wußten).

Vorsuppe: »ein weißer käsiger Niederschlag« hatte es im Chemieunterricht immer geheißen, na ja. Dann die eigentliche Hauptmahlzeit: Kartoffelmatsch und je 1 Kotelett; Buttersoße und 'n Haufen Grünfutter: schon bekamen wir mehr hingestellt, als die enthaltsameren Pensionäre an den Nebentischen: »Willstu wohl essen?!« (denn Selma sägte wieder zimperlich und unglücklich in ihrer Ladung herum, und schluckte lustlos.

Erst beim Pudding wurde sie handlicher, »Also wie 'n kleines Mädel!«, und da mußte sie, protestierend, meinen gleich mit löffeln; und schmunzelte verwirrt, unter vielem Flüstern und Kreisblicken, ob's die andern auch nicht sähen: »daß wir Alles so teilen!« hauchte sie glücklich). / Dann zog sie zu mir um, und wir legten ihr buntes Krämlein aus: Haarklemmen, Kalodermagelee, »Ich glaub, an den Kleiderbügeln einer Familie kann man alle ihre Wanderungen und Migrationen ablesen«, ein Schuhanzieher schlüpfte durch Ny- und Perlonröllchen: »Vorsicht!«. Eine Magd galoppierte zusätzlich im Korridor — — plumpste lange treppab: »Gib den Rest einfach zum Fenster rein!«. »Was denkstu, was ich da manchma für Schwierichkeiten hab«, vertraute sie mir bekümmert an: »Meine Größe!! Und zu kurz sintse grundsätzlich!«, hielt mir auch Glied und Hülle als Beweis hin —:!, vergleichende Anatomie, und ich hatte viel zu messen und zu rühmen: aus Schopenhauer beweisen, was lange Frauenbeine wert sind, »Ich denk, das wa'n Filosof? . . .«. / Ein winziges Reisebügeleisen: sie neckte es ab und zu mit der nassen Fingerspitze, bis es zischte, und ließ es dann sorglos schlittern: über einen flaschengrünen Bolero mit militärischem Stehkragen und Goldleisten: »Ziehn ma an!« Sie tat es unbefangen, und die seltsame Farbe stand gut zu ihrem braunen Fell, hielt sich auch den Rock davor:? — »Hastu etwa Schlipse zu bügeln?«. / Auf wieviel verschiedene Arten kann man einen Vierlochknopf annähen?: nun kriegte ich Unterricht, auf dem Bettrand: »Macht man sowas mit der Lehrerin?!: ich hab ne Nadel, Du!«, und schon schlich ihr Arm, lange Korallennatter, auf mich zu, die Hand hob sich hypnotisch, züngelte unmerklich — — und biß zu — »Jetzt hab ich mir 'n Nagel dabei eingerissen!« wehleidig, aber der Schaden war gleich behoben; sie atmete auf und dozierte weiter: einfach rundrum (»Daß also 'n Quadrat entsteht«). Oder so, als Andreaskreuz. Oder als 2 Parallele; als Z; als U; als — — »Na? Na?« — — Tja; also nu wußt' ich weißgott keine Möglichkeiten mehr: »Iss doch ausgeschlossen!«: »Haha!«: bis sie 's herablassend zeigte: »Als Gänsefüßchen! ! — : ! « und nähte ihren triumfierend gleich als solches an: tatsächlich; man lernt nie aus! / Auf meinem Nachttisch »Nigel's Fortunes«: sie öffnete es ohne Umstände und hockte damit aufs Bett; die Füße stellten sich achtungsvoll nebeneinander auf, der Mund knödelte lautlos an kleinen Stückchen Englisch, die Brille bewegte sich nicht. Jetzt zeigte ein Fingerstöckchen hochzweifelnd auf ein vielsilbiges Wort:? ich glitt sogleich zuvorkommend daneben und gab Hilfstellung (das heißt zuerst den linken Arm um die Schulterecken, rechte

Hand am rechten Griff, und küßte den mittelschulklugen Mund, daß unsere Brillen leise klapperten. Sie nahm sie uns sparsam ab, drehte sich unschuldig handlicher her, und wir gingen systematisch an die Untersuchung; »linguistisch« heißt ja wohl »mit der Zunge«?). / Ich trieb, Brust auf Brust, in ihrem rötlichen Teich; weiße Strünke ragten an allen unsern Ufern, ihr schiefer Schopf klebte mir über der linken Schulter: im Seegras klafften Augenmuscheln; ein Gebiß schwamm heran und fraß sich fest:! daß mein Körper spitzere Wellen schlug: da verschwanden die Emailleringe nach oben; violettbraune Röchelstücke ringelten langsam, neben Einem, mit riesigen Locken. / Auf meinem Handtuch stands eingewebt HUAND, und sie rätselte lange:?: »›Heeresunterkunftsverwaltung Andalsnes‹: die Gegenleistung des Deutschen Reiches für 6 der besten Jahre meines Lebens und ein komplettes Haus im Schlesischen«, erläuterte ich zuchtlos die verblichene Inschrift, und die Nackte schauderte ungekünstelt. / Abendbrot: Bratkartoffeln mit Sülzescheiben, homespun; als Zugemüse Selleriesalat, Riesenportionen: wirklich sehr nett, sehr aufmerksam, die Wirtin! / Der Himmel, gespickt mit Sternen; ein lachsrotes Ei stand auf dem Horizont, linke Kante verwaschen, unten drin ein schwarzes Ornamentenband: Mondaufgang hinter Pappeln. »Du, sowas hab ich noch nie gemacht!« (Selma, entzückt ob der Geisterstunde! Nickte aber, sogleich überzeugt: man kennt die Welt ja sonst nur halb! Das wirre Silberkettchen des Siebengestirns).

XV

Fahrt durch Nebeltunnel: schwarzer Wasserestrich, mattseidene Tonnengewölbe (einmal drohten zahllose Säbelspitzen aus der Mauer; drang ein merkwürdig scharfer Strahl in unsere Schichtwelt). Ihr Fuß kam neben mir vor, groß, glatt, kalt; versuchte, in mich zu schlüpfen, unter mich, drückte an, und bettelte mit langen Zehen um obdachne Wärme: ich zog einen nutzlosen Deckenzipfel heran, streichelte schnell, und wickelte ihn kostbar ein (mußte aber sehr aufpassen, denn schon drohten wir an der bleichen Wand zu zerschellen: herum! – Noch einmal dankte da der Streichelfuß. Als irrten wir durch den Orionnebel: glänzender Gedanke: ein Mädchen als Gepäck, eine Schnapsflasche, das Hannoversche Staatshandbuch von 1839: und dann rinn: mit m Wackelboot in den Orionnebel. Aufm Bug S 5, wie bei uns!). – Eine große Halle, von der alle diese Gänge auszugehen schienen: also in einen neuen Marmorkorridor: zurück!! —: ein Nebelboot, unmittelbar vor mir, fuhr querüber durch die Wände: der bucklige Steuerzwerg wandte sich noch nach uns um: — — und da setzte ich das Paddel doch weniger keck ein!

Im Waschblauen die roten Wolkenhaken; vor uns der Mond mit grünem seekrankem Gesicht. »Sprich nicht unehrerbietig von den Sternen!« warnte sie. Eine starräugige graue Alte wallte noch umher, vor uns, mit des Dümmers Dampfe, Schattengestalten. (Gegen Jean Paul, Band 32, Seite 14, und öfter: »Bekanntlich erscheint dem Monde die Erde 64mal größer als er uns, und das Heraufwälzen eines solchen Himmelskörpers muß entzücken«. Erstens hat die Erde lediglich den vierfachen Durchmesser, und der wirre Titan hat sich nur gesagt: Körper? also flink hoch 3! Und zweitens: man stelle sich probehalber ein Gestirn, 64mal größer als Frau Luna, vor: entzücken??!!: entsetzen würde man sich, wenn der Gaurisankar über uns drohte! Rares Gemisch von Oberflächlichkeit und Tiefsinn!). / »Am Deich hier, Du!« / Aneinander: wir erknöpften uns nochleidlichstraffe Seligkeiten, und unsere Körper schmatzten eine gute Weile miteinander. In dieser sahnigen Nachttorte. Auch ihr Mund schmeckte wieder groß und saftig: wo ihr Haar aufhörte fing Strandhafer an: aber wo war das? Wo ihre Finger endeten begannen Halme: ohne Übergang. Die Stammstücke ihrer Beine; drei moosige Winkel. In unserem Gesichterbündel drehten sich langsam Augen und Flüster. / »Vergiß den Stein nich!« (als Anker!). Der Nebel schmeckte zart und kalt und gut zum Schnaps; Pocahontas hinten im Deckengewölbe. (Wie in den »Oak Openings«; vom ganzen Mittelmaaßbuch ist mir doch als Bild geblieben: Nachtfahrt durch die Schilfwildnisse des Kalamazoo). Bald hatten wir in den Nebelsälen jede Richtung verloren. Binsenweltenwelteninseln trieben näher; es erforderte wirklich alle Kunst, nicht anzustoßen, und ich begann schon zu schwitzen. / Es segelte einmal über uns, zog Flügel an, und fiel senkrecht klatschend zwischen die Stengel ein, daß sogar die schnapsmüde Selma auffuhr: »Üprumb: Üprumbüprumb!«. Wie Ochsengebrüll kam es und ganz nahe: »Rohrdommeln bloß!«, daß sie verletzt wieder in die Deckenlabyrinthe sank. Sackgassen und Dampfflöße. / Gegen 3 Uhr fand ich endlich im Nassen den Mond, der sich eben, schlagflüssig und kahl, in seine Nebelsümpfe senkte. — Graufrühe trat ein: auch an Land schwamm Alles dahin; Bäume trieben über Wiesen; Kristus trat Nebel und tauchte gewandt auf und ab; unsere Füße quakten. / Die dürre Zikade: saß steif im Sofa und drehte zeitlupig am Handgelenk; trocken klappte der Kiefer, ungefüge, zu groß (der Sprache noch nicht wieder gewohnt), unbemessen: grillte ein Kurzes, und schlief wieder davon mit offenem Augenschwarz. Von mir: wölfische Worte, langgezogene; und wieder ihr dünnes, pfeifendes Geschwirre, rippenkörbig, aus tonloser Dämmermaus, im Flederschlaf. Ich baute uns rasch ein Bettiglu, legte Uhr und Notizblock, umsehen, halt die Hausschuhe noch, und leitete die Willenlose hinein, das Gespenst, gliedertierig, wie die wanke Larve vor mir her griff. Sie legte sich gleich fröstelnd an mich, lallend vor Schläfrigkeiten, schob sofort ihre großen Füße zwischen meine und tat die Knie dazu, hängte mir Hakenhände über die Schultern, schon halb bewußtlos; aber da fror ihr der Rücken wieder, und sie drehte sich schaudernd, wölbte ganz in mich hinein, von den Hacken bis zu 'n Schultern, und ich legte noch die Arme schräg darüber, die heiße Handfläche auf den Bauch, sie atmete einmal mohnig, schluchzend und dankbar; bis das lange Wesen nicht mehr bebte. / (Zugfern: sein Schallstab war geduldig horizontal; fräste eine Rinne in unsern Halbschlaf; zog sich pleuelstangig ein). / ((Hahn schrie es haifischgroße Dreiecke auf die Schlafwand; fernere hingen Kaurischnüre dran)). / (((Wann? Dächer hatten steingrau zu wispern begonnen))).

XVI

Zu Viert allein im Gastzimmer: der Regen faselte flink friseurhaft impotente Geschichten, von der Frau Nachbarin und wie die ihr Schäftchen vernuschelt hätte, auch Paulpaulpaul käme nicht mehr ans Robling; also schlossen sich zwanglos Illustrierte an: auf dem Umschlag »Salto mortale in 3000 Meter Höhe«: »Dafür fünf Jahre Arbeitshaus!«: »Abärr wiesooo?!«. Tour de France: »Mit *den* Beenen könnten se ooch nützlicher sein!«. Ein Zebroid war irgendwo geboren, und der betreffende Scharlatan bezeichnete das als »äußerst selten« (dabei iss nischt leichter!). / Wind mechanikerte am Fenster, die Wirtstochter putzte hinten Bilderrahmen; bald würde sie die still saugenden Blumen draußen abschneiden. »Preußische Kronjuwelen gestohlen; 9 Jahre ohne Mutter; Krönung der Queen«: »Sollten fürs Geld lieber Flüchtlingsheime bauen«, meinte Erich verächtlich. »Und die Malerarbeiten E. Husthusthust übertragen, was?« (Beinahe!). Nach dem Gelächter dann den eigentlichen Sinn erklären: Amerikas Übermut und -gewicht sacht zu stoppen!: »Kuckama das Gesichtel!«: ›Herr‹ Manasty, Kiel, hatte sich Pickel und Blähungen mit Klosterfrau Aktiv-Puder vertrieben, und wir schüttelten feixend die Backen über den Trottel. »Auch Sie sind in Gefahr«, folglich Gaspistole für 11 Mark 45; »In 20 Tagen wunderschöne Forma-Brust«; Kreuzworträtsel und Schachaufgaben: »Iss denn nischt im Radio?!«. Die Regenharfe klimperte schwächlich, verstummte aber sogleich vor dem platzenden Marsch (und Erich wußte auch leise den Text des Trios: »Ich hab noch nie son Sack gehabt, wie Müllern sein Kommie.«).

Schachspielen (mit Erich, ders im Kriege von mir gelernt hatte, dank seines hochentwickelten Geschäftssinns ein gefährlicher Gegner war) und sie verfolgte interessiert das gemächliche Gedränge der hölzernen Gestaltchen, wie sie dahinzogen, übereinander sprangen, sich entführten und verwandelten (und Erich erschöpft: »Äußerstmerkwürdich!«, als ich, trotz eines leichtsinnig geopferten Turmes weniger, eins der glanzvollsten Remis meiner Laufbahn machte: »Ein Alterfuchs!!«). / Gute Witze, lustige Kleinkerlchen, von »Bu«, und ich lachte wehmütig und probierte ein bißchen: Buschbussebuchholzbuckinghamburckhardt? (Nachher hieß er aber H.-J. Bundfuß; sehr gut. Ebenso Sir Oaky Doaks, Fullers Bilderreihe in der New York Post: die neueste Don Quijote Variante; und eine neue Kunstform, Kurzform, diese cartoons; das heißt: könnte man draus machen!). / Ein langer Artikel: der Papst hatte endlich eine Ähnlichkeit zwischen der neuen Kosmogonie und seiner Vulgata ergrübelt, ganz aus eigener mühsam erworbener Ignoranz, und die Sächelchen dann unbefangen in Druck gegeben: wie 's in solchen Köpfen aussehen muß! / »Religiöses Gefühl?: Kenn ich nich!!« (Erich): »Hab genug mit meinen Neubauten zu tun: sag 'n Zitat, Jochen: —?« Dem Tüchtigen ist diese Welt nicht stumm; und: Den Himmel überlassen wir den Engeln und den Spatzen. / Wiederum Erich, alter Sozi: »Was würdn wa denn heute sagn, wenn der Junge vom Tischler-Josef drüben, eben issa aus der Volksschule, uns über Gottundewelt belehren wollte? Der hat doch nischt gelernt! Kann keene Sprachen, hält de Erde fürn Pfannkuchen, weeß bloß Kreisklatsch. Kunst und Wissenschaft, Mattematiek, oder wie die Brüder alle heeßen: keene Ahnung! Gelebt oder 'n Beruf ausgeübt hat er ooch nich, also ooch keene menschliche Erfahrung weiter; nischt durchgemacht —« (ein großer Schluck Bier): »was hat Der mir groß zu sagen?!«. / Radionachrichten; 25. also Homers Geburtstag:

Schweizerische Käse-Union-AG: das gibts tatsächlich!. Ein Autofahrer fuhr aus unbekannten Gründen gegen eine Bahnschranke: was mag der wohl für ›Gründe‹ dazu gehabt haben?! (Wenn die Leute schon nich Schopenhauer, sollten sie doch das Wörtlein ›Ursache‹ kennen). / Alfred Döblin 75 Jahre: Messieurs, wir erheben uns von den Plätzen! Wie kann sich ein Volk bloß einbilden, ein Dichter wäre ›sein‹!: da müßten sie ihn zu Lebzeiten nich so traktieren! Was hilft es nach dem Tode Dem, der dann unterm Hügel liegt, und der wohl noch Trefflicheres hätte leisten können, hätte man den Lebenden mehr ermuntert – ach was ›ermuntert‹: Hätte man ihm nur Gerechtigkeit widerfahren lassen!! Neenee: geht mir weg mit dem Volk! / Jetzt Maler-Anekdoten: Wie Erich die Breslauer Unität das drittemal bloß mit reinem Oderwasser gestrichen hatte: »Was Die sich woll eingebildet ham: mehr als zwee Anstriche über'nander iss doch Irrsinn!«. Wie er der eigenen Mutter nur Flurtür und Korridor renovierte: »Weil da manchma Eener hinkam, bestellen, weeßte? Weiter ließ se doch Keen' rein!« (L'Avare: aber die Sorte bringts zu was!). »So: Bude wär vergiftet!« (Formel, am Schluß einer Anstreicherarbeit zu sprechen). »Wenn Die dann immer unten rumstehn« (die Auftraggeber) »und keen Ooge von Ei'm verwenden: so alte Weiber, beiderlei Geschlechts: da gibts een' ganz bestimmten Ruck mit der Bürschte, daße von oben bis unten bekleckert werden: den lernt schonn jeder Lehrjunge bei mir!«. / Und das Geniesel nahm kein Ende, so sehr wir auch vor die Tür guckten, ihre langen Glieder erhoben sich immer gehorsam mit, Nehalennia, in fließenden Gewändern: »Aber 14 Uhr 30 fahren wir doch mit dem Autobus ins Moor!«. Ungläubiges Feixen: »Wir legen uns lieber noch ne Stunde hin«, gähnte Erich mit bedeutsamen Blicken auf Annemie; und die schmunzelte labbrig und aszidisch (tunicaten). Einige Anekdoten von Antek und Franzek rundeten für Jene den Vormittag, Erich lernte gern (und wir brachen nur um so hastiger auf: ich kenn das leider Alles: .... »wird sich Ziegee schon dran gewöhnänn! ....«). Die Dachtraufen kannegießerten noch immer.

XVII

Das Erforschliche in Worte sieben; das Unerforschliche ruhig veralbern: Ein Baum krümmte sich in der Einöde; es drehte ihm alle Blätter um; schwarze Vögel traten aus den Zweigen und schrien; den gleichmäßig sprudelnden Himmel an. Sie war stumm und eumeniden genug immer neben mir: Schritte wie ein Mann, aus den Taschen des Kleppermantels staken schiefe Arme, im rotledernen Gesicht schnappte ein nußknackerner Spalt manchmal sein Gemengsel Reg' und Tränen: »Pocahontas —«; sie drehte langsam her, und heulte mienenlos stärker: — — bis ihr mit einem Ruck das ganze Gesicht zerfiel, in Wülste, in rote Ecke, Ohrenellipsen, das Waschbrett der Stirn — dann riß es noch quer durch, mit einem rabigen Laut, daß ich die tragische Maske erschüttert an meine Wange legte, drückte, wiegte, noch immer taumelte ihre Klage schwarze Zacken um unsere Köpfe: »Liebe Pocahontas!«. Ein Wegweiser stürzte uns hölzern entgegen, breitete kupplerisch drei geschminkte Arme: DAMME, OSTERFEINE, HUNTEBURG: zu jedem davon überreichte uns der Regen höflich die grauseidene Schnur. Ah, die schwere Dünung der Luft. Ein Nebelkahn schaluppte lange im Weidenhafen, und scheiterte dann zögernd unter Bäumen. Sie ließ die Hände zu ihren mühsamen Tränen in das schwarze Gewässer fallen, ihre Stimme schleppte am Boden; die Schultern konnte man sich heran ziehen, das Gesicht noch nicht wieder.

»Immer grodut!« raspelte wieder die belegte Greisinnenstimme: Schürzenblau, Altfrauenmuster, zeigte ein Harkenstiel, der zwanglos in den Armknochen überging. »Na, komm mit.« Ins Graue. / Kaffeeschwarze Gräben luden zum Sprung, daß ihre Hand in meiner schepperte; Tümpel von schillernden Farben: Braungrün und Eichelviolett (sehn S' ich ma Ihre an!). Sie setzte sorgsam alle die großen roten Nacktschnecken ins sichere (?) Beiseite. Jede. Stand auch erschüttert vor einer Zerfahrenen. / »Nee.: Wie ich 15 war, 'n Lehrer. Aber auch bloß einmal. Und ›Meinverlobter‹ hat 's riskiert: wegen 'm ›Hof‹!« Voll schweren wehrlosen Überdrusses. Lachte quakig unheimlich: »Und Du!: Ich muß immer drüber nachdenken, wieso.: Im Geschäft nenn' sie mich ›die UKW-Antenne‹.« / Ein schwarzes Pferd sprang aus dem Nebel und brüllte uns an, zum Windstart: um die Bäume schwirrten sofort grüne und zinnerne Falter, ganze Wolken voll; und setzten sich wieder auf die Zweige und ruhten erschöpft. Langsam zerriß ihr Haar, schon betastete Regen die Baracken unserer Köpfe, haunted palaces —: »Drüben sind n paar Bäume«. / Stämme schwarz und naß: kammgarnte Regen, Nebel machte Anstalten, die graue Luft wusch langsam herum. Wir hockten mit beschlagenen Augen in der fuchsigen Nadelstreu, Zweiglich oben, Humus unten, verrückt wer es empfunden; die Hände schnitzelten sorgsam an Spanigem; andauernd mußte man austreten gehen vor Kälte: selterte es im Backengesicht, witzig klatschte der Wind; ein Gedanke schneckte am Drüben, austerte gleichmäßig flau auch sackgässig, dann zog er den platten Hinterleib wieder ins Gebüsch. / »'ran denkstu?«. Achselzucken.: »Du?« Achselzucken; aber ungefüge Tränen. »Komm ....« (Und wir gingen vor den haushohen Schleiern her, über das triefende Moor.) / Der Regen machte manchmal Grotten um uns; jeder wandte sich verwirrt in seine ab: gelb floß uns der kalte Harn aus den pferdigen Leibern; und sie knixte hoch, und heulte blitzschnell wieder Rotz und Wasser. »Praps, praps, praps« rief die Krähenreisende, also scheinbar ne Miß. / Am Moorkanal: 1 leeres Blatt versuchte, ihn hinunter zu treiben, während sie verschränkt über die platte Brücke ging. Steinerne Umarmung. Wir besahen uns finster aus beregneten bulleyes; eine weibliche Weide, dickes dunkles Gesicht, schlug ihr Haar nach vorn, flüsterte und zitterte, strähnenüberzogen. Ich nahm ihre kalte wachsrote Hand an, und trug sie erschüttert: Kind, was tun sich die Menschen für Erinnerungen an! Vor der zementnen Himmelswand hinten ein verfallender Schuppen, bretternes Los. / Nebelhorn des Mondes, abgebildet überm Moor; in jeder Fußspur erschien Wasser; auf mittleren Hacken war sie so groß wie ich. »Im Stehen«: »Hinter der Pappel da.« Semig leckte's hinunter auf den Torf, in vier langen Tropfen, ein Rest ans Taschentuch gewischt, weggesteckt: »Komm!«. Der Abend verfiel noch hohläugiger, der Weg schlurfte entlang. / Nochmal zum See im Dunkeln? »Nee! Wär' nur schwarz.« »Morgen muß ich wieder unter die groben Leute.« / Beide (schadenfroh): »Ihr seid aber naß geworden!«.

XVIII

Rostig und bleiern (und kalt, Anus Dei!) der Morgen: »Habt Ihr Alles?!«. (Ihnen die Koffer zum Autobus tragen): spöttische Büsche hielten uns in grünen Schlankfingern triefende Buketts entgegen; ein Fohlen stöckelte teilnahmsvoll an seinen Zaun (über das Rohr eines Giftpilzes gebückt, soll man mit den Unterirdischen sprechen können!). Stimme tropfte ein bißchen; die Augen sahen einfältig und stolz durch ihren Wasservorhang. Haltestelle hielt beteuernd ihre gelbe Hand hin: H. (5 Uhr 10: »Noch 6 Minuten«). Drüben, nahefern die Windmühle, von hinten; ein Strauch wiegte nachdenklich den Kopf und fingerte rechnend in der Luft; wir sahen uns unscharf in die fleckigen Brillen: noch einmal hastig die Gesichter schräg übereinander legen, befangen, wie da nutzlos Gebein an Gebein streifte (und Erich, Lederjacke mit wattierten Schultern, schenkte Seiner indessen die Armbanduhr). Der rote Lintwurm kläffte schon von weitem und öffnete gleich einladend die Kiemendeckel: ein paar dünne Klebsilben am Türklaff:! (aber die Scheiben waren völlig beschlagen und nur Fremdes knäulte noch peristaltisch).

Das Trauerkleid der letzten Nacht. / »Vier Portionen Dümmeraal! – Ädoppelte!!« bestellte Erich sonor, und legte zufrieden die rothaarigen Hände um die Bierfilze (die sofort daraus zu entkommen suchten: Kavalier füttert seine Dame!). / Im Radio gestikulierende Stimmen, Koboldspfiffe, und endlich zerkratzt die alte Schlagerparade »Blume von Hawaii; ich küsse Ihre Hand, Madame; kannst Du pfeifen, Hanne«: ogott, da warst Du noch gar nicht geboren (und es warf mich heimlich einmal kurz in den Schultern, Irrsinn und Amüsemang! Erich flüsterte beifallheischend: »Meine hat Temperament, Du: die hat mich schonn mit Türen geschmissen! *Und* mit Schuhn!« und nickte stolz). / »Bitte sehr: –« Und wir nahmen lärmend die verfluchte Kost zu uns, Totgeschlagenes und Abgerissenes. / »Na, habbich weniecksstänns was zu beich-tänn«, stellte Annemie pomadig fest. Beichten?: ich wendete betroffen den Blick zu Selma, die, bronzen und nervös, neben mir saß, das Bein vom Gesäß bis zum Knöchel an meinem. Schüttelte aber den Kopf. »Odie!: Hat keine Schwierickkeitänn!« beschwichtigte Annemie, und klapperte fröhlich mit Gaa-bäll: »Selma?!: ist sich so gut wie Heidee: wann warrstu zuletzt in Kirchee, Du?!« und der neusilberne Vierfachblitz drohte. »Ach Kirche, – das ist Alles so unrealistisch: die Musik, die verkleideten Redner mit ihren unpassenden uralten Vergleichen. – Und dann – –« sie schauderte echt und wurde ganz leise zu mir: »dieses ›Abendmahl‹: »Das ist mein Leib und Blut« – –: mir hat als Kind schon immer vor der Blutfresserei gegraust; ich hab ma gelesen, daß Kannibalen in Innerafrika auch solche Schmierereien feiern ....« und dachte durch Gebärden weiter, hilflos angeekelt: »Liebste Pocahontas!!«. / »Wo Sie doch für alles Namänn wissänn: wie heißt da Eh-rich?«; ich sah jene Beiden an: er kalkweiß und kommerziellen Gebarens – –: »Nu; heute vielleicht ›Sodom‹?« schlug ich grimmig vor. Sie lachte gurgelnd, ausgelassenes Fett, einverstanden, aus massiver Slawenbrust; dann neugierig: »Und iich?!« (Da war ich aber doch fertig!) / »Brüderleinfein: Brüderleinfein«: auch das noch! Also die Szene wo ›Die Jugend‹ abfährt. Ich sah Pocahontas an:? nee, war der Einzige, ders merkte, unterdrückte aber gewaltsam alle Gedanken ans Lebermeer, und griff lieber noch einmal verstohlen über die schmächtigen Schenkel: »Wolln wir raufgehn, ja?!«. / Sie nähte mir noch den Knopf an und unterhielt sich dabei leise mit meiner Jacke. / Der erste Wecker, den wir uns für morgen pumpten, ging sofort kaputt, und die Wirtin zog ein saures Gesicht (ich hatte aber wirklich nicht dran gedreht!); mußte ein zweiter vom Bäcker geholt werden. / Packen, packen: ging Alles schwer in den Koffer, in die Tasche. Sie hastete und beschwerte sich eintönig, daß die Zeit nun wegtrappelte. / »O Jé! —« schrie leicht auf, sah verdutzt erst auf den Handtuchzipfel und dann sich an, kommandierte atemlos: »Kuck ma weck!« — — Als ich die Hände dann wieder von den Augen nehmen durfte, trug sie ein schmuckes Triangel. War auch errötet und sichtlich erleichtert. Und stolz: »Ach Du!« Und sann. Und wieder Trauer: »Ach Du.« Kam inbrünstig und drückte sich an; seufzte galgenhumorig: »Na dann atterdag.«; zog auch die Füße an und gab schnelle Tritte auf einen unsichtbaren Hintern (des Schicksals?). / »Knips Du bitte aus.« Noch einmal sah ich so eine lange Indianerin. Am Schalter. Dann ging die Unsichtbare still um mich herum. (Gleich darauf Wadenkrampf, etwa auch souvenir d' amour, und ich ächzte und zischte und massierte: teuflischer Einfall: vielleicht hält sies für Schluchzen!). / Gleich darauf raste der Wecker schon; wir erhoben uns geduldig. Sie reichte sich stumm zum letzten Biß: — »In Beide«: »Schärfer!«; prägte auch ihre Zahnreihen mächtig ein. (Schon klopfte Annemie vorsichtshalber:?: »Ja wir sind wach!«. Und hastende Stille). / »Sieh mich nich mehr an, damit ich abreisen kann!« / Erich, unverwüstlich, rühmte schon wieder die Autobusschaffnerin: »Haste die gesehn?!«: Kaffeebrauner Mantel, gelber Schal, die schräge schwarze Zahltasche, eine Talmiperle im rechten Ohr, blasses lustiges Gesicht; ich gab Alles zu. / Wolkenmaden, gelbbeuligen Leibes, krochen langsam auf die blutige Sonnenkirsche zu. Erich räusperte sich athletisch: »Na, da wolln wer erssma .....« und wir marschierten zurück, »weiter penn': verdammte Fützen!«. Mein Kopf hing noch voll von ihren Kleidern und ich antwortete nicht.

Die Umsiedler

I

Der frühreife Mond schob, rachitisch krumm, übern Bahndamm; einmal wieder Fleisch satt. Büsche noch mit etwas frischem Regen verziert; und wieder anfang könn zu rauchen. Eine fette Wolkennutte räkelte graue Schultern hinter den Abendwäldern; Makkaroni und die harte Ecke Schweizer reingerieben. Zwei Windsbräute rannten auf mich zu, mit zarten staubigen Mähnen, durchsichtigen gelben Leibern; irrten verlegen näher, rafften bebend die Schleppe, drehten sich und seufzten entzückend (dann kam aber schon das Lieferauto von Trempenau, und sie mußten hinterher, gezogen, mit langem mänadisch durchgebogenem Kreuz: Eener mit'm Auto hat immer mehr Chancen!)

Die gesunkene Sonne hinterließ noch lange das Rot von Löschpapier, in das von oben her Tinten der Nacht einsickerten. Regen floß dann schräg um die knochigen Bäume; Wind gab krummen Flüchtlingen Püffe in Haar und Augen, mach daß Du weiterkommst, die Wetterhähne schackerten auf den Firsten. Graue Siedlung mit Schiefer gedeckt; zum teufelsten Male die Ronde um Benefeld, immer außen rum. Im kahlen Himmel hallte der Wind sehr; Radio entwalzte lang allen öden Dachluken: da saßen sie mit wütenden Gesichtsscheiben bei 25 Watt; meine lehmigen Füße trieben mich im Wegerinnsal, bis' Herz abgewetzt war wie der Mantel, Salat, Salat. Kein Lastenausgleich, Hausratshilfe, Aufwertung der Ostsparkonten (Fluch den Ministern!). Die Sterne erschienen wie Diebe in Regenmänteln, in schleichenden Wolkengassen. Aber dafür drei Mann in jeder Stube; aber dafür Wiederaufrüstung he: was müssen das für Ochsen sein, die sich den Fleischer zum König wählen! Der schwarze Wind gebärdete sich wie ein Rasender, rempelte und schrie; den nächsten Zweig hieb er mir durch die Stirn, pfiff einem Kumpel und spuckte Regen: der kam johlend von hinten, trieb mir den Hut hoch und würgte am Schal. Aber dafür klappt die Umsiedlung immer nicht: in jedem Beruf ist ein Mensch mit 65 ausrangiert; aber der Staatsmann, Senilissimus, wird scheinbar erst mit 75 so recht reif, eiskalt, total unmenschlich, greisig gräulich griesgram Gräber grimmig. Drei graue Fledermenschen kreuzten mich in langen taumelnden Umhängen, und schon erschien der schwarze Dachkeil des Niedersachsenbauern: Niemand, der nicht Landwirt war, hat ein Recht von den Schrecken des Krieges zu reden: die ewigen Kontrollen, mein Lieber! Daß Euch der Kriwitz! Eine magere Silbereule hängt reglos im Kiefernwebicht; am Teich: wegelagern Baumkerle in Nebellumpen, Arme wie Keulen, knotig drüber gehalten. Drinnen der Tischfluch über die Sirupschnitte; verschimmelte Wände, wer kann das Loch erheizen; hinein in Wetzels Belphegor (gottlob war Beier noch nicht da); und dies ist das sogenannte Existieren, was wir jetzt tun. (Die Windschlägerei tobte draußen immer noch fort.)

II

So mißfällig betrachtete er die dritte Kiste, daß sich sein Gesicht zusammenrollte; dann wies er Müller mit der Schulter an: »Holz ....?« »kopf.« antwortete Jener düster und wölbte auch den Rücken: »Holz? .... kopf!«, bis das Getüm in der Ecke lastete. »Das Bett erst!« und Kreisflüchtlingsbetreuer Schulz mahnte von unten in alle roten Güterwagen: »Immer bis obenhin laden. – Ganz dicht.« Auch zu uns: »Immer bis oben hin!«. An seiner Schulter sprach Lepke sorgfältig: »Holz –« und Müller gramvoll: »kopf«. Selbst der Wind war viel zu kalt, letzten Endes doch wohl nur n richtiger Ausfeger, Rausschmeißer, und dann hob sich Schulz auf die Zehen, sah in die Liste, und schrieb mit Kreide an unseren Wagen ALZEY.

Eine Kiste (ohne Deckel) kaufte ich vom Lepke, die andere brachte Vehlow gratis aus der Waldorfschule mit. Erst die Bücher, das war wie Baukasten spielen. In die lange kamen unten Zeitungen rein, und dann das bissel Anzuziehen – Quatsch! die Zeltbahn muß natürlich zu unterst; also: Alles nochmal raus. Holzwolle in und um die zwei Tassen, die wiederum in den großen Topf; der Pokal hatte sein extra Kistchen, und da gingen die Likörgläser noch in die Ecken. Beschriften soll mans auch, so malte ich handlang mit Ausziehtusche und trugs vorschriftsmäßig in die Transportlisten ein, dreifach. Abschied nahm ich nachts um Zwölf, da sah ich die albernen Gesichter wenigstens nicht mehr. Intensiver Dorfbummel, for the last time once more, nur selten gab ein Haus noch Licht, um Euch wein ich keine Träne: hatten die ›Deutschen Rechtsparteien‹ nicht schon beim ersten schüchternen

Anlauf wieder 24 % aller Stimmen ›auf sich vereinigt‹?! Wind pfiff auf meinem Ohr und fummelte eilig am Mantel; da wußte ich schon, ich sollte noch einmal mit, auch der spitze Stern zeigte marsch in die Wälder. Die Haidestraßen lagen um Mitternacht schön leer: weicher graupolierter Asphalt, oben der Lichtteich im rauhen Wolkenmoor, die Bö schob mich an und ich fror mich glücklich, floß über Straßen, rann in verschlagenere Wege, ein fernes Motorrad stürzte plärrend seinem Lichtfleck nach, Wasser lallte drude unter meinem Sprung und füllte mir den Schuh mit schläfrig eiskalter Liebkosung; und der Chauffeur lachte nur, als wir morgens die paar Kisten auf den LKW schoben (hier fielen die Bettbretter das erste Mal auseinander, und ich mußte rostigen Draht am spöttischen Hang suchen). (Vorsichtshalber noch mal austreten, und mein Wässerlein ringelnatterte unters Blaubeerkraut; verrückte biologische Welt!) Sie kriegten jeder die Zigarette, denn Müller und Lepke fuhren ohnehin zum Stempeln nach Fallingbostel; ich dachte nochmals den Abschiedsfluch hausum, so, und nun fahr zu, Schwager! Die niedersächsische Sonne strahlte aus dem windigen blitzblauen Novemberhimmel; auch sie war froh, daß wieder ein paar Flüchtlinge weniger wurden. Manche standen schon und kanteten Schränke hinein, Andre kamen angeknattert, der mit Anhänger, Einer hatte sogar zwei lebende Ziegen im Lattenverschlag. Der Kreisflüchtlingsbetreuer lotste uns zum G-Wagen; wir stapelten mein Gelumpe flink in der Ecke hoch: Wiedersehn, Herr Müller: noch aus der Kurve winkten sie bieder, eine Hand krampfhaft am Seitenbrett. Ein sauberer Kleinlaster schnürte heran (.....) ich verhielt meinen Absprung noch (.....) kurvte arg elegant, und die zähe Mädchenstimme fragte: »Also hier rein!«. Sie gefiel mir so, daß ich spontan zugriff, und mit dem Fahrer, o Du Menjoubärtchen, ihr Zeug hochholte: viele feste Kisten (»Vorsicht: da's Radio drin!«), Schränke Tische Stühle mit umwickelten Beinen, und sie lächelte sehr zu meinem Lohn.

III

Die Sonne strich ihr über den karierten Rock (dahinter: schwerer Reif im Blaubeerkraut, und gefrorener gelber Sand, den man bestimmt noch leicht zerbröckeln könnte). Zwischen Koffern: »Gehn wir zur Börse?«. Ein Staubkerl erhob sich mittelgroß, walzte breit auf der Straße heran, überrannte uns schmale Rücken. Züge erschienen ernst, hielten, luden Hastige aus und ein, rauchten, schlängelten langsamschnell davon, Blauwölkchen flogen hurtig über sonnigen Gleisen: öde. Augen wie helles Vogelgeschrei. »Gehen wir?« Jetzt waren sie gekonnt erstaunt unter der entspannten Stirn. — »Ja bitte!«

Ihr Koffer war toll schwer; aber nun mußte sie, die Hände im Mantel, nur eine breite moderne Jagdtasche über der subtilen Schulter, langsam neben mir her bummeln (auch unsere Möbel standen oben listig eng aneinander geräumt!). Zwei Gastzimmer der Börse; erst halb voll; vorm Fenster lockte ein winziger Rundtisch. Ich schob die Schuhspitze an den Rand des nächsten Sonnenflecks und bat: »Sind Sie auch allein?!« Sie überlegte, gerade so wie man soll; dann wiegte sich ziervoll der Lippenkelch: »M—m.« Sah anerkennend zu, wie ich die zwei Stühle belegte, und mit den Koffern unsere Weltecke verschanzte. Ein bißchen sitzen. »Katrin,« deklamierte sie düster: »und eine arme Witwe.« (Der Mann 44 nach halbjähriger Ehe gefallen; und sie ist auch nicht katholisch.) Sie aß dann zwei schicke Brötchen Wurst und dicken Edamer mit feuerrotem Wachsrand, trank lehmigen Thermoskaffee. Am langen Rechteck nebenan zog eine Großfamilie ein: Vater, Mutter, sechs erwachsene Söhn' und Töchter; drüben beim Ofen possessiv lärmend Borck mit seiner Högfeldtserie von Zwölfen, kam klein und bucklig an und plärrte mit den Hauerzähnen. »Kenn Sie den?« fragte Katrin draußen, als wir ein Stück haidwärts zogen. »Ich war Dolmetscher an der Hilfspolizeischule, und er Kammerverwalter«. »Und jetzt übersetzen Sie Bücher.« Die Sonne kam wieder den Weg entlang, Schatten entwischten auf Feldern, die Forste hallten noch mehr von Wind. Ich breitete meinen Soldatenmantel, Sir Walter Raleigh, über den Baumstumpf, und die Queen nahm Platz. Besah den Atlas, Marburg, Westerburg, Alzey, weiter. Unvermittelt: »Sie frieren nicht!« Schwarze Stimme, Gesicht hunnischblaß, Herzjägerin der Lüneburger Haide, sauvage et non convertie, mit Brauenpeitsche und Bogenmund. Wind überfuhr uns mit sausenden Glaslasten, Zweige schlugen zarte knöcherne Wirbel, im Gras raschelte sichs zu. Die Beute neben sich, erlegt im Kraut. Ihre gelben Hände flimmerten ums eckige Buch, die breite graue Riemensandale hob manchmal sacht die Spitze und klopfte buschmännige Zeichen. O Rock und Bluse! Katrin lächelte listig und faul, an mir vorüber, abwesend, durch mich hindurch, für mich, über mich hinweg. O Rock. Blauweiß das Himmelsschachbrett mit Wipfeln bewegt. Und Bluse.

Himmel schon rotblau gestreift wie ein Fuhrmannskittel, und der Wind blies uns so kalten Staub auf die Backen, daß Katrin energisch: »Ach du Donau!« zu ihm sagte; trotzdem besahen wir diesen letzten Abend, bis er wüstenrot wurde, ganz leer, und überhaupt übertrieben. Dann gingen wir hintereinander durch den steinernen Flur wieder in die große Gaststube, wo es schrecklich von Kindern schwärmte, gehenkte Mäntel ringsum; und Stimmengulasch in gelber Lichtsoße. »Wollen wir auch was essen!«; ich sah indessen ergeben durch die Scheiben auf die eckige Nacht: also hat der rotierende Gott die Welt geliebet; tja. (Brause 30, Brühe 30, Kaffee 50).

Wulstiges Gelächter; »Äin Äi« (das ist natürlich Borck); die hagere Frau gürtet eine Schürze um und macht Schnitten für viele Kinder: die fuhren aufeinander im Saale umher und zwitscherten sich atemlos; (Eins wunderte sich gelehrt überm Atlas, wie die Länder so komische Namen hätten: ›Eng‹, ›Nieder‹, dann gar ›Ruß‹); junger Mann mit schielgelbem Mädchen, samtig grundloses Slawengesicht: natürlich: auch aus dem Kinderwagen schielte's schon sanft und versoffen; uns gegenüber der alte Mann in feierlich dunkelgestreifter Hose, seine seidengraue Fünfzigerin: würdig weidete ein Cyklopenpaar unter Rosen (?). Dem Wirt war es anscheinend ungewohnt still; er griff nur einmal nach dem Knopf hinter sich: »knack am Fänstör — des Panazzo — fallän dunkäll — note Nosön« jauchzte es geschmeidig, Geigen pfiffen sich bogig immer höher, und die Yahoos feixten und bliesen moorigen Nebel aus den Backentaschen. Viele Rentenempfänger. »Die haben sich möglichst Solche ausgesucht, die keine Arbeit wegnehmen,« flüsterte die aufmerksamere Katrin. »Warum haben Sie sich eigentlich gemeldet?«. »Och,« sagte sie (nur widerwillig noch mal dran denkend): »ich war bei einem scheußlichen alten Weib zur Untermiete, so eine ›vornehme‹ Greisin, mit ner total bekloppten Tochter. Sie schwärmte immer noch von ›unserem herrlichen Bismarck‹, und wollte für jede Tracht Wasser 2 Pfennig und n Psalm —« sie raffte zierlich Mund und Nase, als sie über die bösen Erinnerungen hinweg mußte: »und Sie?« »Ungefähr dasselbe: n verschimmelter Keller zu Zweit — mitm Kolonialwarenhändler zusammen —« beeilte ich mich hinzu zu setzen, als ich sah, daß die Augen zu knistern anfingen (war aber tatsächlich so gewesen!), »Der wollte jetzt noch heiraten, und für Drei — bzw. Vier, Fünf, i. i. — war s ja nu wirklich zu eng. — Da hab ich mich als gentleman eben weggemeldet.« Mitten hinein kam Flüchtlingsbetreuer Schulz, ganz Tatkraft und Breecheshose, mit zwei Mann Gefolge: »Ich verlese jetzt die Listen,« begann er so angespannt und hinterhältig, und griff nach dem Einen, als stünde der Faustmonolog bevor. Tat's sogar zweimal, damit es spannender würde. Bei ›Katharina Loeben‹ hob sie jedesmal 3 Finger und sah sich aufmerksam und vergnügt um (»Eine kleine Reise möcht ich machen mit Dir«: um 4 morgen früh solls losgehen, d. h. also wenn wir Glück haben um 6!). Kurz draußen: Mond schob sich steif und generalobersten durch die Reihen erbleichender Sternmannschaften; der Wind murmelte und experimentierte mit Allerleigewölk; eine Lokomotive bummelte gleichmütig um den Bahnhof und pfiff sich eins: ist Alles ›Medizin‹. »Und Sie legen sich jetzt hin,« bestimmte ich, »und nehmen meinen Mantel dazu. — Ich bleib wach und paß auf.« »Ich hab doch Decken —« tat sie erstaunt. »Dann nehmen Sie ihn untern Kopf. — Ich wollte wenigstens ein Andenken haben. — Bitte.« »Und Sie sitzen dann da und frieren,« sagte sie wild und glücklich und stolz, stand auf, gähnte diskret mit den Schultern, und ich machte indessen auf dem Fußboden unterm Fenster das Lager zurecht. (Oben das Silberhermelin schlüpfte glatt durch Wolkenfugen, gierig, immer dem zitternden Blaustern nach).

V

Ein Frierender, der sich mit beiden Händen zudeckt; auf dem Fußboden der Frauenkopf in schwarzen Mänteln; traurige Einzelflamme im Ofeneck, groß und rotlockig. »Einbier« für den krätzigen Markschein und er schiebt mir noch gelbe gepreßte Groschen: wohin gehts denn? Weiß nicht. Draußen: hohlgeschliffener Mond liegt auf dunklem Samtkissen, Teil vo'm gefährlichen Besteck. Stehen mit ödem Kopf oder meinswegen auch zehn Schritte weiter. Mond Licht; Kiefer Leuchter; Nachtwolke Dach: leben wir nicht hoch?

Die letzte Schlesierecke geht schlafen (»Legt Euch ock hin. / Och, a schimpft sich Inspeckter. / Ob a so heeßt, weeß ich nich; jedenfalls unterschreibt a sich immer so.«). Der Hirnverletzte, und besoffen dazu, faselte geil (oder wie der alte Gessner sagen würde: über die Maßen vnkeusch): na, der hat n Paragraph 52, also nicht aufregen, geistig befindet man sich ja ohnehin lebenslänglich in Einzelhaft. Ich kannte mal Einen, wenn den der Ekel packte, ging er auf den Hausboden, und schlug dort ne halbe Stunde lang Nägel in ein Brett, grade und krumm, wies kam, in finsterer Kurzweil. Und war ihm dann leichter? Leerer, ja. Und s ging wieder n paar Wochen. Was war für mich an der Tages- (genauer Nacht-) ordnung? Der Schluck aus der Feldflasche: der Kaffee war nach Farbe und Geschmack, als sei er unmittelbar aus dem Acheron geschöpft. (Armut der Sprache: Einer der nichts hört, heißt ›taub‹; wenn er nichts sieht ›blind‹. Wie aber ist er zu nennen, wenn er nichts riecht? Vielleicht ›glücklich‹ schlug ich mir denkfaul vor: auf jeden Fall, was? Und wenn er nichts schmeckt, und ich blickte angewiderter in das schraubige Aluminiumloch). Mond, Horcher an der Wolkenwand, schob den kahlen leprösen Schädel, mit bläulichen Lumpen verwickelt, ins Fenster über Katrin; großporig, zerbuhlt, bistDuschonaufgeklärt, frech wie Weisheit. Leise das Schenkenradio mit »Variationen über La Paloma«: die bestanden darin, daß sie das Ding abwechselnd eine Oktave höher oder tiefer und zuletzt so stotternd schnell spielten, daß man vollkommen zappelig dabei wurde. Dann lobte ein gemischtes Doppel die Kadum-Lanolinseife derart blödsinnig, daß ich doch wieder ungeduldig nach der nächsten weißen Taube verlangte, die denn auch, NWDRhaft rasch, nicht lange auf sich warten ließ: und die halten sich nun für den kulturellen Feldherrnhügel unserer Zeit! Da sei Gott vor und unsre Liebe Frau von Guadaloupe! Die alte Pelzmütze schnarchte wie ein Reißverschluß, den man pfeifend auf und langsam wieder zu zieht. (Ein moderner Totentanz: als Autobusschauffeur; als Diplomchemiker; als Kanzler; als Bobschlittenlenker; als Flüchtlingsbetreuer.) Schlaflose Glühbirne auf dem Flur; Nachrichten flüstern aus schräger Tür. Draußen: Himmel mit den Sternzinken der Astronomen beschrieben; auch der Mond lungerte noch immer durch die Nacht; (zwischen hünenhaften Wolken; und da griff ich mich wieder durch die dicke teerige Luft).

VI

Es gab einen furchtbaren Ruck, Funkiges fuhr seidenrot vorbei, und wir rollten wieder ein Stückchen. Das Licht hieb mit geschliffenen Äxten durchs Abteil, zackige Schwerterbündel rannten an uns hoch, noch floß Jedem die große Messingsäge durchs Gesicht; es sauste unaufhörlich, und wir saßen wie in einer dunklen spitzigen Zaubermuschel. Einander. Im bauchigen Talkessel wallte Nebel; dicke Weidenköpfe erröteten. Neben mir knarrte das dicke Mannsvieh wieder im Dreiviertelschlaf, sein dicker Schenkel schwankte und zuckte, und ich war froh, daß nur ich neben ihm saß. Katrin lachte übernächtigt, blies aber vergnügt in ihre kleine Mundharmonika »Lieb Heimatland, Adé«, mit aigu.

Breites Morgenrauh war mit flacher Mondnadel an die fliehende Nacht geheftet. Dann: Himmel rotgeätzt mit Strichwolken; ihr Gesicht wurde auch ganz rot und gelb; wir lachten uns an, und peinigten unsre gefühllosen Hände. Ich grub das Buch aus der Tasche: »... Er brachte sie, auf einer Silberwolke, / auf eine Insel, die, dem Blick der Schiffer / verborgen, unter ewgen Wolken ruht.« »— schön —« dehnte sie, und lehnte sich fester an unsere rumpelnde Dreckwolke. »... Du bist dieselbige, / nach der ich oft in Mitternächten weinte! / Bei Deinem Anblick schwiegen alle Wünsche, / aus Deinen Blicken strömten Ruh und Wollust.« (Wieland: Wollust: ja.) »Ähä,« machte sie betroffen. Das Sonnenfeuer fraß sich höher in den strohigen Morgen; der graue Hagemond verschwand in irgend ein Moor: farewell Niedersachsen: bist selber schuld, warum hab ich nichts bei Dir gegolten! Katrin brachte wieder die Wärmflasche mit dem Rotenkreuzkaffee heraus, und wir aßen Jeder eine der gutgemeinten Honigschnitten. Die alte Frau erzählte im Abteil: »Ich will ja bloß ne Kirche am Ort haben, daß ich wieder jeden Morgen die heilje Messe hören kann,« und sah sich heiligmäßig um, weiße Härchen wie Nebelbausche in den Ohren. Na ja, »Wie spät wird sein?«. »No —« schätzte ich, »5 Uhr 52 Abfahrt—Eickeloh—Schwarmstedt—Burgwedel—no: Neune?« Die Leine schlängelte sich um muskulöse Hügel; nebenan spielte Einer auf der uralten amerikanischen Patentzither mit unterschiebbarem punktiertem Blatt (ach, ich weeß nich, irgend was Muthaftes, und endete verdächtig nach ODeutschlandhochinEhren). Ein schlesischer Schuster aus Volkersdorf kannte Katrins Greiffenberg: »Na nu!« Und die Namen purzelten: Prenzelpark, Kienberg, Stausee, Munko-Müller, »Rietcher ei a Sechshäusern«; und sie wandte sich zu mir und erklärte es atemlos: das Haus in der Gerberstraße. »Tanzpuppen hab ich mir immer gemacht,« sie beschrieb die Pappgestaltchen genau, man zog am Bindfaden und das Kerlchen verdrehte scharmant Hände und Füße. Ich vergalts und erwähnte die Streichholzschachteln, die ich als Kind immer wieder gepackt hatte: mit winzigem Schreibgerät, schmalgeschnitzten Bleistiftendchen, kurz geschäftete Stahlfeder, auch Papierstöße von Schachtelformat, dazu Nadel und Faden, eine gefaltete Weltkarte in Mercatorprojektion. (Schon damals ahnte ich das Fragwürdige allen Besitzes, der sich nich in ne Streichholzschachtel packen läßt!). Auch der zithernde Tischler begann jetzt religiös von Loretto zu schwärmen, und ich notierte mir zum Nachdenken ›Sollen Zimmerleute an Gott glauben?‹. Ich jedenfalls würde einen vorziehen, der zum Dachstuhl solcher Hypothesen nicht bedarf.

VII

My godfather der Gestank! Von den drei Türen fehlte eine ganz; Urin schlappte gelb auf allenallen Fliesen; braune Haufen gedreht wie Seile, fladenschmier oder teokallisch gestuft; brühige Wische, wahnsinnig getränkt, Hilfe, Licht aus buchgroßen Dreckscheiben. Ich zog mir flüsternd balancierend vor Ekel die Hosen herunter, bloß raus, und breitbeinig, noch Papier unterm Kinn zur narbigen Steinschwelle. Wind fuhrwerkte eisern und überall ruckten Züge. Erschöpft. Eselgrau paßten die Bahnsteige unter ihr mageres Gedach bis dicht an die faden Mietshäuser: das also ist der Göttinger Hauptbahnhof.

Ausgerechnet beim Essen – Erbssuppe mit einem schlanken sehnigen indianerroten Würstchen – kam die Ansage, daß jetzt umgestiegen werden müsse: Alzey nach hinten, Westerburg vorn. Da wir natürlich vorn waren, verbrühten und beschmierten wir uns noch rasch, und tobten dann mit dem Gepäck weit, weit nach hinten – – ein möglichst leeres – –: hier! das junge Mädchen zeigte ein so böses Gesicht, als könne sie vor Gedränge kaum noch stehen; ich knackte die Tür, und richtig: sie war allein mit ihrer Mutter, beide braun und wollig (»handgestrickt« hauchte Katrin fachfraulich). Nach einer Minute war sie schon mit Beiden im Gespräch, Weber hießen sie, der Mann kam auch bald aus dem klobigen Wind; bei Aufzählung ihrer Möbel war das Hauptstück »der handgeschmiedete Keiderständer«: »Ich bin Schmiedemeister.« sagte er vertrauensvoll, »n schönes Haus wars: zweistöckig. Und Landwirtschaft dabei. Fümfundvirzich sind ma rausgemacht, wie da Russe kam, nach Thüringen. Und in Hannover ha-ich dann in da Maschinenfabrick gearbeit. Aber wir hatten bloß eene Stube und Kammer, und s Dämchen iss doch nu groß.« Wir nickten: im Bilde! »Wir wollen uns verbessern«. »Verbessern tut man sich nie.« entschied ich kopfschüttelnd aus dem umzugsreichen Erfahrungsschatz eines langen und übel angewandten Lebens – ein Blick auf Katrin: »Vor Allem, wenn der Anfang so unheimlich gut ist.« Sie suchte in ihrer Handtasche vor Befriedigung. (Dann ging ich, wie gesagt, nach einem Klo, und klomm über Zementbänder und schwarze Eisensehnen wieder hoch). Die Regin schluchzte untröstlich und schlug ihr Silberhaar über die Scheiben; die Dämmerung im Abteil wurde tiefer, und wir buchstabierten schon abwesend an den Reklamen; Wind fluchte abgebrochen; man rangierte uns hin, her. »Ja, s sind gute Leute.« (waren mal allein), aber: »hat schon mal Einer von ihnen bei Ludwig Tieck geheult vor so viel Schönheit? Oder sich von Hoffmann adoptieren lassen?« Ich mußte erst erklären, was ich wollte; die Akkuwagen der Bahnpost drüben summten aus einem Lichttrichter in den anderen; ein Zug englischer Halbkettenfahrzeuge harrte stumpf wie wir; mit Soldaten und Flüchtlingen können sie Alles machen! Einmal erzählte Weber, wie sie mit ihrem Auto (aha, das sollte also erwähnt werden!) an einen Baum gefahren seien, und sein breiter Kopf wandte sich langsam hin und rüber. »Ist dem Baum was passiert?« fragte ich mechanisch, und sie lachten und hielten's für n Witz. Nebenan döste ein spätes Mädchen, vor dem Webers schon einmal geflohen waren: »Bloß gut, daß Sie hier sind,« vertrauten sie uns an, und wir wurden allmählich intimer, as far as it goes. Dann kam endlich der hölzerne Knuff in den Rücken, Jeder sah hoch, ob die Koffer fielen, und ich schloß für eine Viertelstunde die Augen. Dann war die Stadt weg; viel Getümmel der Luft, nasse Lichter reisten an den Horizonten; Schattenpferde, jagten die Bäume nach hinten; die Scheibe der Dämmerung beschlug noch grauer. Jede Station henkerte uns mit Bogenlampen, hackte Hände ab, sargte die gestreiften Rümpfe hastig in zu kurze Lichtbretter; so also sah Katrin ohne Kopf aus.

VIII

Rücken wie Holz, und Nacht im Großbahnhof, öde und lichtgerändert; Gütermanns Nähseide prahlte über Mauerflecken; die gelbste Bogenlampe sprengte schräg unser Abteil. Houh sang die Lok in die getigerte Nacht, daß Katrin biegsamte, und der alte Schmied murkste. Ein Mensch schlug verzweifelt mit dem Hammer ans Rad unter uns und schrie eintönig »ä–ie!« Tiefer drang der Lichtkegel in die weichenden Bänke, zwischen meine Beine, fegte hoch an der vernutzten Wand durchs Packnetzgitter. In der folgenden Schwärze schlug Katrin die Zähne in meinen Mund; der Zug stöhnte und toste nachtblind um uns.

Im Nebenabteil lag die Ältliche schon unter ihrem verblühten Kleid; da gingen Mutter und Tochter auch hinüber. Katrin hatte drei Decken (eine stumm für mich), ich legte ihr die Unterlage faltenlos glatt, dann das Mantelmädchen drauf, und die letzte lange über Füße und Schultern gestrichen: »Liegen Sie gut?«. Also rechts oben Katrin; hinten im Rücken der Schmiedemeister. »Darf ich Ihnen noch etwas geben?« Zwei dunkle Augenweiher, starres Wimpernschilf; ich atmete einmal zitternd ein, und von Norden her zog sichs silbern, Lider überfroren die runden Spiegel. Der ungebärdige Boden stieß mich überall; die Florlampe schimmerte schwarz; die Tochter tastete noch einmal vorbei ins nackte Klo und blieb lange. Die Türen meuterten in den Rahmen, Lichtbälle trafen klein und irrsinnig, der Schmied trat und fluchte sogleich im schweren Handwerkstraum. Aus den Teichen schmolz das Eis; ich stützte mich schnell auf den Arm und unsere Gesichter flüsterten sehr dichte Worte. »Wie die Alle schlafen können,« staunte sie vorsichtig, »ich war schon als kleines Mädel son unruhiger Geist, mein Großvater war Schuster, und die alten Leute arbeiteten ja furchtbar lange, da lag ich immer nachts wach und hörte dem Pochen zu,« ihr Mund tappte süß und einförmig durch die Erinnerungen, über mich, auf weichen Lippenschuhen, roten Samtpantoffeln: da nähte eine Großmutter für die Schürzenfabrik; Pfarrer Hein auf dem Fahrrade mit anstößig wehendem Talar; einmal wäre sie fast über die Queislehne in Wiesa gerollt, und ich hielt noch heut unwillig an den Händen fest. »Ich? Ich brauch der ihre Bettelei gar nich!« versetzte sie abschätzig: »Ich krieg doch meine Rente: 180 Mark!«. »So viel?« fragte ich erstaunt, »ich denke, n gefallener Mann wird vom Staat bloß auf 60 geschätzt?«. »Das schon,« antwortete sie abgekühlt, »und meiner war nich mal so viel wert: stellen' sich vor: im Kriege geheiratet, 8 Tage für uns; und als er das erste Mal nachm halben Jahr auf Urlaub kam, erwischten wir ihn schon am dritten Tag mit der Nachbarin, seine Mutter und ich!«, sie entzog mir knapp die Hände, bog die Schultern um, und drehte sich auf den Rücken. Da kann man sich nur hinlegen und auch schlafen. Der große Knochige hatte den roten Schal und ne Tommybluse um und sagte laut: »Von der Regierung helfen sie uns nicht, da wollen wir selber lostrecken.« Und wir beluden wieder die Wagen und flossen über alle Straßen; der Wind schlug unsere Deckenmäntel zu Falten; die Eimer klappten hinten um die entzündeten Schlußlichter. Oben auf einem saß katrindünn eine Frau, das verdorrte Kind im amputierten Arm, und blies ein gefährliches Lied auf der Maultrommel, daß die fetten Einheimischen in ihren Bauernschaften erschraken und wispernd nach Polizeien fernsprachen. Am Abend verteilte der Anführer lauter Streichhölzer, und vom vielarmigen Wegweiser schlichen wir in alle diese Richtungen. – Gegen Morgen wurde unsere Fahrt reißender. Kiefernkrüppel tauchten aus weißen Mooren; Pfützen rannten auf Schlangenwegen vorbei; viele Birken schwebten hinten durch die Haide. Am Kreuzweg hielt ein Fremder mit beiden Handschuhen sein starres Rad; reifige Plankenzäune galoppierten noch einmal ein Stück mit; dann riefen die Wälder wieder Amok über uns.

IX

»Sieh mal: die Andern rasieren sich schon Alle!«. »Magst Du denn nun auch ganz bestimmt keinen Mann mit Vollbart?« – sie krauste das Kinn vor Abscheu, und ich stöhnte noch ein bißchen, ging aber dann doch zu der Schlange am Wasserhahn. »Mit Kaltem!«; so mächtiger Vorwurf war darin, daß sie mich erschreckt streichelte (bis sie der Bühnensprache gewohnt wurde). »Du, was iss das da drüben?!« Ich drehte entrüstet den soaphead und beschwerte mich durch die Nase: also entweder rasieren, Du Ding, oder den Ehrenbreitstein erklären, wähle! Als ich mich abtrocknete, stand drüben die ruinierte Häuserreihe; der Flüchtling fütterte seine Ziege; und hinten kamen sie vom Roten Kreuz mit Nudeln und Pferdefleisch (aber mehr Eingeweide und Knorpel!)

Ich lehnte ohne Zaudern ab, weil es keinen Sinn hätte, aber Webers wollten nichts verpassen; so gaben wir ihnen denn unsere Frühstücksmarken zum Mitbringen und hüteten dafür das Gepäck. (6) zeigte die Limburger Bahnhofsuhr, als wir für die halbe Stunde aufs Nebengleis geschoben wurden: da waren wir ganz allein in der alten hölzernen Laube und flüsterten und tasteten. Wind hatte auch Sterne frei gescharrt, und wir sahen eine ganze Weile zu, wie Webers das Abteil suchten (»Die Blindesten aber sind Göttersöhne!« zitierte ich Hölderlin, Vogel der morgens sang, und reichte Katrin als

Beleg meinen starken Minuszylinder hin: also! »O da kriegt man ja Kopfschmerzen!« sagte sie abwehrend: »so schlecht siehst Du?!«). Die Kinder enterten natürlich den noch rollenden Zug, der Fahrdienstleiter kreischte, Eltern galoppierten; wie immer passierte den lieben Engelchen nichts, aber die Erwachsenen brachen sich halb die Beine in Kaisersprüngen. Na, und der Kakao: wer hatte Recht?! »Sieht nach Regen aus«, sagte Old Weber, behaglich die Hände ums wärmende Kaffeegeschirr; ich überließ Katrin das nun unvermeidlich gewordene »Schmeckt auch so«, und sah aus dem Fenster ins vorbeirinnende Lahntal: grauseidene Hügel, und es regnete nicht, und der Strom schoß wiegend mit uns um die Kurven. (Amüsanter Einfall: wenn sich im Lauf der Jahrtausende auch der Brechungswinkel des Lichtes von Luft in Wasser änderte? Ebenso wie die Schiefe der Ekliptik: ändern ja auch Tiere und Pflanzen ab! Die Luft entweicht ja auch bekanntlich langsam, und wird also immer dünner: ergo ändert sich mit der Dichte des brechenden Mediums auch der zitierte Winkel!! Ich finde Niemanden, der so häufig recht hätte, wie ich!). »Machs Fenster ganz hoch.« sagte Katrin und nieste befehlend! noch einmal (genau wies Vater Aristoteles will: für jedes Nasenloch!); nanu: noch einmal, und das sah tatsächlich so reizend aus, daß ich sehr zu ihrem Ärger fast bis Koblenz davon schwärmte. Ja, das ist der Rhein: drüben floß langsam die Mosel aus schöneren Talgewinden herbei; ich mußte von jeder Burgruine den Namen rausrücken, und log Stammessagen dazu, daß mich ein Genealogist umarmt hätte (immerhin; ob es bis Bingen reichen würde, war bei so viel unverbrauchter Aufnahmefähigkeit und dreckigen Mauerresten ungewiß). Vom linken Rheinufer her sah Deutschland recht ungewohnt aus (was das Kartenbild ausmacht!); man gehörte irgendwie »zum Westen«. Es war aber doch ausgesprochen kalt so zwischen Stromduft und Unausgeschlafenheit, und das Rasieren eine große Plage. Wir hielten und hielten; die Weberfrauen zogen unerschütterlich wieder die Riesennadeln und Wolle hervor und begannen maschinen zu stricken, zwei links, zwei rechts, und davon würden die Pullover dann Raupenmuster bekommen, erklärte Katrin vergnügt.

Der lange gerunzelte Strom, hohl und schmutzig, schwang sich faul an uns entlang; überschwemmte Werder; trauernde Gruppen von Bäumen; saure Häuserfronten wie »Lorelei«, als sei eben ein Auto davor weggefahren; Anleger und schwarzer Schlepper Gestank; schraffiert vom Nieselregen (auch der Güterzug auf der andern Rheinseite: »Wenn er 60 Wagen hat, geht Alles gut!« — — —: »58 —?«. Sie strahlte dennoch herum: »Also: Kleine Schwierigkeiten.« Augenbannung, Lippenhexe, Kinnzauber, Beinbeschwörung, Katrin la sorcière. Ihre Finger tanzten vor Vergnügen um die Handtasche auf ihrem Schoß und schnippten mir's zu). Die Weinberge sahen trostlos aus, wie ihr Kartenzeichen.

»Er schob nun einen Armsessel herbei und bat den Kurfürsten, in denselben sich zu setzen und unter keinerlei Umständen sich daraus zu erheben und kein Wort zu sprechen — sonst sehe er seinen sicheren Tod vor Augen. Der Kämmerier ward unter gleicher Verwarnung hinter den Stuhl gestellt. Darauf legte der Ungar um den Becher mit den Heidenköpfen einen Draht und führte diesen in den Schmelzofen. Demnächst zog er unter beständigem leisen Sprechen drei Kreise um den Kurfürsten und führte zuletzt von dem äußersten Kreise einen geraden Strich nach dem Schmelzofen. Die Lichter wurden in Gestalt eines Triangulums um den Teller gesetzt. Der Ungar kniete nun gerade vor dem Ofen nieder und fuhr fort leise zu beten (?). Von Zeit zu Zeit warf er aus einer neben ihm stehenden Büchse eine Species in die Flamme, worauf denn jedesmal ein gewaltiges Prasseln im Ofen entstand und die Glut aufs Äußerste zunahm. Das mochte eine Stunde gewährt haben und der Kämmerier sah, wie der vom Ofen zum Becher gehende Draht erglühte, auf dem Becher dicke Tropfen standen, inwendig aber es in den schönsten Farben blitzte und spielte, wie er es oftmals auf der Silberhütte gesehen. Allmählich gewahrte er ein Dehnen und Recken an dem Becher, der auseinander ging und an Höhe zunahm, wie auch die Heidenköpfe sichtlich zu wachsen schienen. Immer eifriger murmelte der Ungar und immer höher schwoll der Becher, bis er beinahe an die Decke mit den Rändern stieß. Da erscholl ein donnernder Knall und heraus sprangen die Heidenköpfe als Männer mit langen Mänteln und Bärten, gar schauerlich anzusehen. Sie schlossen einen Kreis um den Kurfürsten; einer der Männer fiel vor dem, der dem Kurfürsten zunächst stand, auf die Knie, zeigte auf den Kurfürsten und rief: Das ist der, der das Reich den Galliern zu überliefern begehrt! Darauf steckten die Männer die Köpfe zusammen, als gingen sie zu Rat. Zuletzt brachte der am entferntesten Stehende ein breites Schwert unter dem Mantel hervor und rief laut: Das schickt das Gesetz dem Verräter! Zugleich tat er einige Schritte vorwärts, als wollte er auf den Kurfürsten einhauen. Da rief dieser mit erstickter Stimme: Helf, helf, Michel – und sofort war Alles verschwunden . . .« Sie nickte billigend; noch einmal: »und das ist alles auf dem Ehrenbreitstein passiert?!« Pfüüüt: ein Tunnel (Schön!) Noch atemlos: »Und wann ist das gewesen?«. Auf soviel Wißbegier ohne Übergang war nun wieder ich nicht vorbereitet, sagte aber fest: »am zweiten Juni Sechzehnhundertzwounddreißig.«

XI

Ein blaunasiger Bauer hockte plump vor seiner langen Weintonne, (Kühe mit leeren Mienen), aus der bei jedem Schritt die grüne Jauche algte. Ziegelgeschmier der Häuser, gobigelb, und wir so tief im Dreck, daß selbst der ihr steinerner Nepomuk mitfühlend am Rock raffte. Der Bach (natürlich begradigt!) welkte beamtenhaft durch die flache Brücke. »Na, s'iss auch grade wieder die schlechteste Jahreszeit,« watete die tapfere Stimme neben mir; aber wenn ich so die Flapsgesichter sah, den Misthaufenkult, und ihren ebenso sorgfältig geplätteten Wiesberg –. Der Himmel war grau gemasert, ein triefender Bettelsack, und wir Flüchtlinge trugen ihn auf den Schultern bis zum Römer.

Als wir dann bei Bingen vom Rhein abbogen, wurden Gesichter flach und lang wie die fruchtbare Öde ringsum; manchmal trieb der platte Erdenbauch bucklige Runddörfer, geduckt, dächerwarzig, krötig: hier also ist das Wort vom ›platten Lande‹ entstanden. Zuerst wollten wir gar nicht aussteigen, als sie in Gau-Bockenheim am Zuge entlang schrien: ein zu einsamer Bahnhof; Nieselwetter, Niemandswetter; aber das Komitee stand schon zum Empfang. Ein Landrat, Einer vom Wohnungsamt, ein Bürgermeister, und die schillernden Wortblasen stiegen und platzten: ». . . meine Tür stets offen finden!« (das war der Landrat; zunächst stand nur seine PKWtür offen, er ringelte sich hinein: rrr rrr rrr, weg; hats geschafft); ». . . ä roin katolscher Oat; . . . Alles gutt katolsche Leut . . .« das kam zwischen dem Lodenmantel und Gemshütchen des

Ortsbullen hervor, und wir drehten einmal kurz die Augenwinkel zueinander. Für die schwereren Koffer war der Ackerwagen hinterm Traktor da, Dieselgepoche: ein Schiff überquert den Atlantik in 12 Tagen, wie lange brauchen 4 Schiffe: lege ab. Dann begann der Einmarsch, 135 Köpfe, von der männlichen Jugend des Dorfes unaufgefordert geleitet. Die Straßen glitschten vor Dreck und Nässe; Häuser lehnten sich betroffen aneinander; eine Abendglocke: dabei wars gar nichts Beruhigendes, bloß blechernes Gehacktes und ein Trall nach dem andern fiel hier hin und dort. (Mein Vater war zweimal in seinem Leben in der Kirche: als er getauft wurde, und 1926 beim Platzregen). Hundekalt auch; Katrins freie Hand war weiß und blau wie Kartoffelblüten, die andere hielt mich brav am Arm: so soll man mich malen: ein Buch in der Hand, Katrin in der andern, und wir wollen nichts tun. Owehoweh die Misthaufen: »Es ist zwar wohl nicht mehr mit Sicherheit zu bestimmen, in welcher Gegend der Erde das Paradies gestanden hat, aber hier keck nicht.« »Kuck ma die Figuren an den Häusern«: jaja: in kleinen Nischen standen bunte Marien und Jesusse, Gips mit Ölfarbe: drei Mark pro Kitsch, blieben angeblich manchmal in Feuersbrünsten unversehrt, bedauerlicherweise. »Bäcker Bunn«, gelbliche Ziegel, aber ein beachtlicher Wetterhahn überm First: das erste Positivum. »Die Männer kommen bis Montag in den ›Römer‹; die Frauen in die ›Krone‹«; solche Lumpen! Na, Koffer und Aktentaschen flach hochgeschwungen (rasch die Koordinaten des Bettes einprägen; ah, Weber kam gleich drunter), und wieder zur Katrin, die tapfer und stolzäugig neben ihrem Kofferklumpen wartete. »Uns zu trennen!«, und ihr Gesicht war wie eine wilde weiße Blume über der purpurnen Tasche; der Mund zerfiel zu feuerfarbenen Flüchen, leisen. — ›Krone‹: »Eckbett, Du, ja? Am Fenster.« (da hat man nämlich wenigstens bloß auf einer Seite Nachbarn!). »Ich hol Dich gleich gleich ab« versprach sie.

XII

Willst Du leben, so dien; willst Du frei sein, so stirb! — »Deutschland wird in der Weltgeschichte einmal den Ruhm des Steines haben, über den Menschen mehrfach gestolpert sind«, entgegnete ich finster Dem, der mir die Stärke und Schönheit der kommenden neuen Wehrmacht pries, und wir drehten uns sofort die Hintern. War scheinbar sonst ein Tanzsaal gewesen mit der üblich neckischen Staffage:

Niggerjersey kratzte sein Banjo vorm Bauch; überm ekstatisch trampelnden Gaucho steppte die Lassospirale; das lange Mädchen, alle Hände voll mit den eigenen Hüften, tänzelte über Miniaturhessen: der Fluß kam ihr genau raus. Das Grubenlicht an der Decke ließ zuerst kaum die Bettklüfte und Stollengänge erkennen.

Ich ging erst nochmal runter; auch der Mond hatte sich in den Hof verfahren und suchte mürrisch im Gerümpel. Kurz vor zwanzig Uhr kamen die meisten wieder: Einwohner 1500; nur Landwirtschaft; Industrie keine. »Doch,« sagte ein Junger boshaft: »oben, bei der Kirche: ne Malzfabrik mit zehn Mann.« »In den Weinbergen giebts ganz schlechten Lohn: zwee Mark am Tage und ›Haustrunk‹ frei.« – ? – Achselzucken: »So Wasser woll, mit m Schuß Wein drinne.« »Zwei Mark!«, und es schien wieder dunkler im Saale zu werden. »Von Rußland aus gesehen ist das Einkreisungspolitik. Abwürgen. Ganz klar!: Europa soll doch nur der Festlanddegen Amerikas sein, deswegen drücken die so. Nennt doch die Dinge beim richtchen Namen!« »Hastn Du soviel für de Russen übrich?!«. »Ich – nee!: aber für die Andern mitsammt unsrer Regierung ooch nich!«. Einer wollte schon heute, jetzt eben, der Dicken unten ›das Kellerfenster eingestoßen‹ haben, man ließ ihn kaum zu Ende zeigen, ›den Schritt geweitet‹, der Beifall war fast zu groß: ihr denkt woll, weil wir bloß Flüchtlinge sind?! Weber saß bedrückt unten auf seinem Bett, als ich den Mantel überzog: »Schmiede hots schun Dreie« flüsterte er und suchte zu lächeln. »Lassen Se uns ersma essen gehen,« beruhigte ich ihn, und unten waren viele Damen. Das Gedam. Ich schritt in den Kreis der wartenden Schulkinder, welche führen sollten; die ängstliche Kleine las, kauderwelschte ein wenig, ging aber dann vor uns her: wieder der kleine Platz (ist doch wohl die city); eine breite Straße; vor einem dunklen gebogenen Gassenmund wies sie hinein: avi bnise gegole epetum (ein barbarischer Dialekt wieder!); na, auf dem Zettel stands ja auch, Beck, 224. Tappen auf bauernharten Steinschädeln; »Vorsicht ne Walze!«; der Mond hatte die alten Ackerwagen prall mit weißen Planen bespannt, Lichtballen lehnten überall, so daß wir in dem hellen Gewirr zuerst gar nicht die Hausnummer fanden. »Ist das auch Ihr Mann? Ihr richtiger Mann?«: ein mißtrauischer Frauenhaushalt, Viere, und ein kleiner Junge, Karl, Don Karlos. »Wir sind Verlobte«, sagte Katrin so stolz und bräutlich langsam, hatte die Katze Übung, daß sie ihr sofort glaubten; auch die Kartoffeln waren groß und heiß, und die fleckige

Bauernsülze scharf und saftig. Wir erzählten dann lange von Treck und Elend, bis sie uns gerührt Woi brachten (sind aber wirklich gute Leute!). Dann kamen Nachrichten: Große Kundgebung in Westberlin »die an der Grenze zum Sowjetsektor stattfand«: also wie die kleinen Jungen, die sich gegenseitig übern Zaun die Zunge rausbläken. »Und jeder will die längere haben.« »Gut Nacht!«: das verfinsterte Malaiengesicht des Mondes betrachtete uns boxerhaft, überlegen, bong die letzte Runde, spöttisch, vom Untergang her.

XIII

Morgen im Kronenserail: es ist Keine Göttin außer Katrin! Blitzende Augen fuhren aus Haarpudeln, braune Nacken, und ein Fachwerk weißer Arme erhob sich mit lauter Seidenwölkchen darüber. Ich trat klopfherzig an meine Dekkenrundung und legte die Hände vorsichtshalber am Blechrand fest. Lächelt's unterm zerzausten Herrenschnitt, daß mein Herz wirbelte. Augentief wie der Guamgraben, der Mund sprach obhin vom »Guten Morgen«; (überall weibte's im Haberstroh); eine weiße Handspange fibelte Dekkenränder. Haarzeit; Elfenbeinzeit.

Schatten liefen ihr durch die Augen, der Lippenhimmel verfinsterte; ich ließ meine Hand los, die sofort ins Deckenwarm aufgenommen wurde. »Du ich –« brockte der Mund, ihr Kopf rang einmal wild, die Nase stöhnte kurz – »weißt Du, daß ich nur ein Fuß hab?!«, und sie stieß ihn jäh unten raus: die saubere harte Prothese bis Wadenmitte. Am linken Bein. »Beim Luftangriff.« Viel rote Schlüpfer leuchteten rundum auf, sonnig, breite Haremsampeln. Fuß war nicht mehr da. Sie fluchte rauh und hoffnungslos. »Aber sonst bin ich ganz in Ordnung« flüsterte ein brüchiger Contralto. Rote Mundschlucht, von Wildwässern überlaufen, aus der leise Windstöße flossen. Ich koppelte nun die andre Hand los, und sie sprang ihr zum Hinterkopf durch die dunkle Haarwiese. Sie schlug einmal schluchzend die Zähne in meinen Unterarm, dann sprach sie stolz: »Ich kann sogar helle Kniestrümpfe tragen. Weißt Du: ganz derbe, sportliche.« Ihre Augen sprangen wie junge Meteore einmal durchs Saalgeworbel; sie streckte die gelbe Armgerte und befahl: »Gieb mir die Strümpfe – da!« Die Decke bauschte sich groß und feierlich; noch einmal. Sie kniete, öffnete vorn für mich, und stützte die Hände auf meine Schultern, mit schimmernden Lichtern.

Überall. Dann kamen die langen dunklen Seidenbeine aus den groben Falten, ich fing sie beide, und stellte das sachliche Mädchen neben mich zwischen Bett und Fenster. Ein Unterrock liante und paßte. Ein Kostüm überschlüpfte. Ein langer Mund plauderte: »Du ich hab ein schönes großes Radio.« »Katrin:!« Schnurren und ein hörnerner Tausendfuß rannte durchs Haargedschungel. »Die 180 Mark komm jeden Ersten mit der Post«; dazu beschwichtigend die Handfessel um meinen Unterarm. Fünf Minuten allein: die Sonne war sandiger, ruhiger geworden. (Wie herrlich schlecht würde sie mich nachher gleich behandeln, meine langsame Stolze!) Dann schlenderte es schlank durch die hohen Gitterreihen heran: »Becks werden schon warten.« Decken falten; Koffer schlichten. Da lehnt sie kariert am Bettpfosten. Lippenrausch und Brauenzwang. Aus geschlossenem Mund: »Liebste.« Aus geschlossenem Mund: »Liebster!« Dann herrisch und angstvoll: »Bestimmt Du.« — (Den Durchmesser einer Waschschüssel in Parsec ausdrücken).

XIV

»Stell Dir vor: der Pfarrer hat mit seiner Haushälterin 5 Stuben und Küche!«. Sie lachte Feuer und Wasser: »und dann gibts da noch ein ›Bischofszimmer‹, das das ganze Jahr feierlich leer steht: der kommt nämlich einmal für ne Nacht her! Und so was lebt!!«. Wind zog den faltigen Wolkenhimmel enger zusammen; ein Leichtmotorrad stotterte vorbei: mit durchgedrücktem Kreuz saß der hurtige Affe drauf. Aus der Kirchenmauer: ein Chor von Heuchlern sang lauter Liebe und Güte, und ihr Rebellengesicht flackerte wieder weiß aus der Mantelkohle: »Allen, wie sie da drin sitzen, das Haus überm Kopf angezündet, und dann barfuß nach Niedersachsen!: Mensch, wenn doch bloß der Russe käme!«

»Und hast Du gesehen, wie der Fußboden unter Dir nachgab?«. »Stell Dir mal vor: nach jedem Eimer Wasser eine Straße weit laufen: jetzt im Winter!« Sie schauderte ungekünstelt und bewegte die Schultern: »Das Schrecklichste ist ja das Klo, Mensch! Du gingst gar nicht rein. Und ich soll das eventuell sauber machen —?« Nee, das Loch war tatsächlich für Menschen unbewohnbar. »Und hast Du die Gesichter richtig angesehen?« sie ließ die Backen hängen, blähte den Mund, und wurde frappant dem idiotischen Geschwisterpaar ähnlich, die überm Flur hausten, Steinzeittypen. (Oh, wir hattens hintenrum rausgekriegt; über Webers, die beim Schwager vom Bürgermeister aßen!): »Siehst Du, deswegen sagt auch das Schwein vom Wohnungsamt aus Alzey vorher zu Niemandem, wo er hin kommt! Damit sie ja keine Ungelegenheiten haben; damit ja Niemand meutern oder sich beschweren kann. Damit sie morgen früh einfach den Leuten die Möbel auf die Straße stellen können, vor die Löcher: so, nun müßt ihr! — O diese frechen Säue!« Und auch ich hackte wild den Kopf: »Kommt-nicht-in-Frage!« schwor ich verbissen: »Wenn Die denken, sie können uns einfach überfahren! — Der iss ja morgen früh auch wieder mit da — das ist doch so ein Großer, Rascher, mit m Gesicht wie ham und eggs: da kann er Einiges hören.« Die Orgel brummte begütigend aus der Kirche, kuhwarm, das alte bewährte Christentum mit Doppelsohle und mehr geistigem Rindsleder als eben nötig wäre: »Christlich-Abendländische Kultur!?« Wenns Denen nach gegangen wäre, hielten wir heute noch die Erde für ne Scheibe mit Rom oder Jerusalem in der Mitte: aus Kant und Schopenhauer hätten sie n Scheiterhaufen gemacht, dann tüchtig Goethe und Wieland druff, und mit Darwin und Nietzsche angezündet! »Neenee, Katrin: Christentum hat mit Kultur nischt zu tun!« (Ich stamme allerdings aus einem Geschlecht, in dem für ›verpappt‹ galt, wer Weihnachten in die Kirche ging). Sind Pfarrer gebildete Leute? »Wie kommst Du denn da drauf?« fragte ich verblüfft: »nennst Du das Bildung, wenn Einer statt Gott auch Deus, Theos und Elohim sagen kann? Denn darauf läufts ja hinaus.« (Laß nur gut sein: die Furcht des Herrn hemmt der Weisheit Anfang). Aber Katrin war von selbst schon beim Beweis der Kraft, ihre hübschen Fäuste wurden rund und fest vor Wut in den Handschuhen: »Hör doch ma: —« Wind rannte die Straße entlang, daß es staubte, und spielte Fußball mit Blättern: mein Vater hatte mich oft geohrfeigt, wenn ich die Schuhe so ramponierte! —: »Liebe, Liebe, nichts als Liebe« schleppte es breit aus der lehmfarbenen Flügeltür. »Und dieselben Schweine wollen uns dann in solche Löcher stecken?! Oh go to heaven: Worte, nichts als Worte!« Sie flog am ganzen Mantel, sie trat blind gegen meinen Fuß, sie schrie mich an: »Denken sich die Lumpen gar nichts, wenn sie sowas singen?!«

»Dichter, die sich schrecklich um neue Stoffe quälen, könnten ja pindarische Oden auf unsere Olympiasieger machen, Jesse Owens und Birger Rüd, kuck hier!«: Dreiundzwanzig musklige Gestalten bolzten und sprangen über den struppen Rasen, köpften die schwieligen Wolken, Bälle stiegen mit Magnuseffekt ins Windgeschrei. Ich preßte das Kinn auf den rauhen Pfahl und knäulte verächtlich die Finger durch meine kalten Taschen: öde Gesichter, rübiges Gemüt, Gedankensteppe, Seelentundra.: »Die Verleihung der Literaturpreise in der Mainzer Akademie hat der Südwestfunk nicht übertragen: aber der Vater der Fußballspieler Walter wurde ne halbe Stunde interviewt.«

Das Publikum: Schützenkönige mit strammen Bäuchen, gemästete oder schwangere Weiber, Kinder, die Gräser quälten und brüllten. Hassen, hasten, rasen, rasten. Man müßte weißgott immer ne Weltkarte an der Wand hängen haben, damit man Europa nur als das zerklüftete NW-Kap Asiens sich einprägte; und n Fußballfoto für christlich-abendländische Kultur, wo se anschließend den Schiedsrichter totschlagen. Es gibt eben doch Züge, die den Charakter unrettbar enthüllen und auf ewig verdächtig machen: an Befehlen oder Gehorchen Gefallen finden; Politiker sein. Andererseits gibt es Dummheiten und Irrtümer, die kompromittieren, wenn man sie n i c h t einmal beging. »Und das wären?«. Na, zum Beispiel als junger Mensch, so bis 25, Nietzsche für n Halbgott halten; oder ›Die Menschheit‹ ebensolange lieben. Sie nickte verständnisvoll, und sah noch einmal mißfällig hinten zur Menge: »Na, alt werden wir in dem Nest ooch nich!« entschied sie. Wir traten hinter die mächtige Verladerampe: ihre Zähne brannten mir in der Kehle, Nägel nesselten im Genick, der Wind blaffte entrüstet um die Ecke und fuhr uns in die Mäntel. »Lastenausgleich, Katrin, ha ha? — Wo die umgehend aufrüsten wollen?! Hab nichts dagegen, wenn Einer dafür stimmt: aber dann sofort herunter mit ihm von seinem Laborstuhl, Handwerksstube, Ministersessel, Pfarrsiebenschläfer und hinein in die Wehrmacht: 2 Jahre Latrine scheuern; ›Hinlegen‹! ›Auf, Marschmarsch‹ und dazu schreien müssen: Ich bin verrückt, bis der Kleintyrann gnädig abwinkt; Gewehrappell mit der Stecknadel; und dem Herrn Feldwebel mit 4 Mann die Streichhölzer einzeln auf der Tischplatte raufbringen, die Jener aus m 4. Stock schmeißt, fuffzichmal, bis die Schachtel leer ist: 1937 hab ichs gesehen in Sprottau, meinen Kopf dafür!!: O du herrliches deutsches Volk! Und du Schule der Mannheit, Kommiss! Aber in der Regierung sitzen ja Alles Solche, die nischt mehr mitmachen brauchen; Keiner unter 60: was brauchen wir noch Altersheime, wo wir doch die Parlamente haben! — Über solche Fragen dürfte Niemand mitstimmen, der nicht davon betroffen wird« (Anderes Thema; mir stieg die Galle zu sehr). »Hörst Du, wie sie blöken? Bis hierher? Und nachher gehn sie in die Kirche« (Modernes Gebetbuch: »In Flugzeugnöten zu singen«; »Gebet mit m besoffenen Chauffeur«; »Herr, laß die U-Bahn mich erreichen«. Ich kann nischt für meine Natur: bei so was fangen gewisse Organe in mir an zu zucken, und ich erzählte ihr gleich von »The Book Of Mormon«, welches im Jahre 420 schon wußte, daß John Smith aus Vermont es am 22. 9. 1823 auffinden würde.): »Es ist nichts so absurd, daß Gläubige es nicht glaubten. Oder Beamte täten.« »Nur zu wahr, was die Beamten anbelangt,« sagte sie weise und bitter, und wir gingen noch ein paar graue Werst in Richtung Sprendlingen. (Weitere Unterhaltungsthemen waren: »Liebst Du mich?!«; »Hast Du Freunde?«; »Ist die Weltgeschichte Zufall oder bloßer Unsinn?«; »Kannst Du Schachspielen?« — und ich erzählte ihr entrüstet, wie ich damals den schlesischen Provinzmeister umgelegt hatte, mit b 2 — b 4: Jawoll!).

XVI

da kamen wir an einen breiten Weg, der vorn zu einem Dorfe führte; Himmel fing an, sich düster zu umziehen und regnete; Zwei, die immer über unsre Köpfe hinflogen, wollten also das Geleit sein : der enge Friedhof mit unordentlich gelegter Steinmauer eingefaßt; Kirche mit kurzem spitzen Schindelturm; in der dicken Wand jeder Seite nur ein einziges Fensterchen; die Tür wie halb in die Erde versunken; hohe Grabhügel dicht aneinander gedrängt und mit Nesseln bewachsen (Menschenmiete). Der Horizont war schon verdunkelt, der Himmel schien in der trüben Dämmerung allenthalben dicht aufzuliegen.

Hinter uns die Urlaute balltretender Menschheit; links dürrleibige Maismumien, Röcheln, trocken, unerfreulich; und vorn sank das blutründige Sonnenunheil durch gußeiserne Wolkenwände. Hadern: »Bratenesser, in den Sonntagsanzug verkleidet. Stramme parfümierte Huldinnen.« Aber Katrin erläuterte mitleidig: »Die Armen würden doch sonst nach

Stall riechen. Tatsache.« Und der schmale feste Unterarm bog mich hin zum kleinen Stellwerk: zweistöckig, ordentliche Ziegel, Sechs mal Acht, flaches Dach, starke Blechtüren, dunkelgrüne. Wir umzögerten's von allen Seiten, planlos und gedankenvoll. »Unten wär Küche und ein Abstellraum. Großer.« »Oben großes Wohnzimmer mit ner Bettnische«. Tiefer atmen, schwerer nicken. (Wenn man bloß was anderes als Stammespossenreißer wäre; Hordenclown, dem der Chefpithekanthropus manchmal gnädig n Eckchen Mammutlende vor die Brust schlenkert.) Dämmerung schlich mit schweren Körben über die Felder; ich faßte wieder in Katrin, auch frecher, und sie zuckte kaum. »Keine Gardinen vor die vielen Fenster, oben. Ein ganz großer Saal, Du!«. »Ja.« sprach sie zwischen den Zähnen, und zog halb die Augen zu: vor Haß gegen das Drecknest. »Nachher vielleicht noch mal ansehen.« Der Steg schwankte grau über den Bach, (platte Wolkenlarven trafen sich da über jenem Wiesberg), Wind schwang die Grasrassel, regsam, ohne Leben. »Siehst Du sonst einen Baum?« und sie wies angewidert zur Binger Chaussee. »Aber der nimmt doch vom ›guden Boden‹ weg«, empörte ich ironisch, »daselbst können doch Runkeln wachsen!« und schnitt Bedenken gleich ab: »Soll doch Jeder zwei Kinder weniger haben! Da wird sogleich Raum für Gehölze, und der Hunger hört auch auf! Kein Krieg, kein Elend mehr! Meine Stimme kriegt die Partei, die gegen Wiederbewaffnung und für Geburtenbeschränkung ist!«. »Also keine?«. »Also keine.« Der Weg endete sinnlos vor einem Feld plump verletzten Bodens: geschundene Erde, abgezogen die Pflanzenhaut, zerschnitten, argwöhnisch mit dornigem Draht umspannt. Voller Ekel also zurück: »Nich mal soviel Verstand haben diese Bullen, daß sie ihr ›Eigen‹ mit menschlichen Hecken abgrenzen!« Wir preßten die verwilderten Gesichter aneinander. Der Hades begann träge zu dampfen; Dunst bezog eisig die erblassenden Pfade; Katrin darf sich den Stumpf nicht erkälten. Ein breiter Silberhauer schwoll aus welkem Wolkenmaul: mampfte greisig wieder zu.

XVII

der beinerne Mond gaffte aus seinem Hexenring; bleiche Wische hasteten quer hindurch; Wind schlich vom Fliederbusch und tastete mir schlaff und frech durch alle Taschen, kalter pickpocket und flink homosex: wenn man mit dem Knüttel auf den himmlischen Bovisten schlüge, und ich erhob ihn, platzte die gelbe Lederknolle und die schwarze grüne Stickwolke wuppte draus: also hat

Zwischen Kruzifix und Kriegerdenkmal (noch für Marslatuhr, eines von den kleinen, aufgeregten, wo Viktoria n Doppelnelson am alten Kaiser Wilhelm anbringt); so viel Flüche und artigste Ketzereien hatte Rabbi Jeschua wohl lange nicht mehr gehört. »Mensch: so! N Tisch rein —: Schluß!« zeigte Wachlinger mit Händen die Kleinheit der Stuben am Schweinemarkt: »Wenn die Sonne rein scheint, muß ich raus! — Wenn de lachst, stößte mitn Backen an.« Aber aus allen Grüppchen murmelten Flüche: »Bloß Dachkammern und Schuppen haben die Schweine schnell leergemacht.« »In der Schlafstube kannste überm Fenster die Hand durchschieben ins Freie.« »Sie jing jar nich räin in das Ding.« sagte Borck zu meinen 1.85, »dos sind Schränke aber käine Schtuben; ich zieh nich hin, und wenn ich morjen bis zum Minister nach Mäinz fahren soll.« Der Hirnverletzte (aber auch schon wieder des vin tendre voll) erzählte laut und traurig: »Vorne, wo meine Werkstatt war, konnt ich direkt ins Tal runter kucken, zur Oppa; oben schliefen die Kinder und die Großmutter . . .«, hier wandte Einer etwas ein, aber er schüttelte bestimmt die grüne Schirmmütze: »Zwölf Morgen warns, eher mehr, und gutter Boden.« Aha. »Und mit n Tschechen konnt ma ooch auskommen: brauchst bloß nie immer de große Fresse haben —«. Ich zog Katrin sacht heraus. »Aus Troppau ist er; vom Sudetengau,« erläuterte ich überdrüssig, »komm; wir gehen nochmal rundum.« Schulstraße hoch. Unterm Malzturm glühte und brüllte das flache Tonnengewölbe, es war direkt warm an die Beine. Ich sah zur Seite ins starre flammige Gesicht, und holte sie langsam in die dunklere Straße: »Wir ziehen auf jeden Fall zusammen. Du! Als Verlobte das geht doch!« »Katrin!« Sie drängte mich fest in die Toreinfahrt und atmete mit den Zähnen. »Katrin.« Sie zerriß mich mit Fingern und bohrte die Stirne in meine Brust: »Katrinkatrinkatrin«. »Du das wird was.« sagte sie mir gebrochen in den Mund, und schmeckte überall fest und kalt, und schob das Kinn an meins, daß wir schwankten. Vor der Krone: »Du, aber heiraten entfällt vollkommen«, warnte sie mit klugem Blick über mein Gesicht: »denk ma: 180 Mark Rente, das wäre ja Wahnsinn.« Stand in der Tür unter der rotbedruckten Milchsphäre. Schnickte einmal jung und souverän mit dem Kopf: »Bis morgen. Du!«, und freute sich, und zitterte sportlich. Oben am Saalfenster hörte ich sie drohend zur Bettnachbarin Marga sagen: »Die sollen mir und meinem Verlobten ma Schwierigkeiten machen!« Das Gespräch schien leiser und angeregter zu werden.

XVIII

»Ein Amerikaner hat ausgerechnet, daß jede Sekunde 800 Umarmungen enden«. »Muß ja schlimmer sein, wie bei'm MG!«, rief er entzückt: »hat er ooch noch die Energie? Was sich Alles so damit betreiben ließe?«. »Surement« sagte ich heiter: »Die ›Queen Mary‹ pausenlos übern Atlantik fahren. Die vereinte Kraft gegen die Richtung der Erdrotation eingesetzt, würde im Lauf eines Jahres den Tag um 6 Sekunden verlängern.« »Also denn immer mit'm Kopp nach Westen,« abstrahierte er sich gewissenhaft die neue Lebensregel, »umgekehrt wie die Mohammedaner.« — und durch solche ethnographischen Anspielungen kamen wir aus der gaya scienza allmählich wieder in würdigere, bärtigere Bereiche.

Aber der Schnaps war schön, giftig, hellhörig, stark. Das Licht wurde noch schmieriger, und die Abwässer der Worte sickerten ihnen pausenlos aus den Mundsielen; ich besuchte unauffällig jede Gruppe im Saal; es war weit hinter 22 Uhr; alle Knaben taten, als schliefen sie. Politik (das war wieder der Kleine mit dem kleinen Kopf): »Einigung Europas? Aber von Westen her heute nich mehr! Sieh Dir ma die Kleinstaaten hier an und dann Rußland!« Ich nickte ihm bitter zu und schwebte weiter; Stühle waren nur dreie da: standen wir eben! Hier fehlt Keinem etwas, was dem Andern nicht gleichfalls mangelte: so sind wir alle Flüchtlinge! (Ich kann das lange: auf dem Fußboden schlafen und mit der Kammertür zudecken!). Der Wind knitterte im Taft der Nacht; ›Wein trinken macht fröhlich‹ stand umblümt über den Betten; zwei Angeheiterte bogen sich lachend voreinander, der Dritte kam und wurde vorgestellt: »Herr Schönert — trägt rechts.« »Angenehm.« sagte feierlich der geile Alte: »Steckimrinski.« Karbonade und Scharte auswetzen. (Ob Karbonade von Karbon kommt? Dann gibt s auch Devonade und Permesankäse). Rechts las man Nationales vor und sah mich prachtvoll stahlgewittrig an: ei, so laßt uns denn kollektiv denken, und »Nich wahr: doll«, sagte ich hinterhältig warm: hei, wie sie auflebten und s mit beteuerten. Einer brachte sogar den großen Hans Dominik raus, und sie hoben und senkten eine Zeit lang bestätigend die breiten gelblichen Stirnen, uns ist ganz kannibalisch wohl, I was condescending with all my might (aber das ist nicht allzuviel; hab wenig Geduld mit solchen Feuerwehrleuten. Schon der schönste Gegenstand kann durch das Lob eines Narren unleidlich werden, von Volksausgaben ganz zu schweigen). Noch mal im Hof; auch dieses Klo war schon fast unbrauchbar, ist ja auch gar kein Wunder: ein Ding für 65 Mann – das andere haben die Lumpen zugeschlossen. Von da erst mal vor die Tür nach frischer Luft: drüben das Pfarrhaus mit dem Bischofszimmer, und es fällt kein Blitz. Landschaft?: Nichts; also die Luftschaft (Oberwelt): Silberboje, schräg verankert im Wolkenstrom; Wind wollte etwas in der Ursprache berichten, zischelte aber diesmal zu hastig, und wir gingen auseinander. Unter meinem Bett saß Weber sehr allein im Trüben; er hob den Kopf und nickte mir eins: »Ich k a n n da nich reinziehen,« sagte er erschöpft: »ich hab sie heute Abend gesehen; s war ganz dunkel im Hause, erst gings die Treppe hoch, dann noch eene: dann n o c h eene – und finster warn die Stuben, alle mit schrägen Wänden, und zwee sinds ooch bloss« er schüttelte sich ratlos: »N Wasserhahn hats drinnen und a Becken; aber mir sein doch extra umgesiedelt, weil das Mädel doch amall anne eigne Stube haben muß; die Marga wird Fümundzwanzich, das muß doch amall sein!« Er plättete die Dekken immer mit der hornigen Hand: »ich muß s n morgen sagen: ich kann da nich rein.« Noch einmal schüttete er den Mund aus: »Gleich gegenüber, wo Sie gegessen ham: mit m Schandarm ham se die Dachkammern freimachen müssen, er hot Alles zerhacken wolln.« Hess hieß der Edle. (Der Schmied mußte aber wirklich n Herzfehler haben, denn er bebte am ganzen dicken Körper): »Ich schlaf die Nacht nie« und wickelte sich ein (und oben in Niedersachsen hatte er sogar Arbeit gehabt!). Der kleine Schneider, der wie Heinz Rühmann aussah, drehte schlafe Hände aus den Decken; hinten sauten sie noch immer, endlos, der deutsche Mensch: sollen sich bloß nich dicke tun, die alten Germanen haben genauso Giftpfeile verwendet wie alle anderen Hottentotten!

XIX

»Cha, wenn die vielen schrägen Wände nicht wären –« (bis Hess wieder kochte und bauchig treppabte); dann flüsterten wir hastig umher: »Du, die sind gar nich ma so klein: – Bodenfläche – na: Fünf fünfzig mal Vier«. »Die Küche kommt nebenan hin.« »Und fließend Wasser.«

»Ganz für uns hier oben«. »Und bloß elf Mark Miete; allerdings Dachluken und keine Aussicht.« – »Kannst Du denn mit Deinem Fuß die ewigen Treppen steigen?« Wetterwolkte's Gesicht. »Ich kann«. Kurzgegroll aus Bitterbösem. »Wir können auch bloß ein Bett aufstellen –« bat ich gleich ab. »De-stobesser!« knurrte die Unversöhnte fest, ich mußte gleich gehen, und bei Becks den kleinen Plattenwagen pumpen.

Und der Herr aus Alzey hatte ganz schöne Ohren gemacht, als ich ihm in klangvoll fließendem Hochdeutsch, und ich rollte gemeinnützig die Augen, meinen Standpunkt umriß (und hinter mir standen schon die Anderen!): »So ein' Transport hab ich noch nich erlebt.«: »Dann wirds ja mal Zeit!« Weber allerdings flüsterte nur unter dem Gewicht der Obrigkeit, die Gewalt über ihn hat, der gottgesetzten. Ich wills kurz machen: er sah sofort, daß, wenn er mich Rädelsmaul beseitigte, und ich war stark genug – »Ach, das iss Ihre Verlobte?!« – und ging triumphierend mit uns zu Hess. Jetzt fing der an: unverheiratet; anständiges Haus (war auch neu abgeputzt!). »Nich ärgern,« sagte mir Katrin unerschütterlich, »das sind doch gar keine Menschen. Sind doch Bauern.« Sie zog aus dem hübschen Bündel einen veilchenfarbenen Fünfzigmarkschein, und zahlte holdlächelnd ein Vierteljahr voraus, vergällte ihm allerdings den Besitz durch die unschuldige Frage: »Ratten hats keine, oder?«. »Und die Quittung geben Sie nachher, ja?« Das Klo zwar im Hof, aber mit Wasserspülung, also eine Sehenswürdigkeit des Ortes. Ich sah mich verbissen um: ehrbar geweißte Gemüter, Gehirn wie gehabt, für Erdarbeiten hervorragend geeignet. »Muß auch sein«, beschwichtigte sie mich, aber ich lachte nur kurz: »'türlich,« gab ich zu, »aber in ›Arbeiter der Stirn und Faust‹ ist das ›und‹ ne Frechheit. – Glücklicherweise ist die Geringschätzung vollkommen gegenseitig. Laß man«. Dann holte ich mit Josef (dem Sohn) unsere Möbel; und der Tag verging mit Kisten zerreißen, Möbel hochstemmen, Haut schlitzen, Frieren, Nageln; als es finster wurde, hatten wir erst die Bretter im Bett; ich schickte Katrin aus dem Wirr noch einmal in die Krone: »für diese Nacht.« Wilder und schwerer Abschied. + 1° und bedeckt. Ich ragte einsam und steif im Gekist; die Skelette der Sternbilder renkten am Himmel, oh wir komischen Präparate: ob Gott tatsächlich (wie er's ja schriftlich gab) Ähnlichkeit mit dem alten Hess unten hat? Eher Ja wie Nee! Schaudern, Niesen, Niesen, na: l'empereur ne soit autre maladie que la mort. Sitzen, Aufstehen,

Sitzen, Liegen, Aufstehn. Kameradschaft, Kameradschaft: ich halte nichts von der Gruppe der Mittelgefühle! Gegen Un- oder wenig Bekannte höflich gleichgültig; ansonsten Liebe oder Haß (Skoteinos). Ich tastete über Würfelkanten: war doch auch sechs Jahre Frontsoldat gewesen, Kriegsgefangener dazu, (für mein bissel Zeug ist die Bude ohnehin zu groß), aber ich hatte nur immer Widerwillen, höchstens Duldung. Licht gor um Drei, trübe Graugelbe, aus Wolken; von meiner Weltraumluke beschrak ich die gefrorenen Dächer, im hohen abwehrenden Mantelkragen, wie die ganz da draußen, ariel-umbriel, planetenkalt, ich, weißgliedrig, seidenhaarig: nee, ich hab kein' Zweck. Hinhauen. – Katrin trat ans Bett, ich stand auf, wie ich lag, die Hände in den Taschen, sie sah erschrocken anbetend mitleidig hoch: dann legte sie mir die Hand auf die Brust und stellte mein Herz wieder an. (War noch ganz früh; Apfelsinenschnittchen des Mondes auf Hellrotem).

XX

»Siehst Du«, sagte Katrin triumphierend und zog mehrmals die Schübe auf und zu, »der mittelste ist für Bestecks.« Die geräumige Platte war mit marmoriertem Hartlinoleum bezogen; Holz hellgelb und fatal glänzend; die Rückwand tönendes Sperrholz, das genügt vollkommen! Neusilberne Schlüssel knackten gelenkig die Türen: innen war das Querbrett ein Stück schmäler, und ich sah Katrin fragend an: ? . »Das iss prima«, freute sie sich, »da kommen vorn hohe Gegenstände rein, Flaschen und so.« Wir nickten sachlich in die flüglige Öffnung, probierten mit der Hand noch mehrfach die gerundeten Kanten, und dann schoben wir dies Unterteil eines Küchenschrankes an die Wand, neben die Tür zum Wohnzimmer.

Überbrückungshilfe beim Bürgermeister abholen: 20 Mark für Männer, 10 für Frauen; und Katrin war empört: immer noch die alte Überheblichkeit! Sie murmelte unglaublich, und ich machte galant den Übergang zum Thema ›Hat das Weib eine Seele?‹ (natürlich nicht; aber dafür andere auch sehr aparte devices). »Ja; und der Mann ist nur ein wandelnder Duweißtschonwas!«, und kam trotzig nicht mehr, erst spät, und war lange aufsässig, dann bekam ich aber doch einen reuigen Klaps: »Nu los: abgeholt wirds trotzdem!« Ein speckiger Bürgermeister, ein dünner regierender Schreiber (son Verhältnis kannte ich; war beim Militär auch meine

Zeit I a gewesen). ›Zu Haus‹ fand ich sie dünn über ein unscheinbares Pelzchen gekauert: »Denkmal: es hat keinen Namen! – Wo gibts denn so was?« klagte sie großäugig. Vertrauensvollst: »Schnell Du: wie heißt sie.« Ich schob kritisch den Mund vor, und nickte lichtenbergisch, wie's unter Katrinke's Kraulehand sprudelte, bescheiden und schwärzlich getigert. »Das Kätzchen GURNEMANZ.« (Der vordere Teil des Namens schnurrt; der hintere trägt's Schwänzchen hoch genug). Sie nickte erlöst und ehrfürchtig: gut, der Mann! Dann knitterte sie doch wieder mißtrauisch die Stirn: »Den Namen hab ich aber doch schon wo gehört –?«. »Also bittä.« sagte ich gekränkt: »wenn er Dir nicht gefällt, können wir ihn ja auch Prschemislottokar rufen, wie beim Fürsten Lobkowitz«, und sie rüttelte mich begeistert mit den Augen. Komm hoch und komm. »Hast Du die Anmeldung schon ausgefüllt?« und der Kugelschreiber druckte; »Haushaltstarif beantragen«, und der Kugelschreiber. »Eine Mark Wassergeld im Monat will er haben.« »Geht.« Dann kam der halbe Küchenschrank. Und ein einfältiger aber fester Tisch. »Komm her, Katrin!« Wir verstrickten uns zur Erholung (vom Einräumen) in Augen, Mund und Arme: »Du!«. »Du.« »– Ach, Du –« An die Wand dann: ›Otto Kühl: Haideweg‹. »Prima, Du!« »Je länger mans ansieht.« Es war nur eine einfache Kiste, und ich hatte Querbrettel eingepaßt: das Bücherregal: achtzig Stück. (»Nach m nächsten Krieg sinds nur noch zehn.«). Neben den Schreibtisch. »Katri–in.« Arm um die Schultern: »Unser Haus hat eine Seele bekommen«. (= Bücher. Cicero.). Sie neigte sich und fingerte und las: Cooper, Wieland, Jean Paul: Moritzcervantestieckundsoweiter. Schopenhauerlogarithmentafeln. »Wie das?«

XXI

Ein sehr kleiner, schwarzer Eisenherd, ein Knautsch Sanellapapier, eine bedruckte Tüte, ein Hafermehlkarton, eine Faust voll Späne, anderthalb stumpfe Briketts, sechs glitzernde Kohlen, eine dreckige Hand vorsichtig am Streichholz, der grüne Wassertopf augenentlang, dabei schwebt eine Hand die Schulter, zwei Schuhe hin und her, eine Hand katzt im Haar, die Flamme klimmt ins Pergament ein Span knackt und wird fett und gelb, ein Messerkasten rasselt erst unsentimental, dann rauht die Mädchenstimme dazu: »Mensch bin ich froh!«

(Wie gut, daß wir kein Organ haben, um die Luftströmungen zu erkennen: was meinen Sie, wie sich aus Ihrem geheizten Ofen die Wirbel und Säulen drehen würden, breite gläserne Schlangenleiber, mannshohe Protuberanzen, Cellophanräder: man hätte das Chaos im Winterzimmer! Und wieder einen Grund mehr, sich zu entsetzen.). Kohlenscheine empfangen: 3 Zentner Briketts, 3 Zentner Kohle; in Praxi gabs natürlich erstmal nur je einen: »Was denkst Du, wie dunkel das im Schuppen schon war; und wenn er die Körbe nur voll Nacht gehabt und reingeschüttet hat, hätt ichs auch nich sehen können, also diese Frauen! – fang Du lieber Dein Tagebuch an!« Sie kam und überlegte (vorhin hatte Sie s vor Glück versprochen): »Was kommt da Alles rein?«. »Erst mal s Wetter«, belehrte ich, »Temperatur, Barometer, Wind; Bewölkung, Niederschläge, Himmelserscheinungen«. »O Du seelenloses Automat!« empörte sie sich; zuckte wütend, dann katzenhaft weich: »Etwa außerdem noch was – –?«. »Nu: besondere Vorkommnisse«, sagte ich überlegen; prononciert: »Und bei einer wahrhaft Liebenden wird ja Alles dazu!«; wieder ruhiger: »zum Beispiel ›Katrin war heut gutartig.‹« »Oder ›Er rasierte sich freiwillig‹«, schlug die Gelehrige vor, aber ich blieb unerschütterlich: n Mönch, n Weib und n Offizier können Keinen beleidigen; dann fiel mir noch ein: »Und wenn wir uns gezankt haben – (»Oft, Du!« versprach sie begeistert) – dann schreiben wir uns Post: kleine Zettel. Und da steht drauf .....« »›Essen's fertich‹«, sagte sie hochpatzig und schloß abweisend die Augen, »oder ›Bittest Du sofort ab?!‹. Oder ›Ich geh jetzt schlafen.‹«. »Und wünsche zweimal gestört zu sein« ergänzte ich trocken. Sie holte tiefbefriedigt Luft, sah zu, wie ich oben den Bettvorhang beringte und anbrachte, und begann dann die Essenberatung (an sich hatten uns Becks nochmal eingeladen, aber sie hatte s abgelehnt: Kochen soll lustig für uns sein, und der eine Tag machts nicht!); also: »Was gibt s ?«. Nu, es war ja wohl anerkennenswert, und sie kramte hochkritisch in weißen Tütchen und gelben Würfeln: »Frag doch mal ...«, murmelte sie tiefsinnig, ging und überlegte, und ich stand da gespannt und wartete, frag doch mal, wild, was nun kommen würde: und es kam nichts, gar nichts: las ein Rezept, und sah mich süß und abwesend an: Keine ist was nutz! (Und nachher liefs doch auf Pellkartoffeln und Leberwurst hinaus). »Hast Du meine Nagelschere gesehen?«: das beim zweiten Tag Einräumen, wo doch selbst Gegenstände bis Stuhlgröße verschwinden können! Da schloß ich energisch die Tür (was aber auch sinnlos war, denn die Glasscheibe drin fehlte, und Katrin stand auch schon dran, mit grünen Taubenaugen, und maute um einen Kuß). Abwaschen: »Kannst Du mir abtrocknen helfen?« (das heißt auf Frauendeutsch ›abtrocknen‹!). »Bloß die Bestecke u n d das Allerwichtigste –«; ich wußte zwar, es war falsch, und das würde nun regelmäßiger als nötig geschehen, aber. »Trags wenigstens ins Tagebuch ein.« forderte ich finster. Wir klimperten also mächtig in der endlosen silbrig verschwollenen Dämmerung, und räumten Alles schön auf.

XXII

schicken schräg gesteppten Morgenrock, weißgrüner Grund mit fahlroten Blumen; den Wecker wollte sie durchaus aufs Bücherregal dekorieren. »Hier um keinen Preis die Uhr drin, Katrin: uns die Zeit zuteilen, wie lange wir dies und das tun dürfen !« »Oder Jenes« ergänzte sie fürwitzig und sah mich überflüssigerweise auch noch an; dann verordnete sie sich würdig: »Und jetzt erröte gefälligst ein bißchen, Trine.« »Du?« fragte ich, noch immer aufgebracht, »und jetzt schon?«. Und: »Ist vielleicht Gott errötet, als er diese Welt geschaffen hatte ? ! «. »Na dann –« bestätigte sie gleichmütig, und hatte nichts drunter, und schmeckte elastisch und sauber und hatte überall festes Haar, und wir schlugen übereinander zusammen.

Under the greenwood tree: who loves to lie with me? / Ist gar keine Frage, was, Katrin? / And turn his merry note unto the sweet birds throat. / Und wie sie notfalls pfeifen kann! – Sie machte unten viel Bodengymnastik, nur in Nylons, winkte mit Beinen und kleinköpfigen Hanteln, bog sich weißrindig und ließ entzückend Haare trauern, Blatthände taumeln. (Ist das Bett hoch!: ich komm mir vor, wie der Alte vom Berge!) / Come hither, come hither, come hither / »Komm, Birke, komm!« und ähnliche Diakopen. Sie kam vorsichtig und ließ sich mehrfach die Bauchmuskulatur küssen, rannte aber sogleich wieder im Kreise fort: »to say nothing of you: ich trau mir nicht über den Weg!« (Also weiter: As you like it:) / Here shall he see no enemy but winter and rough weather / : »Und dagegen kaufen wir Kohle und ganz viel Holz!« Ein Kamm harfte ihr Haar, bis es kurz wie eine Kappe saß. Noch einmal fing ihr Gesicht an, auf mir herum zu klettern, Zähne häkelten und griffen, Haifischerbin, mir in die Schulter, Braunhaarwiese, mir unters Kinn. Dann wuschen wir uns in der Küche, aus zwei schimmernden Aluminiumwännchen, gegenseitig, der alte Hess fingerte unten das neue Lied vom Gesangverein aufm Klavier, starrer Himmel heißes Wasser, »hast Du eine Rückenfläche, Junge!«, wir gliederten im dunkelgrauen Teichlicht wie große glatte Silberfische, »Du machst ein Konsolchen in die Bettecke —«, die Puderbüchse staubte weiß und sorgfältig hinein, »da tu ich dann mein Nähzeug drauf —«, zwei Hände klopften und strichen sich an Hüften sauber,: »und Du liest den ganzen Abend vor!«, wir bezogen uns langsam mit den Kleidern, selig: »Mir hat noch Niemand vorgelesen; und ich mochts immer so gern. Von Dir.« Wir stellten noch rasch die Weymouthskieferchen aufs Fensterbrett, die ich mitgebracht hatte. »Nächsten Frühling pflanz ich ne Birke und ne Kastanie« sagte Katrin tiefsinnig, »kuck ma: unten im Hof.« Und wir sahen zu Becks hinunter, wie da in der zähen Dämmerung Beide am Waschfaß standen, Martha und Pauline, in einer Hand die Zeitung, die andere pumpte mäßig am Handschwengel. »In Wöllstein iss ne Wäscherei da geben wir unsre hin«; löste sich abwesend von meiner Seite und ging in die Küche.

XXIII

Die Schreibmaschine trippelte unter ihren dünnen Fingern, wie in Stöckelschuhen, immer um mein Ohr: »Ich schreib an Frenzelheidelberg mit; gleich nach vier Dutzend; Postfach fünf-zwon-dreißig.« Ich nahm ihr mit beiden Händen das listige bleiche Gesicht von den Schultern und verschlang es. Die Ratte rannte einmal im Giebel; ihre Hände zerpflückten mein Haar; dann sank sie wieder zu ihrem Schemel. Aus dem erdigen Himmel hingen Rauchseile auf alle Schlote, kalt und still. Frost war hinter den nackten Scheiben in der Luft, hoch über der Dächerwüste, und ich zog gedankenlos den Schal enger.

Erst blies sie drüben noch ein bißchen auf der Mundharmonika (mochte in ihrer Couch hocken) fein und schwirrend: die kleine Stadt will schlafen gehn / Wenn die Abendglocke läutet / Ol'Man River; und blies es so, daß man hörte, wie froh wir jetzt waren. Dann kam sie schmalbeinig, setzte die Schreibmaschine auf einen Stuhl und sich auf den Schemel davor: »Postkarten schreiben. Verwandten neue Adresse melden.« Murmeln und Trippeltrapp. Einmal holte sie ihren Volksbrockhaus, 1941, den Einbaum unter den Lexika, und blätterte mürrisch und fremdwortsüchtig; erst als ich ihr nachwies, was das für ein Mist sei, wurde sie wieder froher (Nur ein sparsamster Band Platz! Und dann solche Dinger drin, wie »Bau: Tätigkeit des Bauens«; oder hier »bißchen: ein wenig«; »keusch«; oder die Abbildung einer Axt: das muß man sich mal vorstellen!). Trippeltrapp: »Stell ma's Radio ein —«; und ich tat es nicht: »ich werde meine Ohren nicht jeder beliebigen Sendung preisgeben«, antwortete ich entschlossen. »Schreib Deiner Schwester auch wegen'm großen Webster«; denn ich hatte lange und unwillig nach der Bedeutung von »tent-stitch« gesucht; auch im Cassels wars nicht drin. Trippeltrapp: ihre Augen tanzten im Zehnfingersystem um mein Gesicht: »Weißt Du schon, was wir heut Abend lesen?!«. »Englisch odern Wieland oder die Unsichtbare Loge oder die Littlepage Manuscripts«. »Du, ich üb jetzt jeden Tak, — Und dann kannst Du mir alles ansagen« schloß sie tief und stürmisch; die Ratte steppte im Gebälk (jetzt fiel mir ein, wie ich die Kakteenbrettchen in die schrägen Dachfenster schieben konnte); »Alles: Du?!«. Aus grauesten Krügen rann Dämmerung über den tönernen Rundling; die Glocke verschlenkerte ihr Blechgebell wahllos; an jeden Rennenden; vor Weihnachten war nicht mehr an Mond zu denken; ich erlaubte mir vor Glück zu zittern. Sie drehte die fertige Postkarte heraus, holte aus dem alten Kästchen Berliner Blaue, leckte und klebte, Handwurzel drauf. Sprang in den topper und kommandierte: »Komm zur Post. Wir täpsen noch n Stück«. »Und im Frühjahr kaufen wir uns n Tandem!«. (Unten wurde Gurnemanz, Gurr, Gurr, Gurrnemanz bedeutend gekurbelt.)

XXIV

DAS ROTE AUTO. Mit den glatten Scheiben, den hellen Klinken, langgesteppten Polstern, aufschwillt das Kofferfach, cul de Mercedes, wie wogt das Lacklicht übers Radgewölbe. Es wiegt sich knurrend heran, schneller als der normale Wind, und preßt mit den starken Reifen die Erde; seine Stimme ist wie der Schrei des Kasuars; vor der dicken gerippten Brust Querblitz der Stoßstange. DAS ROTE AUTO. Aus kraken Knopfaugen, fauchender Blechmandrill, schiele Katrin nicht so geil durch den Rock, begehre federnd nicht mich in deine brunstweiche Blase. Johlendes Kunsttier, du tötest den Abend, dein bläulicher Giftfortz durchschleicht alle Gassen, Zahlen am affglatten Leuchtsteiß dein Name, ein öder Vertreter die meckrige Seele. DAS ROTE AUTO.

Der hohe Wolkenbug drang wie ein Rotbrecher in die Sonnenbrandung vor; Wind schmolz kalt über meine Hand, unser Haar flatterte. Am Bahnhof beneideten wir's den Beamten: die festen schön geränderten Formulare; die klare feuerfarbene Mütze (als künstlicher Horizont); das gelbwinklige Lampenlicht im Warteraum, das er einstellen konnte, wenn er wollte: rechtwinklige Welt, eingerahmt, weingerahmt. Eine Viermotorige kroch rummend mainzwärts; schwerer kam mir Katrin ins Geärm: wir waren ja zusammen, mein Bett ist Dein Bett. Langsam promenierten wieder die Erinnerungen, Jüngling und Mädchen in Schlesien, Erinnerungen: Grüne; Graue; Schwarze; Rote. »Wo komm ich hin?«. »Rote«. Wind flog ein paarmal vorbei; der Gilbmond lehnte lang durchs Fenster der Wolkenruine. Aus zuen Läden immer derselbe Rheinsender mit seiner Musikkonserve. Vorm Aichhäuschen die Handglocke des Ausrufers, und wir horchten ernst und verblüfft, wie er durch den Fahrradrahmen erdwärts kaute: » . . . ; . . . : . . . häzlich einklade.« o meine Sprachgenossen! Der Schriftsteller: wenn dann das arme Luder, Franktireur des Geistes, tot ist, hundert Jahre später, möchten sie ihn am liebsten mit Germanistennägeln wieder aus dem Boden scharren. Und beanspruchen ihn dann noch frech als »Deutschen Dichter«, als volkseigenen: der würde Euch ganz schön anspucken, meine verehrten Sprachgenossen! Die starre Silbermachete des Mondes schnitt durchs Wolkendschungel; die Sterne beschrieben ihre wahnsinnigen Kreise. Und das große Auto duckte am steinernen Rain, noch lauen Geifer vorm Kühler: »Möchtest Du eins haben?« fragte Katrin, dezent hineinspähend. »Hör mal: eh ich Dir eins kaufe!« (ich suchte empört nach dem größten Vergleich): »eher wähl ich CDU! Du«. ». . . mir eins kaufen –«, murmelte sie nach, schnurrend glücklich, ehefraulich versonnen. Und der Eigner kam sehr breit, in nackter Lederjacke knickerbockigen Ganges, finster sicher geschäftlich wunderbar, fehlt bloß n Scheitelauge; eh er sich reinstemmte, forschte er auf zum Himmelszelt, Herr Heinrich Tiefbewegt, und ich machte schnell noch die Aufnahme. »Morgen holen wir n Eimer Sirup: der kost' hier bloß 10 Mark.« (In Niedersachsen 14!) »Und auch Kartoffeln sind nur die Hälfte.« Lachten wir uns an, froh solcher Billigkeit, arme heitere Kümmerform, Pärchen ohn' Tiefgang, die Gesellschaft vom Dachboden: ein irrsinnig gewordener Hahn kräht jede Nacht um Drei: der ist oft daran schuld. – So leben wir zunächst zusammen; wie es weiter wird, weiß ich noch nicht.

Verdreht hoch sehen: noch rutschte ein grober Kalkbrocken in fettem Wolkenschlick. Graue Wimmel däuten. Wind rieselte überall (= Säusel maulten). Also weiter schlafen.
Weiter träumen! : Tagelang gerudert (aber ohne Anhaltspunkt: ob man vorwärts kommt! Auch der Wolkendeckel war gleichmäßig dunkelgrau, dhu glas, so daß ich wahrscheinlich viel im Kreise herumfuhr; sicher: rechts zieht man unwillkürlich kräftiger durch : würde ich also weite Linkszirkel machen.) / Eine leere Büchse im Boot, gedankenlos blinkend; ein flaches Spruchband lief um ›$^3/_5$ Genie; $^2/_5$ Angabe‹ : ist wohl bei Allen so. (Auch absolut richtig! : selbst fehlende Vollkommenheiten erheucheln, damit der Abstand noch eindrucksvoller wird!). Eine Schreibtafel, Herstellerfirma Laodikeia: ob sie thrakisch kann? Ich versuchte vorsichtig, und es kam heraus ›Dendritisch. Silberbaum. Arbor Dianae.‹ / Meine Ruder schwammen faul nebenher. Meine. Mir fiel ein, wie der Kahn wohl heißen mochte. Sicher nicht ›Phobos & Deimos‹ oder sonst was Pathetisches, das war für Aischylos Zeiten gut; ich tippte auf ne Nummer, feldgrau vielleicht und zweistellig. Träge außen entlang spähen: ? — : ? — : Nichts! 'türlich. (Nur links war ein abgescheuerter Fleck, als habe da mal was gestanden). / Und erstarrte in chagrinlederner Haut: ein Ungeheuer; stadienweit! Hundert Fuß hoher schornsteiniger Hals (mit langem schlappem Hautjabot); bleckende Zähne im riesig-wammigen Pferdekopf (über dem ein schraubiges Stoßhorn wipfelte). Es beobachtete lange das mißmutige Meer um sich, die rasierspiegligen Augen drehten sich achsenfaul (während ich Treibgut kein Ruder regte). / Es rüttelte von unten am Kahn; — ; und ich erwartete, kalt, jeden Augenblick, in einen Rachen einzulaufen: — — na? — — jetzt! — — — : nichts. (Nur einmal noch klopfte es warnend, gemessen, 4 Mal, genau unter mir, am Afterrohr, das sich mündig krampfte. Interessant. / Durst: Flasche noch halbvoll (›schon halbleer‹ lehnte ich ab; kostete aber doch vorsichtig und ekel das Meer: ? — nee! Nich zu machen! Das übliche grausame Gemisch von Bittersalzen; ausschütten, ›$^3/_5$ Genius‹, Nicken). / Kompliziert austreten: ich knaupelte ein bißchen am Weichen Kühlen; schlug den Kopf

auf dem Bord aus: zu kalt. (Haut wieder drüber und weg: zu kalt!). / Unterhaltung mit der Sirene: nur Kopf (mit silbernem Kamm) und Hals. (War aufgetaucht). »Du bist hübsch.« entschied sie. »Du auch!« beeilte ich mich, und sie rümpfte befriedigt die Nase: »Na?« und: »Fühl ma!«. Ihre Haut war allerdings wie ganz zartes Sandpapier, aber nicht unangenehm, und ich sagte das sofort: »Wenn Du überall so wärst — —«. »Ja: wenn! . . . . .« knurrte sie tief (seelöwig) und erbittert (beruhigte sich aber bald wieder). Nur: aus dem bleiigen Wasser tauchten 2 furchtbare Krallenfäuste auf, klafterbreit rot, mit blauen Dolchreihen besetzt. Und hakten sich gelinde über meinen Rand. (Besser schweigen). / »Oh, Sturm, nein!« (schwören also bei Stürmen). / »Wir bedeuten natürlich Böses« (gelangweilt): »aber später erst!« fügte sie beruhigend hinzu, »so in 3, 4 Tagen.« / »Willstu ihn sehen?« : 10 Schritte fern der drachige Rochenschwanz mit dem Giftstachel. Und er kam, periskopen, ja, bis zum Bord. Ich neigte mich über das harte Dreirohr Daumesdick: spitz geschliffen am knochigen Ende, beinerne Nadel (»Nich anfassen!«); der wankende Pfeil verschwand, und wir sahen uns wieder trauriger an. / (»Dorthin: — Tschüs!«) und ich bewegte mich infusorig, mit flimmerndem Ruderkranz, fort von ihr, im Wimpernkahn, die mir atlantisch nachsah. (Dann bis an die Nüstern einsank; ihr Haar wurde breit um die Kalotte; der letzte Ruck:! und das schwere Wasser schwappte einige Dällen dort). / Dünner kalter Regen: ich ließ die Decke immer durchweichen, und drückte sie dann in die Flasche aus. (Aber ehe die wieder trocknet! Würde nachts ganz schön unangenehm werden!). / (Einen Kahn voller Schnee fahren: müßte auch son Vergnügen sein. Oder noch besser: ganz dünn verschneit, körnig, daß sich gefrorenes Holz, grau durch Glasur, zeigen kann: zum Zerkratzen schön. Und ne papierdünne Eisschicht auf dem Wasser? ? — : ne, iss zu knittrig!). / (Endlich die von ihr versprochenen Frostinseln), und ich raufte mich unwillig an dem Silbergefieder weiter, durch rasselnde Schilfgänge. Ein weißer Käfer, münzengroß, erstarrte zu Mimikry, und ich versah ihn mit der Aufschrift ›PEYO‹ (kein Platz mehr. Aber von unten sah er gemein aus; die übliche Schale wimmelnder weißer Beine). / Ein leiser Wind, und manchmal strichen Schneeflocken vorbei. Auch die Schreibtafel gab keinen Trost mehr. (Ganz grade sitzen! . .)

Noch grade liegen: Kaumlicht. (Also Hypalampuses Hemeras).

Der Hof: füllte sich mit Schallspuren: Tritte zogen knopfige Reihen. Am Fenster vorbei. Gäule rammten Prallbündel aufs Pflaster. (Quieke hoppelten; Rufe pendelten drüber weg).

Rasch draußen umsehen: das Jammerbild des Mondes, Einer der verdrossen am Eierkopf hängt, mikrokephal, schlotterte durch Wolkenschlafröcke; genickschüssig.

Schweigend frühstücken (Wir beten weder zu alten noch zu neuen Göttern. Eutokios schon im Schafspelz; mein Vater besorgt und abstrakt wie immer).

»*Also gehst Du nachher* rüber, Lykophron — — « und ich mußte gleich meinen Zweig vorzeigen: Nußdatteln, vorschriftsmäßig abwechselnd mit Gold- und Silberschaum überzogen. »Gut.« — »Daß er ausgerechnet persönlich da sein muß, ist ja nun *einmal* peinlich!« vertraute mein Vater uns wiederum an, und wir grunzten nur: haben wir gestern schon oft genug erwähnt!

»*Ja, ›Celsitudo‹* ist wohl die präzise Anrede — — Gott, er ist nun mal Comes domorum per Thraciam.« »Ein Kerl mit Witwentröstermanieren!« sagte Eutokios scharf: »Paß bloß auf, daß sie nicht etwa die Pest haben, und deswegen aus der Stadt weg mußten; in Pelusium sollen schon wieder 100 Fälle sein!«

Allein mit Eutokios (Das Blauauge des Himmels, rotgeädert, ohne Pupille). (Nächsten Monat wird er 70; ich schenk ihm eine Arbeit über Entfernungsmessung auf Wasserflächen von Hochpunkten aus). Er rieb an den mageren Händen, machte den Mund enger, und variierte arg mit allen Gesichtszügen: »Mach nur rasch, daß wir nachher noch am Apollonius weiter arbeiten können! — Schriftsteller sollte man nie persönlich kennen!« fügte er noch grollend hinzu (wer weiß, an wen er diesmal speziell dachte; aber Recht wird er schon haben: er hat fast immer Recht!).

»*Ja — also geh ich jetzt!*«

Am eisengrauen Morgen der Rostfleck der Sonne. Kühe quakten. Ein nackter Baum, dem Schweiß auf allen verrenkten Negergliedern stand. (Menschen haben weiße Knochen, Bäume schwarze, manche Fische grüne; Quallen gar keine).

Haschischne Büsche kauern im Weg (hager schon, spitzgliedrig); anstoßen: ? — —: rührten sich nicht. (Doch; der hier: seine Zweige zischten und schlugen schwache grüne Flossen nach mir. Am Boden, schön ringsherum, Küchenschelle, Fallkraut, Arnoglosson, Erdgalle, Bilsen).

Ist ja immerhin eine gute halbe Stunde! (und die Sonne grinste hunnisch aus ihrem Halstuch von rotem Wolkenschaum).

Endlich um die Biegung: aus dem Tor lugte nach einer Zeit der alte Villicus. »Na, Amiantos?!« Er stammelte sofort einen Archipel von Entschuldigungen, während er mich an den Flüchen der Hunde entlang geleitete. (Im Innenhof immer noch einzelne schwere Reisewagen – »– vorgestern angekommen –« – hauchte er. Karren, Sänften, eine dralle Karosse).

Er sah vorsichtig über seine dicke Schulter (wie Sklaven eben tun müssen) : »Abaskische Eunuchen hat er mitgebracht: Thlibiae, Pueri minuti; Meretrices die schwere Menge : ›Gefleckte Sklaven‹ möcht' er züchten; durch Kreuzung mit Äthiopiern!« »Jaja: Offizialen auch«. »Die Tochter auch: *und* n Hauslehrer!«

Er zeigte auf die paar noch wartenden Pächter, meist rohe Odrysen. Auch der Atrienses Beryllos, so Einer mit m Gesichtswinkel von 50 Grad, trieb sich neugierig im Hintergrund rum, und grinste unverschämt, als er mich sah. Die Fensterscheiben hatten sie auch schon überall drin. »Ja, ich muß jetzt weiter Rationen ausgeben: Entschuldigt . . .« und ich sah ihm gedankenlos nach, wie er hinüber schlürfte und jedem Sklaven den Blechnapf mit seinem Demensum füllte. (Mehl, Feigen, Oliven, Essig, Wein, gabs heute. Und die Reihe war endlos).

Portieren mit Stangen und Ringen an den Innentüren. Ich sah zu, daß ich Letzter wurde, und die Pächter machten mir höflich Platz. (Von drinnen die gewölbte Stimme des Nomenclators, der dem Patron die Namen der Besucher zurief).

Hoch auf dem thronartigen Solium, und winkte uns leutselig entgegen: so sieht also n lebendiger Finanzmann aus!

Anatolios von Berytos: na, 60 war er bestimmt. Weiß und fett. Kahl und gepflegt. (Im Raum noch mehr besetzte Lehnstühle, deren einer, drüben, auch eine fromme abgerundete Stimme von sich gab).

Ich trat hinzu (Verneigung nicht vergessen!), legte meinen Zierast auf den Haufen der anderen, und wünschte dem Herrn Celsitudo Glück, langes Leben (im Zuchthaus), undsoweiterundsoweiter (ist ja gar nicht mein Herr! : wegen den 100 Heredien Wiese, die wir noch von früher gepachtet haben! – Na, egal, ist ja gleich Schluß!) :

also ein letztes klangvolles ›Salve‹ (und der Nomenclator nuschelte noch immer: hoffentlich dankt der Alte bald, und dann ab durch die Mitte!).

»Aber nicht doch! – – –« : und schon schritt er leutselig die 3 Stufen herunter, geübt entfaltete Rednerhände: » – der

Sohn des clarissimus Marcellus?! : Aber das wäre doch *so* nicht nötig gewesen! – « (aber ›nötig‹ doch irgendwie, eh?!). »Also das hier ist Lykophron.« »Ja sicher: der Sohn unseres Nachbars!« (die Anderen versuchten verbindlich auszusehen, als wüßten sie nun Alles : so ein Schwätzer!).

»Dies unser allgemein verehrter Gabriel von Thisoa: – – « (artig verneigen, der Hauspfaff scheinbar. Vielleicht gleichzeitig der Lehrer auch). –

» – und hier meine Tochter Agraule : – – «

Ein dunkles Haar hing um ihr Gesicht. Bleich, chloros, spitznasig, mit schwarzen Blicken (Menschenaugen bilden eigentlich Unendlichkeitszeichen; hier eine starre Formel). Jung noch. (Das heißt also zwischen 14 und 25; kann man bei diesen Stadtdämchen nicht gleich entscheiden).

(Aber hübscher Name: ›Agraule‹ : ›au‹ betont; dann noch ein langes helles ›e‹. Da war auch die Einladung zum Essen – muß ich ja leider wohl annehmen. Wir lächelten also sehr).

Und schon gings in die intimeren Innenräume (ehrtmichehrtmich! – Im Vorraum fröstelte der übliche Wintergott: langes feuchtes Haar, zu den Füßen die umgestürzte Amphora mit Hagel und Schloßen; in den ausgestreckten Armen – »Sanktus Januarius« erläuterte Gabriel gefällig, der meinen Blick wohl registriert hatte: tatsächlich! : hatten sie ihm nicht ein – natürlich viel zu plumpes – Kreuz reingesteckt? ! Bei uns ist es noch sinnvoll eine Wildgans, die ihm eben daraus zu entkommen strebt! – Aber immer höflich: also: »Ah!«).

Umeinander herumsitzen (und in regelmäßigen Abständen verbindlich die Zähne zeigen) –

»Jahrichtich! : ganz da drüben am Meer– –« und er (Anatolios) nickte verträumt, steuerbegünstigend, »hinter Gräben und Lagunen, jaa. – – Und da haben wir noch dies alte ›Wasserrecht‹ – – « (er sprach das Wort so weltfremd aus, als habe er dergleichen noch nie vernommen, und ergötze sich nun kindlich an dem gravitätischen Klang: dabei ist er der gerissenste Jurist und Finanzexperte von Orient und Illyricum zusammen!) : »und dürfen auch durch einen Teil des Grundstücks gehen. Reiten, fahren, uns tragen lassen: sogar Vieh hindurchtreiben – – « (also wußte er die geringsten Einzelheiten; und lächelte noch vergnügt, dann erwachend): »Wie groß ist Euer Gut eigentlich?«

»3 Salti, 1 Centurie, 22 Heredien, 2 Jugera. Und so weiter« (was soll ich diesen Fremden alle Uncien und Siciliquien

aufzählen? Das Gelächter schallte ohnehin schon, dreifach und affig!). »Wir haben es selbst vermessen« erläuterte ich (zu?) kalt: »dazu noch 40 Stadien Strandlinie: rund!« 1(Saltus ist Wald; geht Euch nichts an).

Aber Anatolios war schon weltmännisch am Ausbessern: »Der geborene Agrimensor!« rühmte er verbindlich: »Du entschuldigst uns Laien, ja?! — Ä — Du bist das einzige Kind?« Ja. »Darf ich fragen: wie alt?« 20. (Rund: Ihr wollt ja Alles rund!).

»Weißt Du, wie groß unser Gut hier ist?«. »6 Salti« antwortete ich abweisend; und er nickte nachdenklich (in Wirklichkeit sinds genau 6½; aber es widerstrebte mir ohnehin . . .).

Er schnalzte mit den Fingern, ein Actor trat ein (die Kasse unterm Arm), und Anatolios bat uns, entsetzt wie nur je ein Gastgeber, um 2 Minuten: ! . Ließ sich auch sogleich Akten und Täfelchen reichen (Zitronenholz und Elfenbein, fürstlich gemischt) — begann sodann lebhaft und offen, ganz Landedelmann der nichts zu verbergen hat, zu diktieren: »Also: ›Im 15. Jahre des Kaisers . .‹« (und wir sahen Alle höflich weg).

Die große Schlafvase: halb schwarze Figuren auf rotem, die andere Seite rote auf schwarzem Grund: wunderbare alte Arbeit:

ein Jüngling mit verschränkten Armen; nachdenklich; den Mohnstengel in der Hand; an einen Fichtenstamm gelehnt; zu den Füßen Heimliche: Eidechse und Kaninchen; einen schlummernden Schmetterling im Haar. / Hinten die Nacht selbst: eine Mütze über den Kopf gezogen; (sonst Telesphoroskostüm); ein Finger am Ohr; auf dem leichten Diebesschuh ein Steinkauz. (Die oben am Rand eingelassenen Kameen waren aber geschmacklos, und sicherlich neue Zutat. Zumindest paßten sie nicht).

3 Tintenfäßchen standen vor ihm: gewöhnliches schwarzes Atramentum; aber auch das grüne Batracheion; und rotes Kinnabaris: Kaisertinte (darf also gewisse Schriftstücke im Namen Justinians selbst unterzeichnen! Klar: ist ja sein Hauptfinanzmanager! — Aber hier heißt es vorsichtig sein!!).

Gold klinkerte: alles dicke Solidi (und die bleichen Augen lagen noch lange danach auf dem Tisch herum).

»Hattet Ihr nich auch mal n Bischof in Eurer Familie?« fragte er tiefsinnig. »Um Gotteswillen!« und das kam doch so spontan, daß selbst Gabriel sich verkniffen zulächelte: »Neinein: nur immer Mathematiker, ein Comes formarum, Architekten. Auch Ärzte: mütterlicherseits sind wir ent-

fernt mit Alexander von Tralles verwandt!« (Aber keine Propheten oder so! Waren Alles einfache ehrliche Leute gewesen!).

»*Aach, richtig:* richtig!!« (und schien aus irgendeinem unerfindlichen Grunde tief befriedigt. Dann ließen sie ihre Reisebibliotheken kommen: wollten mich demnach erdrücken mit all dem Glanz).

Dennoch riß es mir die Augen auf: die beiden großen flachen Zederntruhen. Und sogar noch mit einem gefächerten Einsatz zum Herausnehmen! Ehrerbietig: »Schön!« (und er zwinkerte belustigt ob meines kleinen Lobes).

»*Ja in Gabriels unerbittlichen Augen* bin ich natürlich auch nur ein sündlich-törichtes Wesen«, erläuterte er behaglich :, :, :, : Rollen und moderne flache Codices. Alle mit Zedernöl eingerieben, gegen Käferfraß. (Purpurfutterale meist. Die Schlußzylinder grundsätzlich Elfenbein: die müssen schon Geld haben!).

Der Synekdemos des Hierokles, der ›Reisegefährte durch Thrakien‹ lag obenauf; ist ja verständlich.

Dichter: viel Neuere: Christodoros, Leontios, Paulus Silentiarius; (allerdings auch die blödsinnige Ilias des Nestor von Laranda, der in jedem Gesange den betreffenden Buchstaben des Alphabets nicht verwendet). Dann die Crème vornehmer Neuplatoniker, die ganze Goldene Kette.

»*Ja das ist meine große Leidenschaft!«* vertraute er mir mit zärtlichen Augen: alle Geoponiker: Virgil, Columella, Palladius, Cassianus Bassus, sämtliche Halieutiker; sogar die Veterinärabhandlungen des Apsyrtus von Prusa! (Solche giebts! Zumal unter Großstädtern, die sich durch dergleichen eine Art Naturersatz schaffen. Er kam mir menschlich etwas näher).

»*Oh, den möcht ich ma lesen!« :* denn davon hatte ich schon viel gehört, von den 9 Büchern Briefe des Sidonius Apollinaris. (»Tus doch: bitte!« lud er sofort ein. – Neenee!).

–»*Oh die Lumpen!* – Du entschuldigst schon, Gabriel!« denn der Ianitor war hereingestürzt mit der Meldung, daß die beiden ›Studenten‹, die vorhin Traktätchen verkaufen wollten, soeben beim Wäscheklauen erwischt worden seien ? ! – : »Also Jedem 20 hinten vor!« entschied Anatolios rasch: »aber scharfe: wenn Ihr bei 15 erst zu zählen anfangt, schadets nicht. – Und dann auf die Straße führen lassen. – «

Aber jetzt öffnete der göttliche Gabriel seine Lade (und mitleidig lächelnd dazu. Na, ich bin ja neugierig: ›Das ist was für Dich‹, hatte Anatolios gar gnädig gesagt!) :

Kirchenväter: Ambrosius, Laktantius, Augustinus. (Also bis jetzt noch nicht!) :

Des Zacharias Scholastikos Buch gegen die Ewigkeit der Schöpfung. Über die Pflichten eines christlichen Regenten. Metaphrasten genug. (Also immer noch nichts für mich. Aber man müßte tatsächlich näher an einer Großbibliothek wohnen; Alexandreia hat 700 000, Byzanz 300 000 Bände: das sind eben Vorzüge des Stadtlebens. Allerdings so ziemlich die einzigen!).

›*Über die Festtage* des christlichen Jahres‹ und ›Von den Himmelszeichen‹ : aha, das war der Bube aus Philadelphia, über den Eutokios immer seine Witze riß. (Aber saubere Abbildungen; sieh an!).

»*Bei wem hast Du eigentlich* Mathematik gelernt? Von Deinem Vater, ja?«. »Bei Eutokios von Askalon« antwortete ich mechanisch (war noch beim Blättern. Sahs dann aber doch: –)

Was heißt das?!: die beiden Globen zuckten einander zu, wie an Schnüren gezogen! (Und ich wurde sofort hellwach und argwöhnisch: ›Traue nie einem Christen!‹ war ja immer noch ein Sprichwort. Diese Agraule hielt mir ein gelbes unbewegliches Gesichtszweieck hin).

»*Ach!*« (und die Priesterstimme klang falsch genug nach der Pause): »lebt Eutokios denn noch?!«.

(Jetzt schnell denken: irgendwas war also ein Fehler von mir gewesen; Blättern nochmal, als ob man nichts gehört hätte, hoffentlich wirkts nicht zu unecht: , : aber nun war ich doch ganz ärgerlich und kalt, als ich in die runden Augen dort treuherzte):

»*Ich hoffe es* –« sagte ich so nachdrücklich und kunstvoll besorgt. (Hoff es auch *noch!* : kann ihm ja inzwischen was passiert sein! Und er schlug sofort zu: »Du weißt es also nicht genau?!« : »Nein!« – hab ihn ja schließlich 2 Stunden lang nicht gesehen; aufrichtig: »Nein!«).

»*Bei dem* hast Du also auch Dein Persisch gelernt! – Er hatte ja damals die beste Gelegenheit, sich zu vervollkommnen!« (und das freche Schwein grinste noch dazu! »Ja, er ist ein großer Mann!« giftig und bestätigend, als hätte er dasselbe gesagt!).

(Es ist aber das: im zweiten Jahr seiner Regierung schloß der bigotte Justinian endgültig die letzte Akademie zu Athen! – Nein, kein Ausrufungszeichen: Punkt! Ich will sachlich sein! – 7 Dozenten hatte sie damals noch: Diogenes, Hermias, Eutalios, Priscian, Damaskios, Isidor, Simplikios: sämtlich dem Christentum abhold, emigrierten sie nach

Persien, zum großen Chosrau Nuschirwan, dem Beschützer der Wissenschaften; der ihnen dann auch, *in einem besonderen Artikel seines Friedensvertrages mit Ostrom,* die gefahrlose Rückkehr in die Heimat ermöglichte. Sie endeten ihr Leben in Frieden und Dunkelheit. — Unter den vielen Intellektuellen, die, gewarnt durch dies Beispiel der Athener Sieben, damals massenweise dem geistigen Terror der neuen Religion auswichen, war auch Eutokios gewesen — und nicht mit in jene spätere Amnestie eingeschlossen: darauf spielte also der Giaur an!).

»Oh nein! : das gesamte Gebiet: einschließlich Kegelschnitte, Evoluten und Diophantische Gleichungen!« (also höchste Mathematik). Worauf er zahnig überlegen von ›Eitelkeiten‹ murmelte. »Leider braucht man derlei Eitelkeiten in meinem Beruf« teilte ich ihm trocken mit (und Anatolios schien sich gottvoll zu amüsieren. — Diophantische Gleichungen ›Eitelkeiten‹ zu nennen: dabei ist es wahrscheinlich ein Weg zur Funktionentheorie, einem ganz neuen Zweig unserer Wissenschaft!).

Aber hier solchen Mist las er scheinbar begierig: und ich rümpfte formvoll die Nase auf die Weltchronik des Ioannes Malala: in barbarischem Dialekt geschrieben, vom engstirnigsten und spießbürgerlichsten Mönchsstandpunkt aus, ohne solide Kenntnisse und historisch-kritischen Sinn: »nie weiß er, welches von 2 gleichzeitigen Zeugnissen mehr gilt, und warum! — Da ist Prokopios von Kaisareia doch ein anderer Mann!« (und dagegen darf er nicht mal was Besonderes äußern, denn Prokopios, als Sekretär Belisars, gilt augenblicklich mal wieder viel bei Hofe!).

»'türlich« sagte er denn auch nur verkniffen (ohne auf den vorliegenden Fall näher einzugehen): »bedauerlicherweise ist es bei der sich so nennenden Intelligenz zum Teil ja noch heutzutage schick, den ewigen Wahrheiten gegenüber eine kühle Haltung einzunehmen: Gott wird sie schon strafen! — Aber —« und er verzog triumphierend den glatten Predigermund: »ein *kleines* Stückchen sind wir den Herren Naturwissenschaftlern schon doch noch voraus: — — « griff kurzsichtig in seinem Kasten herum, öffnete ein besonderes Ehrenfach, und hob sorgfältig einen dicken Band heraus, auf dem in Purpurbuchstaben zu lesen stand ›Kosma Aigyptiu Monachu Christianike Topographia‹ : er hielt ihn mit ausgestrecktem Arm von sich ab, und besah ihn entzückt und ehrerbietig : !

(›Christianike Topographia‹?! : allein der Titel ist ja ein Ding für sich: ungefähr, als wenn ich ›Thrakische Mathematik‹

schreiben wollte! Aber dergleichen ist ja typisch für die ganze Richtung: das muß ich heute Abend sofort Eutokios erzählen! — — Ja? : ach, der Cellarius rief zu Tisch, endlich).

Anatolios schlug sogleich das große silberne Acetabulum mit dem Stäbchen an (›Der Ton des Erzes ist die Stimme des innewohnenden Dämons‹); im Laufschritt kamen Dienerschaft und Hauskapelle an; die Tafel deckte sich wie von selber; der Progeustes kostete graziös (und nach dem Takte der Musik) vor. — (Und da huschte auch noch ein Viertes auf den leeren Platz halb hinter den Hausherrn:

die Meretrix vom Dienst: groß und wohlgebaut; einen Gitterkamm in der gelben Lockenwoge; getuschte Augenbrauen; am Halse das unvermeidliche Splenium: ein winziger schwarzer Pfeil, der mitten in den sehenswerten Busen zeigte. Korallenarmband und goldbronzierte Fingernägel. Das Parfüm scheinbar Krokuswasser, was Anatolios nebenbei während der Mahlzeit noch mehrfach zusätzlich im Raum zerstäuben ließ. »Na, mein Thesaurus?!« bemerkte er tadelnd über die Schulter — wohl wegen der Verspätung).

»Jaja: sogar ich plane schon, ein statistisches Handbuch über Hämimontus zusammenzustellen —« seufzte er kokett: »vor lauter Langeweile — —« (dabei ist er erst den dritten Tag hier. Will also länger bleiben?). Drüben griff Agraule mit Stöckelfingern in den Salat; löffelte in einem Ei: husch, schoß ein sehr schwarzer Blick her. (»Nicht so viel Salz —« murmelte die Buhlerin unterwürfig ihren Rat: gefährdet nämlich angeblich die Keuschheit; sie muß es ja wissen!).

Stolz brachte der Cellarius jetzt eigenhändig die Seebarben herein: noch lebend, in einem großen gläsernen Behälter; wies sie im Kreise herum: — , — und gab die Tiere dann den Frauen (die größte verlangte der Gourmand Anatolios!), die sie in ihren Händen sterben ließen, um sich an dem prachtvollen Farbenspiel zu ergötzen. Sofort nach erfolgtem Tode schoß er damit wieder in die Küche — und kaum 5 Minuten später wurde das köstliche Fleisch aufgetragen. (»Ne gespaltene Zunge müßte man haben, wie ne Schlange: die leckerhaften Tiere können die Freuden des Mahles doppelt genießen!« seufzte Anatolios; steckte einen Amethyst an den Finger, und soff dann wie Bacchus persönlich).

Hände abspülen und am Tischtuch abtrocknen: Gabriel zog sich den Gesundheitszahnstocher aus Mastixholz (Monogramm am Silbergriff!) aus dem Mundloch, und versetzte (noch immer einmal mit der Zunge nachbohrend): »Zur Hälfte erst!« und zu mir: »eine kleine Abhandlung über die Menschenopfer der Paganen ... «

Achilles: opfert dem Schatten des Patroklos 12 Troerjünglinge. / Depontani: zur Zeit der römischen Republik wurde, wer unnütze 60 war, von der Brücke in den Tiber geworfen. / Julius Cäsar läßt 2 Menschen auf dem Marsfelde opfern. / Noch Augustus nach der Eroberung von Perusia 300 Besiegte feierlich schlachten. / Undsoweiter: Christenverfolgungen! — (Er bohrte und lächelte mit vernichtender Güte, seiner Sache sicher; und ich senkte erst den Kopf, was er befriedigt beobachtete. Während Anatolios sich von seiner Konkubine die abschließende Dosis Hippomanes, getrocknet und pulverisiert, reichen ließ. — Dann begann gar noch eine hitzige Debatte über Blasensteinzerstückelung; wie es bei defekten Alten untereinander scheinbar unerläßlich ist).

Während langsam die Lichter erloschen tat sich in der Wand ein Vorhang auf (war schon ein reizendes kleines Privattheater!). Hübsche Buschkulissen, zwischen denen Pantomimen den Epilenios aufführten (wo alle bei Weinlese und Mostkeltern vorkommenden Arbeiten dargestellt werden) : die Frauen natürlich so nackt wie möglich. Die Männer in Masken; vor allem der Hapalos in vortrefflicher Charakterisierung. Ein Gewitter zog zierlich auf, wobei Bärlappmehl und Bronteion nicht geschont wurden (und immer dazwischen die Biographie des Großen Blasensteins vom 4. Juni 541!).

»Ist freilich nicht mit Theodora und Chrysomatto zu vergleichen« schloß Anatolios behaglich: »aber mir gefällts!« Herausfordernd. Und ich nickte ihm zu Gefallen so lange, bis er befriedigt schien.

»— Alte Leute! — — —« bat er unwiderstehlich: »aber während wir ein Stündchen ruhen, muß Dir Agraule noch Haus und Hof zeigen : !« Sie erhob sich mager und engelstill: »Der Wille meines Vaters ist mir Gesetz« sagte sie leise. »Nanu?! : das wär' aber auch das erste Mal!« rief Anatolios so perplex, daß wir Alle feixen mußten, auch das fromme Töchterlein blitzschnell einmal, während wir gewandt aus der Tür schlüpften.

Aufatmen! (Draußen in der Halle. Prachtvoll die Treppen und Wände: meergrüner Marmor aus Karystos, weißer mit breiten schwarzen Adern, die riesige Säule im Zentrum hell mit feuerroten Flecken). Schon kam sie wieder, hatte nur rasch eine Palla umgeworfen. (Ah: auch andere

Schuhe. Mit Flügeln hinten, um den Eindruck des schwebenden Ganges noch zu erhöhen).

»Du bist 20? : Ich werd bald 17.« sagte sie genäschig, »bin sogar an einem Schalttag geboren!« (herausfordernd; wo sie doch genau weiß, daß das für fatidik gilt!).

»Persisch hab ich auch gelernt: – falls man ma n Perser heiratet; man weiß ja nie!« (selbstbewußt. Gewiß, es kommt vor: Chosrau hat auch eine Christin unter seinen Nebenfrauen). Aber Thrakisch konnte sie doch nicht. »Wozu wohl auch?« fragte sie geringschätzig: »auf m Land mag mans ja brauchen können« achselzuckend: »für die Bauern und so ...«

»Und wenn Du nun nach Thrakien heiratest?« (Galant, was?! Aber sie blieb unerschütterlich: »Dann lern ichs noch.«)

Ein Riesenarmarium, mit Citrus furniert, Prunkgefäße darin. Alte merkwürdige Waffen. »Intressiert Dich son Zeugs?« fragte sie neugierig, und musterte mich immer wieder flink (bis ichs zurücktat, und wir Beide lachen mußten). »Eines der Badezimmer –« (Selbstredend mit Dampfheizung und Dusche; das kreisrunde Labarium hatte mindestens 10 Schuh Durchmesser. »So raffiniert ist es bei uns freilich nicht«, gab ich gutmütig zu, »aber Wasserspülung haben wir auch!«).

Und so weiter (mindestens 50 Räume hat die Villa allein!).

Sie zog einen dreizahnigen Schlüssel: irgendwo aus sich heraus; aber ich hielt sie erst noch an, und wir besahen gemeinsam die eingelegte Schilderei der Tür: eine luftige Gestalt in einem weißen (über einem schwarzen! : toll gemacht!!) Gewande; dunkle Fittiche – und natürlich wieder das Kreuz: einfach außen auf die Hand geklebt! »Ein Schutzengel« half sie mir flink; aber ich wehrte entrüstet mit dem Kopf: »Sieh doch ma genau hin – da!« und da entdeckte auch sie das ursprüngliche ebenhölzerne Füllhorn: »das war mal ein Morpheus, Du! – Also so eine Geschmacklosigkeit!!« (Aber sie hob nur gleichmütig die dünnen Achseln: »Na wenn schon – – : das sind meine Zimmer : !«).

Meine Zimmer: (ein kokettes Biest!): Erst die Garderobe: ein großer rahmenloser Silberspiegel zum Verschieben. Die Schränke unordentlich offen. Schuhreihen: Sandalen aus feinem grünem Filz mit dicken Korksohlen (um größer zu wirken); sogar weiße Hetärenschuhe. (Eine kleine rundliche Frau mit kecken Augen; also die Dienerin-Amme).

»Wonach riechst Du eigentlich so gut?!« : sie lächelte geschmeichelt und führte mich zum Toilettentisch: »Hier! –

heißt ›Kinnamomum‹. Kostet enormes Geld: Comito hat mirs geschenkt!«. »Ja ganz recht: die Schwester der Kaiserin; die, die den Dux von Armenia geheiratet hat. – Theodora verwendets selbst gern.« und sie ließ mich nochmals an dem Büchschen schnuppern; interessant!

Aber sonst lag Alles wild durcheinander: ein Trilinum von Perlen. Eine Kalamis zum Haare brennen. (»Mach das bloß nicht!« und sie nickte mir anerkennend entgegen). Ein Tympanum. Alte etruskische Bronzetropfen als Ohrgehänge; Myrthensalbe zur Handpflege; Daktylien und Sphragide. (Auch ein Strophium; und sie beobachtete boshaft und gespannt, wie ich wider Willen so rot wurde).

»Darf ich ma? – « : und sie las natürlich die Äthiopika; den Achilles Tatius; ›Hisminias und Hismine‹. »Ja, ich habe gesehen!« (als sie mir auch gefällig die erotischen Briefe des Aristainetos herauswühlte; während sie ohne Eile mit dem Fuß einen wunderbar gearbeiteten erzenen Nachttopf unter den Schrank schob).

Von allen Seiten: Gold-Gründe, aus denen Heilige orthodox und verlegen grinsten. (Lag aber nur an der fromm-primitiven Technik der herrschenden Malerschule; dennoch wirkte die grundlose Heiterkeit dieser Leute – zudem alle von eiserner Familienähnlichkeit, wie eineiige Hundertlinge – deswegen nicht weniger befremdend: die beten sich nu untereinander an!).

»Schöne Bilder, nich?!« (langsam und prüfend). Wir sahen uns kurz an : ? – Tja, was soll man da sagen? Vielleicht knapp: »Viele.« Und sie nickte gewichtig: Viele!

»Hier schlaf ich: – « : und wies mit verrucht spitzem Finger auf das flache bunte Nest. Die vergoldete Ecke. Ein runder Teppichklecks: violett. Pantoffeln züngelten. (Und der Finger zeigte unerbittlich: ! – – bis sie meinen Atem hörte und befriedigt hm schnurrte. »Na, komm!«).

Wieder vor ihrer Tür (»Also mach bloß dies Kreuz runter!«: »Na hör ma ...« erwiderte sie sparsam entrüstet). Gleich gegenüber wieder die Säulenriesin, die von unten bis oben durchs ganze Haus ging: »Das ist aber ein Ding! : muß doch ein unerhörtes Gewicht haben! – Du, das würde mich interessieren: hat der Baumeister für die nicht ein extra Fundament legen müssen?«. Sie sah mich eigentümlich, fast betroffen, an, blieb aber stumm und entschloß sich nur zu ein paar spöttischen Angelikonschritten (weiß es also nicht. Keinerlei Ernst bei diesen verzogenen Früchtchen).

»*Es stinkt aber!* – Na, wenns Dich durchaus intressiert? – –« meinte sie zweifelnd, stieß naserümpfend die Tür auf, und ich beugte mich erregt über die großen flachen Tische : ? – – : »Ja, das sind Maulbeerblätter« mußte ich enttäuscht sagen (sah wirklich zuerst nicht viel mehr; war zu ungeübt). »Ist es denn nun wirklich eine Spinnenart?« : »M, m: es ist *ganz* anders! : Kuck ma hier: ! « und nun sah auch ich die winzigen Würmchen, da und da. »Einer muß sie Tag und Nacht füttern. Und ganz trocken muß es dazu sein: dann verpuppen sie sich – wie unsre Schmetterlinge ja wohl auch.« (Was heißt hier ›wohl‹ ? : »Hast Du noch keine gesehen?« aber die Dozierende trommelte ungeduldig mit den Hacken): »und das Gespinst des Kokons ergiebt dann eben die Seidenfäden!« und sah mich abschließend an, à la ›hat sonst noch jemand eine Frage?‹.

»*Na isochrysos* ist sie jedenfalls nicht mehr. – Immerhin müssen – theoretischtheoretisch« (fügte sie begütigend hinzu) »80 Prozent der Rohseidenernte abgeliefert werden: Verordnung von Papa« und sie wies mit dem Kopf in ein geistiges Hinterland. »Wenn Du etwa n paar Eier haben willst – ? : Ich zeigs Dir – « (ganz Großmut: gelt, Ackermann, da staunste? !).

»*2 nestorianische Mönche* haben die ersten mitgebracht: via Persien, in ihren hohlen Wanderstäben. – – No – ungefähr 6, 8 Jahre werdens sein«.

Draußen zwischen mächtigen Scheunengestalten (auch die Fructuarien meist massiv; aber so ein ganz leichter Hauch von Verlotterung über Allem. Aus der Leutekrankenstube kam wichtig ein Arztsklave geschritten, knickte jedoch ein und floß schneller fürbaß, als ihn der kalte Blick der jungen Herrin scheuchte). – »Das ist meiner!« (ein zweirädriger hoher Luxuskarren, exzellent gefedert, er wippte beim bloßen Anfassen): »dazu weiße Maultiere und vergoldetes Geschirr. Eure Bauernstraßen hier sind doch *so* dreckig: da müssen die Räder so hoch sein, meine Freundinnen haben mirs geraten.«

»*Laß doch* den armen Kerl in Ruhe!« : denn sie wollte eben einen Stein für den armen Gecko aufklauben, der sich an der Mauer sonnte. »Gabriel sagt: ›sie wären so boshaft, daß sie nach der Häutung ihre Haut selbst auffräßen, nur damit solch herrliche Arznei für die fallende Sucht dem Menschen nicht zuteil werde‹ ! « und sah mich erwartungsvoll an. »Bei uns sind sie als Fliegenfänger bedienstet. – Glaub doch nicht all den frommen Unsinn!« aber sie wiegte sich, sehr zweifelnd: Gott bleibt Gott, mein Lieber!

Auf den Steinplatten zuckten sie um ihre Buxbaumkreisel, rissen Peitschergebärden hoch, kleine Schreie nadelten blitzschnell die Luft; erstarrten im Gaffen, als sie uns sahen, riefen sich gassenjungig zu, huschten ab: Beide infibuliert, Knabe und Mädchen. Zehnjährig etwa; Pueri minuti; Ratten. »Oikotribes« sagte sie mißbilligendentschuldigend, als sie meine Entrüstung bemerkte: »Die nehmen sich immer mehr raus. – Wir haben Viele: Ihr auch?« (Ich mußte Eine zugeben. »Von meinem Vater«).

Da waren sie wieder, atemlos, und präsentierten uns mit höhnischen Affengrimassen das flache Lederetui: ich wischte sie mit der üblichen Handschwenkung fort; aber schon hatte der Junge grinsend den Deckel geöffnet: Olisben! : vom fingerschmalen biegsamen Stäbchen an, bis zum künstlich aufgerauhten rotledernen Oktodaktylos! Zog ich den Arm also weiter nach hinten durch, und hieb dem Frechling eine solche Ohrfeige, daß er umfiel und mit offenem Maul reglos liegen blieb (während das quieke Mädchen schon rannte). »Das war recht!« sagte Agraule, zu tiefst befriedigt: »endlich ma!«

»Gehörten nebenbei der Dicken drinnen.« (Soso).

Lieber die seltene schwarzhaarige Hyazinthe im Treibhaus; auch rote und weiße Leirien blühten hier noch. Levkojen. Granatbäume in Kübeln ...

Ein stechender Schmerz neben mir: so hing die Wespe am Handgelenk und fraß mich wütend (während der Gärtner Entschuldigungen stotterte, und sie mich erschüttert hinauszog: »Ochdu! ! «).

»Hierher Thymos! : Kommstuhierher!« denn der mitgebrachte byzantiner Windhund hatte den alten vierschrötigen Molosser herausgefordert, kriegte natürlich unmenschlich Prügel (obwohl Parpax auch schon blutete!) und wurde nun – obwohl völlig grundlos – bemitleidet: »Oh, das sag ich Pappa: erschossen wird das Biest! ! « (erregt). »Du: wenn Du das tust! ! – « : »Was *dann? : Was* dann? ! « hetzte sie giftig, aber ich hatte mich schon wieder gefangen: »Du wirst es also nicht tun.« entschied ich: »versprichst Du s?«. »Denk gar nich dran!« maulte sie noch empört, kam aber doch wieder näher, und murrte nur noch ab und zu (streckte ihm auch, während ich »Guter Parpax!« und streichelte, die Zunge raus. Mir fiel ein: »Hast Du eigentlich schon mal so einen Seidenschmetterling gesehen?« : »Denk gar nich dran!«). –

Mitten im Garten ein großes Bassin: Rettungsringe und Schwimmgürtel, dick aus Binsen geflochten. »Viel zu kalt jetz: Kannstu schwimmen?« Ich lächelte nur rechts: »Während eines Bulgareneinfalls bin ich mal in voller Montur mitten durch den Delkos geschwommen. September wars dazu noch.« (Sie sah so verständnislos aus, daß ich ihr erst erklären mußte, was das sei, wo, und wie groß der See wäre: »Ihr parfümiert natürlich das Wasser – und träumt vor- und nachher auf dem Hemikyklion« : »Ja sicher!«.)

Ballspielen im Sphairisterion: die weißen Höfe waren von ihrer schmächtigen Stimme besessen: »Ich bin Basileiaaa ! ! ! « (Also ich wieder der Onos; aber bei der Phaininda macht es tatsächlich das tägliche Training: sie gab den raffiniertesten Effet, den ich noch gesehen hatte! – Auch ein bißchen Trigon mit der Aya, die aber gleich wieder ging).

Urania: die Luft um uns war voller Hände und Gelächter. Sie schnellte lang hoch, hing einen Augenblick am Ball, und sah – zumal mit ihren Talarien – aus, als wolle sie mit ihm davon fliegen! »Bin ich denn ein Engel in Deinen Augen?« (kokett); aber ich lehnte verstockt ab: Kenn ich nich! : »Eher wie ne Nymphe«. : »Waren die hübsch?« : »Na, so hübsch wie Eure Engel auch noch!« : »Was heißt hier ›Eure‹ ? : seid Ihr etwa verkappte Paganen? !« (Also Distanz wieder!).

»Das kennst Du auch nicht? – Ihr wißt auch gar wenig!« (abschätzig); aber ich war zu sehr über das gepolsterte Kistchen gebeugt, in dem die neuen Tiere lagen, 3 große und 3 ganz kleine. »Nö, größer werden die nich mehr!« ; sie nahm Eins heraus, ordnete die Gliederchen in ihrem Arm, schmeichelte ihm übers Fell (und innen im Tier begann es eigentümlich zu surren, während es grüne Augen halb zuschlitzte, und behaglich ein Pfötchen öffnete: sieh da: ein Krallenfächerchen erschien!).

»Und die sind besser als Wiesel?« : »Viel besser!« erwiderte sie nachdrücklich, »der Villicus sagte erst gestern wieder: er wüßte bald nicht mehr, wie ne Maus aussieht!« – »Und ›Katzen‹ nennt ihr sie – ?« : »M, m: sind noch ganz selten! – Das heißt: in Byzanz haben wir auch noch 2 : schneeweiße. – Die kriegen viel Junge: frag ma Pappa; vielleicht kannst Du gar ne Große haben.« –

»Aach das Landleben! – « und gerührt die kahle Kugel nach links (zitierte auch schwärmerisch den Pastor Corydon, der sich einen schönen Hering briet. Hinter den Beiden der Leibsklave mit 2 Klappstühlchen: trug der alte Salonthrakier nicht genagelte Sandalen? ! Aber mit Goldzwecken ! ! ›Ach das Landleben‹ ! – Und Agraule sollte angeblich so tier-

lieb sein, daß sie noch den Schatten einer Mücke beerdigen möchte? Vorhin hatt' ich eigentlich nicht den Eindruck).

Aber der Spitzmausgarten! ! : (mal abgesehen von dem penetranten Moschusgeruch zwischen den Nußbüschen) : balgten sich, gefräßig zwitschernd, mit einer Eidechse um ein großes Insekt. Duellanten kugelten im Schatten. 6 Kleine hatten sich in die Schwänze gebissen, und so tappte die Reihe vorsichtig hinter der führenden Mutter zur Tränke (schlucken wie Vögelchen!): »Sie sind sonst lichtscheuer. Aber das Wetter wird wohl schön; da kommen sie raus – « er lockte huldvoll mit Haselkernen und griff sich eine Handvoll Samtpelzchen: besonders im Licht irisierten sie wie der Purpurreif auf Eierpflaumen; vom lebhaftesten Rotbraun zum glänzendsten Schwarz. – (Dann noch die Schneckenbeete mit der Sprühanlage drüber; wer Geld hat, kanns machen!).

»*Wir* haben ein großes Nessotropheion: Vater ist Spezialist für Entenzucht.« und er lauschte gespannt, nickte, mit eingezogener Unterlippe, nach Einzelheiten, nickte: »Cha *das* sollte man auch haben!« (eigentlich hätte ich ihn nun wohl gleich einladen müssen; aber ich wollte doch lieber erst zu Hause fragen . . .).

Heimweg: und Wolken von Wolken verfolgt. Ein Flug Rebhühner rauschte aus dem Acker. Die klobige Dämmerung; Mischling von Tag und Nacht. (Und das Mehlsüppchen würde mir baß tun nach all den Leckereien; auch dieser sonderbaren ›Katze‹ hier, die sich angstvoll-ruhig im Korb tragen ließ).

Hinter grauem Wolkenrost das stille Abendfeuer: na, Algedonas ophtalmon sind sie Alle nicht! Und ab morgen soll ich an diesem ›Kosmas-Kursus‹ teilnehmen? : Agraule habe es ohnehin eben im Unterricht, hatten sie gesagt: das fehlt mir noch in meine Sammlung! !

Die Hoflaterne, gelb, pflichtete mir brav bei; die Linde beugte sich rasselnd über mich.

»Na? ? « – – –

»Ja und warum sind sie eigentlich hier? ! « (Die Katze war schon auf dem Heuboden zur Ruhe gebracht worden – natürlich zuerst mal aus ihrem Korb entflohen – nachdem ich dem Obermelker eingeschärft hatte, dem kostbaren Tier morgens und abends ein pralles Schälchen Milch an diese Stelle zu setzen). »Ich kanns nicht sagen: aber ich frag morgen gleich die Kleine!« ; er kniff das große Greisengesicht zusammen und schob lange am Kiefer: »Die Kleine? – ach, die Tochter –« erklärte er sich dann abwesend.

»*Ach was!* Ihr denkt immer noch viel zu gut von den Brüdern!« (und dann ging Eutokios wieder mal los, gegen Thron und Altar: Lassen sich Kittel schneidern, in denen sie aussehen wollen wie Gott. Oder zumindest wies Schicksal. / Sprechen in einem Ton, etwa zwischen dem Winseln eines Bettlers und dem Zuschnappen einer Stahlfalle. / Das muß ein schlechter Kerl sein, der erst durchs Christentum gut wird! / Wer christliche Schriften liest, hat so viel Zeit verloren, wie er darauf verwendet. / Haben sie immer noch nicht ausreichend nachgewiesen, daß ein Nichtgläubiger auch ein Nichtswürdiger sein müsse?).

»*Ja selbstverständlich* mußt Du sie morgen *wieder* einladen« (mein Vater, während Eutokios auf seinem Stuhl zischte).

»*Laß Dich ja nicht* von der Finanzhyäne beeindrucken: selbst die Räuber nennen ihn ›Räuber‹ ! / Der ist genau wie sein Kaiser: habsüchtig, geil, von niedriger Pfiffigkeit, gemüts- und gewissenlos! / Justinians Vorgänger? : konnte weder lesen noch schreiben! Unterzeichnete vermittels einer durchbrochenen Schablone: wobei man ihm *noch* die Hand führen mußte! ! : Bildung bei Hofe! / Der Schwiegervater war tatsächlich Bärenwärter bei den Prasini; und was die Kaiserin war, weißte ja selber!« (Eutokios).

»*Gabriel von Thisoa? ! « :* da bog er sich und wurde lang und dünn. Pfiff rostig. (Auch mein Vater war ganz blaß geworden). »Hast Du erwähnt, daß ich hier bei Euch wohne?« und ich berichtete kurz: Beide schüttelten trotzdem besorgt: es gefiel ihnen gar nicht!

»*Jaja, wir kennen uns.«* (trockenes Gelächter) : »noch von der Schule her.« (War der also auch schon 70? Der sah aber viel jünger aus — naja: Pfaffen haben keine Probleme, regelmäßiges Leben ohne Nahrungssorgen; das macht viel).

Vorm Fenster der Wulst der Nacht; die Lichter gingen eins nach dem anderen aus (wir verlöschen sie nie): »Über heidnische Menschenopfer schreibt er grade? : Hättest ihm Hypatia entgegenhalten sollen, die vor 100 Jahren auf Anstiften des Fanatikers Cyrillus vom christlichen Pöbel in Alexandrien gesteinigt wurde. Oder Sopater von Apamea, den Konstantin ausdrücklich als Heiden hinrichten ließ. Die ewigen Ketzergesetze. Oder gefragt, ob die Vandalen vor oder nach ihrer Bekehrung greulicher gehaust haben.«

»*Ach Christenverfolgungenchristenverfolgungen! :* das hatte fast immer andere als religiöse Gründe. Die Alten kannten noch keine Gesetze gegen anders *Denkende:* das zu erfinden blieb seiner Kirche vorbehalten! Wohl aber gab es welche, worin alle Zusammenrottungen, und besonders nächtliche, bei schwerer Strafe untersagt waren: ›Si quis in urbe coitus nocturnus agitaverit . . .‹ : darauf hielt die Polizei, und mit vollem Recht; und wenn die Christen das übertraten, wurden sie eben bestraft: *nicht wegen ihres Christentums, sondern als verbotene Untergrundbewegung, mit dem offen eingestandenen Zweck der Weltrevolution!* — Außerdem war ihre Hartnäckigkeit gerade hierin nicht im geringsten begründet — durch ihre Evangelien, oder so: da heißt es ja ungefähr: ›Wo ihrer 2 oder 3 in meinem Namen versammelt sind . . . .‹. Aber selbst *wären* solche nächtliche Hetärien ihnen vorgeschrieben gewesen, hätten sie ja nur offiziell beim Magistrat um Erlaubnis dafür einzukommen brauchen: das hatten z. B. auch die Juden tun müssen, und prompt für ihren Gottesdienst Befreiung erhalten! : aber die Christen *wollten* stänkern! Sie wollten nicht *Duldung für ihre Religion* — die hätten sie durch einen einzigen Antrag erreicht! — sondern die *Weltherrschaft,* die sie natürlich geschickt als ›Das Reich Gottes‹ darzustellen wußten!«

»Nee mein Junge: wer die Erde als Scheibe ansieht, *weil* eine 1000 Jahre alte verworrene Chronik das verlangt, mit dem gibt es keine Verständigungsmöglichkeit! Schon *daß* man an das Vorhandensein eines von Gott diktierten unfehlbaren Schmökers glaubt, zieht eben den Strich! Unfehlbar ist nichts, und Gott schon gleich gar nicht: die traurige Beschaffenheit einer Welt, deren lebende Wesen dadurch bestehen, daß sie einander auffressen, ist wohl nur im Witzblatt als das Meisterstück kombinierter Allmacht, -weisheit und -güte zu bezeichnen!«

»Siehstu: auch das ist typisch! Aber es hat den ungewollten Vorteil, daß der Wissende den Inhalt sofort an der Überschrift kennt: mach Dir getrost Notizen von seiner ›Christlichen Topographie‹ ; ich hab früher schon davon gehört; aber als geschlossenes System tritt es wohl zum ersten Mal auf. Bereite Dich nur auf knollige Hypothesen vor: bestimmt ist die Sonne lediglich als Leuchte für Mutter Erde erschaffen; da darf er freilich nicht wissen, daß ihr weniger als 1 Milliardstel der Gesamtstrahlung zugute kommt!« kicherte; aber faltete doch nervös an den Händen.

Draußen: Mond in einem Ringwall von Wolken; verrenkte Lichtglieder lagen überall; der Wind riß aus wie ein Hengst.

Drinnen: hörte ich meinen Vater fragen: »Ob wir etwa das gesamte Gesinde informieren? : Niemandem zu sagen, daß Du hier bist?« : »Um keinen Preis! *Das* machte erst Aufsehen!«. Pause. »Auswandern müßte man können; aber wohin? Wenn England noch Britannien wäre! — Jetzt bleibt wieder nur Persien.« Und ich lauschte entsetzt: *mein Lehrer! !* : Soll ich ihn wegen Denendadrüben verlieren? ! Die Hauswände blähten sich vor; ein graues Licht; zogen sich wieder zurück.

» ›*Ich*‹ ? : das ist, wenn man erst einmal 40 war, nur noch ein Sortiment von Schrullen und schlechten Gewohnheiten. — Ja, geh schlafen, Lyko: 'nachtmeinjunge!«

Traurig und lächerlich zugleich: ein Mensch der betet! : Soweit wirds mit mir nie kommen! (Der Mond sprang immer noch durch seinen eisigen Reifen).

Mitternacht: es zog. Zog durch den Mondschlot.

Morgen: wie ein Mohnblatt glitt er eben in die Büsche. —

»*He — to — the — o:* Kai arnio: esphagmeno: eulogii — a / : doxakaieucharistiiii — aaa!« (›Hell wie der Stern vorstrahlt zur dämmernden Stunde des Melkens‹; und Amiantos hob entschuldigend die Hände: »Soll jetzt jeden Morgen sein: Andacht — « ging, mit Diplomatengesicht).

(Also hübsch ist sie beim besten Willen nicht!) : »Duhr-i särät bigär där!« und sie antwortete persisch-verbindlich: »Muhäbbät-i-tu käm nä schäwäd.«

»*Einen ganz kleinen Augenblick noch* — « (Gabriel im Ornat): »nur noch den justinianischen Hymnus . . .« (Vom Kaiser persönlich gedichtet und eingeführt; ich kannte ihn absichtlich nicht, wurde also vom Mitsingen dispensiert, verschränkte aber entgegenkommend die Finger — und schon gings los — und herausfordernd laut dazu): »Homogenes Hyios / kai logos tu theu . . . .« (Tausendzweiundsiebzig. Tausenddreiundsiebzig. Oder ma Entfernung bis zur Kanzel schätzen).

Ein helles sachliches Zimmer: er am Pult, Einer der sich selbst erhöhte; wir, betont, am leichten Tischchen nebenan: so dicht nebeneinander, daß er Agraule eine Weile mißbilligend anstarrte (die war aber auch dickfellig; und meine Gedanken sammelten sich wie Spitzbuben einer Bande). (Aber was war das neben ihm wieder? : ein kopfgroßes struppiges Gebilde, kugelig und starkbraun).

Er setzte die Fingerspitzen aneinander: — —

»*Ich sehe ihn noch vor mir* — — : ein fast kleiner untersetzter Mann. Still. Verinnerlichte Augen — « (›querer wächserner Jesusblick‹ hat Eutokios mal formuliert) : »Ich habe manche Monde um den Meister sein dürfen — auch ein wenig an seiner unvergänglichen Arbeit teilnehmen — und weiß deshalb Einzelheiten, die zum Teil noch nicht einmal im Buche stehen — «

Weitgereister Mann, der Kosmas, zugegeben! ; » . . . Indien und Selediba« (also nicht mehr Taprobane; ist aber wohl nur der Persername, bei denen ›Dib‹ ›Insel‹ heißt : » . . . dann die ersten Regierungsjahre des Kaisers Justinus« (der mit der Unterschriftsschablone von gestern, der Onkel des jetzigen, nischt wie Istock und Biglniza) »im Reiche Axum.« (Schön, das soll seine Legitimation sein). »Ganz zu schweigen von seinen Kommentaren über das hohe Lied und die Psalmen!« (Ja, solche Arbeiten sollte man als Geograph allerdings besser verschweigen! Hat wohl mit der Bibel in der Hand nachgesehen, ob die Erde noch stimmt? — Allerdings Kaufmann auch: hat also vielleicht erst nach der Pensionierung ›Gott erfahren‹ ; na, ma abwarten!).

(Aber jetzt wurde s intressant!) : »Die genähten Barken von Rhapta; ohne jeden Nagel, ohne alles Eisen: die elastischen Bretter mit Kokosbindfaden zusammengefügt« (ach, das ist eine Riesennuß? : und ich wog die Argellia fasziniert in der Hand: müßte man mal stecken, und den Baum sehen können. Innen scheint Flüssigkeit zu schlenkern. — Und daß die Schiffe praktisch sind, glaub ich schon: beulen sich beim Anstoßen ein, ohne zu zerreißen; können selbst dann leicht geflickt werden —). / »Damit also fahren sie zur Insel Menuthias, holen Schildkröten ab, die man dort in enormen Netzen, aus Weiden geflochten, fängt — — « (und gleich wieder so groß, daß 12 Männer Mühe haben sollen, sie zu überwältigen und zu tragen! Allerdings: wo es auch solche Nüsse gibt — — — ? ?). / » . . . das unschätzbare adulitanische Monument . . .« (Jaja: wo der Anfang nicht zum Ende paßt. Aber immerhin, das war eine wissenschaftliche Tat, daß er und Menas das Ding kopiert haben!). / Indische Wunderfische: die aus ihren Mäulern den Menschen bedenkliche wasserhelle Tropfen in die Augen schießen. Saugfische benützt man, an Stricke gebunden, wie Hunde zur Jagd. »Kosmas beteuerte mir, daß manche dieser Fische auf Palmen klettern, sich dort an Palmwein berauschen, und wieder in ihr Element zurückgehen!« (der letzte Satz war laut und strafend gesprochen worden, denn Agraule hatte ungeduldig mit den Beinen gewackelt. Setzte es auch, gestärkt durch den Gedanken, daß der Tadel sich heute auf 2 verteile, diskret fort).

Und jetzt das eigentliche Lehrgebäude: großer Irgendwer, im wahrsten Sinne des Wortes: ich gaffte nur immer die ungeheuerliche Zeichnung an. Und er freute sich gnädig des

Eindrucks, den mir die Stiftshütte Mosis als Erdmodell machte –

»Die bewohnte Erde ist ein Rechteck, doppelt so lang als breit – 400 Tagereisen, beziehungsweise 200. Oder« (er steigerte sich, herablassend komisch, prudelbackig, für mich Mathematikerlein) »genau 11 790 Millien auf der Linie Tzinitza – Gades; 6300 von den Hyperboräern bis Äthiopien.« (Maaße stimmen annähernd). / »Ringsumher fließt der Ozean, welcher sich noch 4 Eingänge in diese Innere Erde macht« (und er zeigte: mittelländisches und kaspisches Meer; arabischer und persischer: schon recht: wo aber bleiben Sinus Gangeticus und Magnus?). / »Außerhalb des Ozeans befindet sich gegen alle Weltgegenden ein anderes, zusammenhängendes, festes Land, in welches die Menschen nicht mehr kommen können, ob sie gleich einst auf demselben wohnten: denn auf der Ostseite befand sich das Paradies, und noch jetzt strömen die 4 großen Flüsse, welche einst Eden bewässerten, durch unterirdische Kanäle in unser Festland – aus Gottes unversieglicher Gnade! – Nach dem Sündenfall mußte Adam zwar aus dem Garten, durfte aber mitsamt seinen Nachkommen noch am Ufer wohnen bleiben: bis die Sündflut dann die Arche mit dem Noah in unsere Erde versetzte.« (er mochte wohl mein Stutzen bemerken, denn schon fügte er strahlend den ›Beweis‹ an): »Noch treibt den Völkern Kattigaras zuweilen Strandgut aus dem Paradiese her: unsere Gewürze, Nelken, Zimt: in der Tat, wie? ? « (Das haben Euch wohl die gerissenen arabischen Kaufleute des Inneren Indien, in Hedschas und Yemen, aufgebunden, was? Hat Agraule also Paradiesesduft oben? Gut riechts ja! – Ihre Finger züngelten dünne Flammen. Wirbelte lautlos Punkte untern Tisch, ganze Reihen. Rollten sich, weiße Schlänglein, ein. Der Rha war mit dem modernen Namen ›Atel‹ eingezeichnet; in India extra Imaum ›Weiße Hunnen‹. An der Nordostecke Hippophagen: also wahrscheinlich Reitervölker).

(Tatsächlich: auf den Ostrand hatten sie ›Paradisus‹ hingeschrieben). »Hier im Norden die Regio Procellarum, Wolkenwerkstatt und Aufenthalt der Stürme. Im Westen ein dämmriges stilles Land; eben; Weiden, nie von einem Wind bewegt, trauern um graue Bäche. Nebel tasten sich mit blinder Silberstirn durch die Täler; Krähen und feiner kalter Regen.« (Schönschön: aber woher weißt Du?) : »Im Süden eine Wüste: rastlos durchschweift von feuerfarbenen Dämonen: die Spitzen der Mehrfachhörner vergiftet, mit Geißelschweifen und fetten Zinnoberbrüsten« (unwillkür-

lich mußte ich zu Agraule hinsehen; dann erst nach dem Gruppenporträt, das er auch hiervon besaß: aha, trugen noch eine Art Mistgabel in den Hakenfäusten; die Meisten auch rote scharmante Fledermausflügel).

»*Warum man das* Äußere Meer nicht beschiffen kann? – « (und nun kam es immer abwechselnd: Schlamm, Seetang, Ungeheuer von heroischen Proportionen; Windstillen wechselten mit Wirbelstürmen, Finsternisse; Eiswälle, mit Nebeln bemannt; agressi sunt mare tenebrarum quid in eo esset exploraturi): »Tiefer als 10–15 Stadien ist es nirgends«.

Unter dem Allen, in Felsenkammern und qualmigen Arenen die Inferi: alte Götter, Heiden und Verdammte, in trübem Feuer und Rauchwirbeln, geselliges Beisammensein, Stöhnen und Zuckungen: »das unterirdische Feuer ist ja sattsam bewiesen durch die italischen Vulkane – wohl eine Art Esse dieser Höllen. – Gewiß: natürlich: auch durch die häufigen heißen Quellen, ja!«

(Ein anständiger Mensch würde die Umrisse des Außenkontinents ja punktiert gezeichnet haben, um die Unsicherheit anzudeuten! Nach seinem eigenen Geständnis war doch noch Niemand dort gewesen: und hier sah ich Flußmündungen eingetragen, Höhenzüge und mehr Einzelheiten: wenn wir solche Methoden mal bei der Katastrierung von Kirchengütern anwenden wollten: die würden sich ganz schön beschweren! – Also das lehne ich ab!).

Ich wollte gerade den Mund hierzu auftun, als er sich vorbeugte und lächelnd die gespreizte Hand über das Blatt deckte: »Genug für Heute.« (Das kann man wohl sagen!) : »Wir sehen uns also morgen hier wieder.« (und dann brachte ich noch meine Einladung an. Wobei Agraule mit größerem Interesse zuhörte, als sie je seit heute früh gezeigt hatte: »Ja gern! – : Na*tür*lich!«).

(Schade: nach dem Riesenberg hätt ich noch gern gefragt. Na dann morgen!).

Wieder im Park mit Agraule (auch Anatolios hatte mit feiner Begeisterung angenommen, und sich sofort die dickste Schreibtafel ›mit fliegenden Händen‹ zurechtgelegt: Notizen für die Entenzucht! ! – ist einerseits rührend nett von dem Alten, wegen mir so ein Theater zu veranstalten!) : ein mandelfarbener Doppelchiton mit buntem Saum (»Meine Lieblingsfarbe« hatte sie ihn vorgestellt); rotes Haarnetz; hinterm rechten Ohr züngelte eine Goldnatter hervor.

(Ach richtig, eh ichs vergesse!) : »Warum seid Ihr eigentlich ausgerechnet zum Winter hergekommen? Da ziehen, im

Gegenteil, die Reichen doch sonst grundsätzlich in die Stadt? !« Sie schniefte gleichmütig: »Ach weißtu, das ist so: Pappa ist doch Hofkammerdirektor beim Kaiser. Ja, auch erster Chartophylax und Alles Mögliche. Mit konsularischem Rang —« (aha: daher immer die purpurverbrämte Toga!) : »aber seine Hauptaufgabe ist eben, Geld ranzuschaffen. Da hat er nun scheinbar die Steuerschraube etwas überdreht, so daß zu viele Beschwerden eingingen, und Justinian pro forma ein Exempel statuieren mußte: hat er ihn eben für n halbes Jahr auf seine Güter verbannt! Obwohl er durchaus mit ihm zufrieden ist: er führt ja auch von hier alle Geschäfte weiter.« (also relegation ad tempus). »'n paar Pestfälle sind übrigens auch wieder aufgetreten; da paßte's ganz gut.«

»*Ach*, das hat gar nichts zu sagen! : Nächsten Mai wird Justinian 60, da giebts bestimmt ne große Amnestie, und wir können wieder zurück. — Hier iss es langweilig, nich? ! « (ließ mir aber keine Zeit zu Protest und Gegenbeweis; jetzt war sie dran):

»*Hast Du* gar keine Geschwister weiter?« : doch; eine Schwester hatte ich in Cherson gehabt; war aber schon 2 Jahre tot. (Agraule ist das jüngste von 5 Kindern: 2 Schwestern, »längst verheiratet«; 2 Brüder von Anfang 30. Die Mutter, wie meine auch, viele Jahre gestorben: »Pappa hat so 3 Dutzend dicke Planipeden, mit denen er immer wechselt«).

»*Hastu viele Kinder?*« : ich drehte entgeistert den Kopf ob solcher Zumutung; beschloß aber, mich der Abwechslung halber mal nicht zu entrüsten, hob also bloß die Brauen und verhieß: »Du bist unmöglich!« »Aber Du hast welche? !« (unbeirrbar). »Also! ... : Natürlich nicht! ! « : »Das ist kein Grund zum Schreien«, versetzte sie wohlgefällig: »Ach was! : meine Brüder sind auch nicht verheiratet, und haben — och, *zich* Stück!«. »Haben aber schon Alle ihr Erbteil weg: ich krieg mal das Gut hier mit«.

»*Hach: überall schon!*« und sie bog zählend die Finger ein: »In Berytos bin ich geboren. Hierosolyma. Alexandreia.« (3 Finger waren erst weg; sie zauderte; ein Seitenblick; dann befreit): »Athen!« und kniff großzügig beide Fäuste ein: »Warstu schon mal verreist? — Ich kann stenographieren!« (Eine Logik ist in dem Volk! Aber ich verstand die Absicht schon!).

Ja, in Cherson war ich ein halbes Jahr gewesen. Und Umgebung: Pantikapeion. Eben bei meiner Schwester damals. Das große Flachmeer Mäotis, mit seinen Watten und Sandbänken: »ohne Lotsen kann man da überhaupt nicht fahren!« ; die endlosen Sümpfe und Schilfdickichte: »im Winter friert Alles zu, so daß man mit voll bepackten Lastwagen rüber fährt. Sogar ein Treffen soll mal drauf stattgefunden haben«. Dann Details vom Pelzhandel, und das interessierte mein Modedämchen sehr.

Aber ein großer Park hier! : Röhrichte, in denen Pelikane gründelten; fern im Dunst das Schindeldach; eine Schafherde murmelte vorbei; im arbustum würgten armdicke Reben ihre Trägerbäume.

Auf der Wiese der einsame Gnomon der Sonnenuhr; auf marmorner Platte ein Bronzepfeil; die Kurvenschar sorgfältig eingelegt; ebenso die Inschrift ›6 Stunden widme der Arbeit; die übrigen: lebe!‹ (»Als Feldmesser mußt Du grundsätzlich ein Prostahistorumenon mit Dir führen! – Ist das ein Tempel da drüben?«).

Sie runzelte die Stirn; sie sagte schwächlich: »N Kapellchen natürlich. Mama liegt drin begraben«.

Noch brannte die Grablampe innen (wurde laut Testamentsverfügung alle Kalenden, Iden und Nonen angezündet); die Relieffelder des Sarkophags zeigten abwechselnd Szenen des alten und neuen Testaments und der Jahreszeiten. Sonst wie ein Kirchlein in Miniaturformat, mit Narthex und einem lebensgroßen ›Guten Hirten‹ in der Halbrundnische hinten. »In der Hagia Sophia hat allein das Thysiasterion 40 000 Pfund Silber gekostet!« (So gehn unsere Steuern weg! !). »Ihr verbrennt Eure Toten? ! : Oh Pfui! ! « und sie schritt indigniert voraus, zurück.

Die gelben Herbstblätter ihrer Hände lagen weich auf dem grauen Marmor der Rundbank. »Pflanzen sind ebenfalls mit Vernunft und Erkenntnis begabt: das lehrte schon Aristoteles!« aber sie seufzte ablehnend: »Wenn man danach gehen wollte, dürfte man überhaupt nich mehr essen: und ich hab schon *son* Hunger!« (Also zarte Andeutung, daß sie meiner Anwesenheit entraten könne; gehn wir folglich etwas schneller. Aber sie hielt mich lässig an der Handbremse).

»Und Du lernsts auswendig, und plapperstsnach!« : »Ja sicher!« sagte sie ungeduldig, »er iss doch nu ma mein Lehrer! – Iss es denn nich absolut wurscht, ob die Erde ein Ei ist?«. Ich versuchte, mit Nachsicht, ihr zu erklären, warum – – aber sie lauschte zu mißtrauisch und entschied viel zu früh: »– also zumindest fürn paar hundert Jahre iss es noch völlig gleichgültig: was *willst* Du denn da bloß immer? ! « (und, jetzt voll ungnädig) : »Wenn Du n Ka-

valier wärst, wär Dir meine Figur viel intressanter als die der Erde! ! «

»*Also kommst Du* heute Nachmittag wohl gar nicht mit zu uns?« fragte ich, heuchlerisch bedrückt; erhielt aber nur einen hoheitsvollen Blick: »So üppig wuchern die Zerstreuungen bei Euch in Thrakien wahrlich nicht, mein Lieber, daß man auch die ärmlichste leichtfertig auslassen könnte!« — —

»*Und den Lychnuchen laßt ja drin:* was meinst Du, was Gabriel sich giftet! — « (mit diesem letzten Ratschlag entfernte sich endlich Eutokios, und wurde für den Rest des Nachmittags unsichtbar). »Was haben die Christen nur gegen solche Lampenbäume? : sind doch phantastisch gearbeitet! — ich möchte mal alle 360 brennen sehen!« : sie hingen an feinen Kettchen von den Ästen des Bronzebaumes, apfelförmig, mit Sprüchen und mythologischen Szenen über und über graviert; küßlichrunde Dochtmäulchen lockten; aber mein Vater schüttelte bedauernd den Kopf: »Was denkst Du, was das kostet! — Wir haben ihn bisher nur zweimal angezündet, unten in der Halle: bei meiner Hochzeit. Und als Du geboren wurdest. — Stehen bleibt er selbstverständlich!«.

Sind sie das etwa schon? ! : ich räumte gerade mein Zimmer etwas auf. (Nicht etwa extra für die!).

Essen (Ja, Leckereien bekommst Du hier nicht!) : Alicagraupen; Rotkohl; Fische in Oxygaron. Selbstgebackenes Brot im Bauernformat, so knusprig, daß es unter dem großen Messer sprühte (Anatolios begeistert: stand es nicht so bei Virgil? — Aber unser Pistor war gut; auch für einfache Kuchen!) ; dazu bitterer einheimischer Honig (»Also genau wie sardinischer!« Anatolios höflich; dabei hatte Eutokios giftigen pontischen für ihn vorgeschlagen, nicht unsern schönen Acapnon!). Zum Nachtisch dann gerösteten Mohnsamen mit frischer Butter. Die Anderen kosteten unsere dicken schwärzlichen Weinsorten; wir Beide tranken wohlerzogen Melikraton, Honig in jungem Most, 1 zu 9, (sie tunkte erst entsagungsvoll ein spitzes Schnutchen in ihren epheubekränzten Pokal, trank aber dann wacker weiter).

»*Fastentag*« hatte Gabriel sonor angekündigt, und mehrfach nach der Biberkelle in Apostelsoße gegriffen (gut fressen wollen sie aber trotzdem!). — Nanu: auch die Ringelgans? ! : »Ä-sie entstehen ja bekanntlich aus Entenmuscheln, und sind also erlaubt« informierte er Anatolios, (der vorurteilslos die Hände schwenkte. Und mein Vater —

alter Entenspezialist, wie gesagt — erschrak nicht wenig ob solcher Probe klerikaler Bildung und Kasuistik: sind geschickte Leute!).

»Es ist Phasiswasser« pries mein Vater seine Grille: »erst mit dem letzten Schiff gekommen. — Es ist doch viel leichter und süßer als das hiesige! Zwar etwas bleifarbig; aber wenn es sich einmal gesetzt hat, äußerst rein und gesund: hält sich mehrere Jahre ohne zu verderben! Ein Götterwasser, und geht mir nie aus!« —

»Ach, hier ist das Entengehege ! ! « : Alle davor: die 20 Fuß hohe Mauer (»außen und innen glatt verputzt und weiß getüncht« murmelte Anatolios zwischen Oberzähnen und Unterlippe, flie-gend-no-tie-rend: »50 Schritte im Viereck? ? — — Achtund-vierzich!«) Dann traten wir ein: oben mit Netzen überspannt; in der Mitte ein Bassin mit Wasserpflanzen und Schilf; 20 Fuß breite Rasenbahnen um diesen Teich. (Gabriel entdeckte eben voller Abscheu unsere Wetterfahne: ein beweglicher Triton, der mit seinem Dreizack gegen die Windrichtung drohte). Anatolios untersuchte drüben die zahlreichen, viereckigen bedeckten Steinzellchen (» . . . . auch gekalkt sein . . . . «) zum Nisten; die meisten halb versteckt in Strauchwerk und kleinen Schatten: »Ja, also das *muß* ich einfach haben!« (inbrünstig; Gabriel umging indessen wie beiläufig unsern alten tätowierten Entenpfleger — — kam zurück: »Auch noch n Pagane, gelt?« : »M — zum Teil!« lehnte ich ab (und er wollte aufzucken: zum Teil? ? ! !) : »freilich werden auch Bendis und die Aloiden noch ab und zu verehrt. — : Otos und Ephialtes, 2 Dämonen des Saatlandes —« erläuterte ich voll Behagen dem Inquisitionsgesicht: »trinken nachts ma bei den Steinen Bier; das ist Alles.« : »Ach? : Das ist Alles? ! « fragte er, fleckig vor Wut und sogenannten schneidenden Hohnes).

An feuchten Stellen Rohrpflanzungen anlegen? : »Ja, das geschieht bei mir auch.« / »Ach, Ihr hängt Wespenzweige zwischen die Feigenbäume? Hilft es denn tatsächlich so viel? ! « ; und mein Vater erklärte ihm geduldig, wie durch das Anbohren mit dem Legestachel die Frucht gereizt würde, mehr Saft ströme zu, sie geriete größer und zarter. — »Ob man das auch mit der Hand machen kann? . . . «

Aber hier wußte Anatolios tollen Rat (wir hatten ihm unseren schönen Schimmel gezeigt, und über sein unaufhörliches ›Weben‹ geklagt: *war* auch erbarmungswürdig anzusehen, wie das geängstete Tier mit gespreizten Vorderbeinen stand, und Kopf und Oberkörper zwangsmäßig hin und her schwang!) : »Das machen wir sofort! : Habt Ihr — ä — Teer;

oder n Eimer mit Ruß? ! « Er klomm persönlich auf das Mäuerchen der Box, und pinselte sorgsam den handbreiten senkrechten Balken an die Wand: dem Pferde mitten vors Gesicht! Wir sahen uns ungläubig an (während er sich die Hände in einem Tränkeimer wusch). — — »Aber jetzt hört doch Alles auf! — « : der Schimmel stutzte noch immer; unterbrach seine Bewegungen; drehte den Kopf fragend nach uns her: ? wollte weiter weben — es ging nicht! Er legte die Ohren nach vorn, pustete, scharrte: den Schwanz hoch: tcha, es ging nicht mehr! ! (Und Anatolios stand stolz daneben, die Arme cäsarisch verschränkt: ? : ! — Aber das hätt ich nicht geglaubt: kann doch was!).

Allein mit Agraule (beim ›Hauszeigen‹). »Kränze aus Eppich oder Selinon hätten wir aufhaben müssen!« aber sie grunzte abfällig: »Selinon kann ich nich riechen!«

Der Mosaikfußboden der Halle: » . . . . auch ma wieder abschleifen lassen . . . . « maulte sie; wurde aber heiterer bei Untersuchung der schweren Holztreppen: »feine Verstecke drunter!«

»Und hier wohnst Du?« : zuerst verfiel sie der Riesenweltkarte des Ptolemaios (aber nach der exakten Anweisung, mit gekrümmten Meridianen!), die mit ihren abstrakt vielfarbigen 10 mal 6 Fuß, im hellsten Licht, ich hatte sie mit Eutokios gemeinsam gezeichnet, alles erschlug: »Hübsch, Du! ! « (da kann man nur den Mund kurven: wenns nichts als hübsch wäre? !).

»Wer ist das hier? ! « (unwirsch, und ich errötete leicht): lebensgroß in der Ecke ein hurtiges schlankes Mädchen, leicht auf den Zehen dahinschlüpfend, das grüne Gewand mit der Linken gerafft. Langes offenes Haar; Lilie und Granatblüte in der hängenden Hand; im Kleidsaum ein Muster von ›unklaren‹ Ankern: »Elpis? — — : Sie sieht *mir* ähnlich.« sagte sie kurz. (Da möcht ich aber wissen, wo!).

Der Fußboden mit gefärbtem und wohlriechendem Sägemehl bestreut; große weinrote Kreise als grobes Muster drin: »Extra für uns machen lassen, was? ! « schlug sie ironisch vor, aber ich gabs sofort beleidigend zu: »Selbstverständlich. Sonst giebts hier solchen Unfug nich!« Pause. »Mein Vater wollte s auch bloß.«

Wie dem auch immer sei: »Man sieht jedenfalls, daß ne Frauenhand fehlt«, behauptete sie wichtig (ja, mitleidig: wo mag sie *den* Kalauer aufgeschnappt haben!). »Sieht Dir wohl zu ordentlich aus? ! « fragte ich höhnisch. Sie bohrte vornehm und unzufrieden mit der Schuhspitze, und stellte sich dann, splendid isolation, in einen roten Ring für sich.

Noch fiel mir ein: »Ich heirate überhaupt nicht.« und, gewählt: »mein Lebensplan schließt dergleichen (sic!) aus.« : »Meiner schon lange!« erwiderte sie patzig: »passen wir ja wunderbar zusammen!«.

Kerzen? : aus Wachs und Talg, als Docht eine Binse. »Darf ich Dir erklären? — —« und sie gähnte mir übellaunig ihre Einwilligung zu.

Feldmesserinstrumente in der Ecke: Groma; Decempedator; eine Kanalwage für Nivellementsarbeiten; ein mannshoher Holzzirkel (Spannweite genau 1 Doppelschritt) zur Rohmessung der Felder (mit geschickter Hand während des Abschreitens an einer ausgespannten Schnur entlang geschwenkt). »N Abacus kenn ich ja nun *auch!«* (immer noch sanft gereizt).

»Damit wäschst Du Dich? ! : Du Armer!« : Bimsstein; und sie war ehrlich entsetzt. »Nur die Hände; wenn sie mal sehr schmutzig sind —« beruhigte ich, »sonst zum Anspitzen der Schreibrohre. Oder zum Abradieren von gebrauchten Pergamentblättern.« — »Was iss Bimsstein eigentlich?« (tiefsinnig. — »Lavaschaum« : »Ähä«).

»Du kannst singen? — Ich nich!« also drehte sie die Laute aus einer Schildkrötenschale tadelnd in der Hand; dann fiel ihr ein: » . . . aber als Kind hab ich eine *so* große Badewanne gehabt : ! «

»Ja, das Notgepäck muß bei uns immer fertig stehen!« (wegen der Bulgareneinfälle; Grenzerleben. Und sie wurde wieder nachdenklicher.)

»Das sind Deine Bücher?« : sie begann höflich in den Formeln zu blättern: Heros Geodäsie; die 60 Bücher Ethnika des Stephanus von Byzanz (»Das ist, so komplett, ein rares Stück, Du!«); Sergius von Zeugma; natürlich die Megale Syntaxis; ein Computus paschalis; Priscianus', des Lyders, Schrift über die Sinne; zuletzt, zögernd, die geheimnisvoll anonymen Bücher Dionysius' des Areopagiten (aber sie dachte sich gar nichts dabei; trällerte auch während der ganzen Zeit, mich gebührend zu kränken, mißtönig letzte Schlager: ›Büzantieni — schänä — chtä / kannstuniemals värgä — ssän . . .‹)

»Das ist ein Bett??« : sie legte übermütig den Kopf um, und zwang mich, es fast ganz auseinander zu nehmen: Gurte; eine magere Decke; der Schafspelz drüber? Mein rauhes Nachtkittelchen wurde ausgelassen bei beiden Ärmeln genommen (in beide Arme; und ich stand finster daneben: s gab immer Neues, sich zu mokieren!). »Das ist Dein ganzer Kleidervorrat? ! «. An 2 Haken, ja. Aber die Laena

gefiel ihr: wie beim Winterhimation der Einheimischen auf einer Seite dichte Wollzotten; sie schmiegte wohlig seufzend das magere Gesicht hinein (und dachte scheinbar gar nicht mehr daran, von meinem Bett aufzustehen!). –

»*Wer wohnt denn hier? ?* « (betroffen; denn neben der Tür von Eutokios' Zimmer stand seine Insomnia, Göttin der Schlaflosigkeit : längliches, unglückliches Lächeln; Gesicht mit krankhaft hoher Stirn; ihr Peplon kunterbunt von Zahlen und pervertierten Wortstücken bedruckt; die Hände zupften nervös und knickten verstümmelte Halme; am schludrig geschnürten Schuh lehnte ein rundes Schachbrett mit dreieckigen Feldern, eine Maus rannte im Kreis: »– das sieht ja doll aus! ! – : n alter Mann? ? ! « (ehrlich erschüttert).

»*Alles voll Dämonen bei Euch*, ja?« (grollend). »Nächtliche Gottheiten eben.« (ich, kühl). Dann, als sie immer noch rebellierte: »Du hast grade Grund, Dich aufzuregen!« : »Wieso? ! « ; und erzählte ihr, boshaft ausführlich, wer Agraule eigentlich gewesen war: im kyprischen Salamis wurden ihr bis vor kurzem noch regelrechte Menschenopfer dargebracht: der Priester durchbohrte am Altar einen Jüngling mit der Lanze! War ja auch die wildeste, heftigste Schwester von den Dreien. Sie horchte animiert, und nickte immer zustimmend; leckte sich die Lippen: Jünglinge: »Das hab ich noch nich gewußt! – So ungefähr, was? ! « : sie machte gleich weiße knirschende Fangzähne und gelbe Hakenkrallen; die Augen rollten der Jünglingsfresserin nach allen Seiten aus dem Gesicht, im Haar bebte's: – »Na? ! « (Genau so!).

Eine weiche rötliche Luft draußen: schon wimmelte der Hof von etlichen 20 Sklaven, die ihre Reisigbesen in den Graben hinten tauchten, und Platz und Wege vorm Fegen mit Wasser besprengten. Von hellem ausgelassenem Gelächter umkreist, wirbelten sie Alles sauber, plapperten sämtliche Sorten Räubersprachen, und wir sahen nach Herrenweis' zu.

»*Gotinnen* habt Ihr auch dabei? ! « : »Ja, 2; ne Alte und ne Junge: ›skapjan matjan jach drinkan‹ « lachte ich unlustig (die Junge hatte mal Annäherungsversuche gemacht); und sie wunderte sich: »Goten gelten im Augenblick was in Byzanz: werden viel geheiratet! Sind ja auch massenhaft Geiseln und Emigranten da: Witiges, der Exkönig, lebt mit seiner Frau Mataswintha in ner Villa, bei Regio draußen: aber wie! – Sie poussiert auch längst mit Germanus, dem Neffen des Kaisers.«

Und lachte schmetternd auf: »Du müßtest den Verein mal aus der Nähe sehen!« (dann ausgiebig Hofklatsch: wie Belisar von seiner 18 Jahre älteren Antonina immer noch laufend betrogen wird: »Mit Theodosius, m Halbmönch: der dann dran gestorben iss«. Listig. Sie gluckste hurtig, wie wenn Wasser aus ner kleinen Flasche läuft. Ränke des Narses und der Pfaffen. (Na, der ›Weiße Zar‹ ist auch nicht besser : 'n eitler Bauernjunge, der sich 'n slawischen Fürstenstammbaum erfinden läßt !)).

Bunte Luftgewebe: ja, das Landleben! »Sieht komisch aus!« (nämlich die Daker mit ihren langen Hosen; nennen sich ›Arborigenes = Baumgeborene‹).

Catenaten: »Wir haben auch Viele« sagte sie wegwerfend: »unser Ergastulum iss immer gestrichen voll.« (lüstern): »Was macht Ihr mit den weiblichen Verbrechern? Unsere werden in die Salzbergwerke geschickt; wenn sie da wiederkomm', fressen sie aus der Hand. – Zur Zucht kann man sie ja nicht gebrauchen; schlechte Eigenschaften vererben sich zu schnell.« (Kennerin).

Schellenklang: die Herden kamen heim; wir, unter abgeernteten Pfirsichbäumen, Aprikosen, Birnen, Äpfeln; die Dämmerung sah uns schlitzäugig zu.

»›Männer‹ : das heißt bei Dir scheinbar nur: hemmungslose Trinker, Brüller, unermüdliche Haremsbesucher — — ? « sie nickte mir freundlich zu, anerkennend, »Ganz recht«, und : »Wozu brauchtet Ihr wohl sonst soviel von *dem* Zeug? : ! «, sticheInd, und kaute verträumt schielend die Zweigspitze (Juniperus sabina; kriechende Sträucher; rautenförmige Blätter mit einer Öldrüse auf dem Rücken, und blauschwarzen, überhängenden Zapfenbeeren). »Gott, er wächst nu ma hier!« sagte ich, völlig überrumpelt von dem Angriff: die kann Ein' zur Verzweiflung treiben! (Übrigens hat Aristoteles den Anbau ausdrücklich empfohlen, und die Amblosis dazu; zur Verhütung der Folgen allzugroßer Fruchtbarkeit. Wenn Justinian jetzt auch, Novelle 22/16, Verbannung und Bergwerk drauf gesetzt hat!).

Ihre Hände anemonten langsam im Strauchwerk, Gift zu Gift; Bärenklau und die Wicke Arakos. Kühler. Es knusperte in der Erde; Mond langte die krumme Bettlerhand aus fleckigen Lumpen; ihre Schultern schnatterten einmal vor Frost.

»Hier: Siehst Du!« : da stand er am Graben, in welken Binsen: kein Kreuz in den Händen, sondern eben die Wildgans (und sie gestand verdrossen ein, daß es besser, ›organischer‹, aussähe; drückte dabei mißmutig die lange Nase in ihren Strauß von Totenblumen).

»*Also, Agraule!*« (ich; empört): »Das *ist* es doch eben! : Eine Religion, die Kunst und Wissenschaft als ›Eitelkeiten‹ verleumdet, *kann* doch gar keine Kunstleistungen hervorbringen! Nur unsere großen Alten umschneidern! – Ja, allenfalls internationalen Kitsch, wie Euren wolligen ›Guten Hirten‹ drüben!«

Bitte, bittä! : Beweise genug: »Weißt Du nicht, daß das ganze Industriezweige in Byzanz sind – und auch anderswo: Athen, Rom, Pergamon – wo serienmäßig in Werkstätten antike Statuen umgearbeitet werden? Seit Konstantin macht man aus geflügelten Niken prinzipiell Engel; auf die Theodosiussäule wird der arbeitsscheue Apostel Petrus gepflanzt; Triumphbögen aus trajanischen Materialien zusammengesetzt. ›Unverwendbares‹ in Kalköfen verbrannt: das ganze severische Museum! – – – Hier: das ist ein Standbild der ›Eirene‹« (die jugendliche Frau mit Füllhorn, Ölzweig, Ährenbukett) : »meißel' ihre Attribute raus, und gib ihr Euren heiligen Säugling in n Arm: fertig ist die ›Jungfrau Maria‹ ! « ; sie zogs abfällig in der Nase hoch; beim Weiterschlendern; murrte auch was von ›Zungensünden‹.

»*Dichtkunst? : lach ma Du ! ! :* hast Du mal den ›Christos Paschon‹ des Gregor von Nazianz gelesen?« (gesehen hatte sie ihn, ja!) : »das Schauspiel ist von A bis O aus Versen der attischen Tragiker zusammengeflickt: 10 Zeilen Eigenes! – Oder das Kentron der Eudokia vom ›Leben Christi‹ : 2343 halbe und ganze Homerverse haben die Philologen darin nachgewiesen! Christentum und Kultur? : das ist wie Wasser und Feuer!«

»*Aber hier, gelt:* das ist Kultura? ! « : sie blieb dicht davor stehen und zeigte hohnvollst: ein Feldgott, wie üblich mit Mennige gestrichen, stand, einen Schurz voll Früchte, hoch im Grünen; grinsend über seinen enormen beweglichen Phallus geneigt: »Ja, *das* ist Kultur! !« ; und schwamm, eine Siegerin, hinter der spöttischen Perispomene ihres Mundes, zielbewußt durch die blühenden Astern davon, aufs nahe Haus hinter den Bäumen zu.

Dort wartete man schon, gutmütig, in lebhaftem Gespräch: » – ah, da kommt unser Pärchen! – «. 2 Lampadarii hatte er mitgebracht; wir gaben ihm noch den dritten dazu; die Lichter fröstelten schon hinter ihren bemalten Hornscheiben in den Handlaternen; der Anaboleus durfte wieder zurücktreten: sie waren in Sänften gekommen. –

Meine Ohren: erfuhren Abschiedsschritte die Augen gafften; Hände froren Marmormuster; Füße standen: wer war ich?

Haar lebte, Finger kratzte, Herz gluckste: alles auf einmal. (Haut stank sicher. Unten. Aus Falten.)

» — Na ? ! — « : Eutokios mit nacktem Grimassenkopf.

»Redliche Gemüter ? ! « (die Christenpriester): »ja, wenn sie nicht zugleich so fanatisch wären! Beschränkt sind sie: von zartester Kindheit an werden ihnen phantastische Hypothesen so systematisch eingetrichtert, daß sie ihr ›Gottesbewußtsein‹ später buchstäblich für eine angeborene Grundidee des menschlichen Geistes halten; und sich einfach nicht mehr vorzustellen vermögen, wie man dergleichen ablehnen könne, ohne ruchlos oder wahnsinnig zu sein!«

» ›Mythologie‹, ›Glaube‹ ? : das sind Arbeitshypothesen! Die hunderttausend Jahre ausgereicht haben mögen.«

»Ach, sieh da! : Justinian hat angeordnet, daß der 25. Dezember von jetzt ab offiziell als Geburtstag Christi zu gelten hat, und in allen Kirchen gefeiert werden muß? : siehst Du, wird wieder der alte natalis solis invicti geschicktest benützt! Methoden sind das! — — Nee; kein' Zweck heute, Beobachtungen anzustellen. Iss noch zu wolkig.«

Wind: eine Geschichte (zum Fenster herein. Meine Finger knaupelten an mir rum; dazu zerrmäulig atmen: mä'lche Beine; haargeschwänzt; kurze Wippknospen; wippen; im Armknoten: achschluß! — Die Schwimmblase des Mondes in Sargassowolken).

Und schon wieder im Osten: häkelte bunte Wolle; grüne Fussel, gelbe Schlingen, rote Fäden, (der Knäuel lag noch unterm Horizont), blaue Schals. »Heut Abend wirds klar: komm dann aufs Observatorium, ja? ! « : »Gern, Meister!« (und er lächelte hager und verkniffen erfreut).

In rosigen Schuhen vor einem Heldentenor von Hahn: die schräge Hand hielt ihren Chiton zusammen, den der Wind aufzublättern suchte. »Er staubt noch seine Reliquien ab« benachrichtigte sie mich federleicht.

Reliquien: der übliche Span aus dem Kreuz des Erlösers; von der heiligen Hilde, die Ölquellen in den Brüsten gehabt hatte, ein Fläschchen voll; Petri linker oberer Augenzahn; nu, Jeder hat seine Hobbies, mit denen er ›selig‹ ist: er breitete, sammlerverklärt, die runden Arme, und detonierte im Gesang (dem Agraule zuchtvoll — und mit einem schlauen Augenklaps zu mir — respondierte: macht bloß Tempo!).

(Und weiter die sublimen Enthüllungen): »In den entferntesten Grenzen der Äußeren Erde (der unbewohnten!) erhebt sich auf allen 4 Seiten eine ungeheure, äußerst hohe Mauer: auf diese gestützt ist der Himmel als ein Gewölbe

über beide Erden weggesprengt. Über diesem — neinnein: ein Tonnengewölbe! — hat Gott seinen eigentlichen Sitz. Im Himmel befinden sich die Auserwählten — — « (wen das schon interessiert! Sein astronomisches System will ich hören: Mathematik regiert die Welt, mein lieber Seliger!).

»Also« (und er schaute mich ganz unbeschreiblich dummklug an): *»können* die Gestirne gar nicht senkrecht die Erde umkreisen! ! «

Der Berg des Nordens: »Auf der nördlichen Seite der Inneren Erde befindet sich ein ungeheuer hoher — ä 12 000 Millien: gleich der Erdlänge — kegelförmiger Berg: um diesen ziehen Mond und Sonne ihre kreisförmigen aber exzentrischen Bahnen« (Pause. Sein dozierender Zeigefinger ragte hell, fett, ringgeschmückt — ich war ganz verwirrt, man muß sich ja erst darein finden; also die Zeichnung näher und die Faust ans Kinn —).

Der Berg des Nordens: »Sein Schatten auf der Inneren Erde ist ergo das, was wir ›Nacht‹ nennen; im Sommer steigt sie (die Sonne) höher, der Berg ist oben schmaler: folglich werden die Nächte kürzer, die Abend- und Morgenweiten größer — weil sie hinter der Spitze nicht lange verborgen bleiben kann! Je mehr sich die Winterszeit nähert, desto *tiefer* sinkt sie: der Berg wird breiter, folglich die Nächte länger!« (Beim Mond umgekehrt; der im Winter steigt, während die Sonne flach übern Südwald schleicht).

Der Berg des Nordens: (und ich konnte den Blick nicht von dem monströsen Gebilde wenden: welch ein Einfall! !) : »Bei Sonnenfinsternissen tritt der Mond, der die Innenbahn hat, vor das Tagesgestirn —« (ein ›reinstes Licht- und Feuerwesen‹ nannte er sie; hat Der 'ne Ahnung : vor 6 Jahren hat sie 14 Monate lang nur mit halber Kraft geschienen, so schwarzen Ausschlag hatte sie !) » — bei Eklipsen des Mondes zieht er durch den konischen Schatten des Berges: daher die verschiedene Dauer.« (Beide Bahnen leicht gegeneinander geneigt, so daß ›Knoten‹ auftreten? : das wollt ich Euch auch geraten haben!).

»Ja ganz klar! : die Völker am Südrand der Erde, die schattenlos unter der Sonnenbahn leben, sind Ascii; die unsrigen fallen grundsätzlich nördlich: wenn aber im Sommer die Sonne höher steigt, verkürzt sich damit automatisch bei uns die Schattenlänge!« (Sol hibernus und Sol aestivus).

Der Berg des Nordens: »Engel sind es, welche die Gestirne um ihn her leiten! — Ihres Geschäftes nebenbei herzlich überdrüssig, den sündbefleckten Menschen, den undankbaren, unaufhörlich die Tröstungen des Lichts zu bringen:

und selbst das selige Dasein am Throne des Ewigen entbehren zu müssen – aber die Pflicht, die Pflicht – – « (er schmatzte bedauernd und ›webte‹ eine zeitlang). »Sonne und Mond – beides verhältnismäßig kleine Körper – werden dicht über der Erdoberfläche hingeführt.«

Im Norden und Nordwesten wie gesagt der Aufenthalt der leuchtenden Lufterscheinungen, Meteore und borealischen Auroren, der Wolken und anderer Himmelskörper, alle bis zu 40 Stadien hoch. Haarige und bärtige Sterne als warnende Prognostika, Ruten und Geißeln, Gründe zum Kriegantangen – – ich konnte bald gar nicht so schnell mitschreiben, Jott, was wird sich Eutokios amüsieren! – » . . . und der Mond ist in großer Nähe.« (D. h. winters, auf der Nordseite) : »Die heißesten Länder erzeugen natürlich infolge der Sonnenglut auch die herrlichsten Edelsteine, die buntesten Vögel, die stärksten vierfüßigen Tiere.« (›Die giftigsten Schlangen, die meisten und schädlichsten Insekten, die gemeinsten Seuchen‹ hätte er zwanglos auch noch anfügen können; aber auf die Sonne läßt er nichts kommen!)

Der ganze Kasten steht übrigens auf nichts: » . . . denn obgleich die Körper schwer sind und in die Tiefe streben, so will im Gegenteil das Feuer nach der Höhe. Die Erde würde bis ins Unendliche fallen, die ätherischen Teile ins Unendliche steigen: aber *die Mauer* knüpft beide Strebungen unauflöslich; die Kräfte heben einander grade, und Alles bleibt in unverrückter Ordnung.« (in ›verrückter‹ Ordnung meint er wohl? Und wurde finster, unheildrohend, seine Augen blähten sich stellvertreterisch) : »Beim Jüngsten Gericht« (eindrucksvolle Pause; ich trommelte ungeduldig mit dem Stylus, ich, Lykophron neben Agraule: Mensch, wer die Bulgaren hat pfeifen hören, zittert auch vor Göttern nicht mehr!) : »wird das Lux Infinitum die Erde *ganz* verzehren –« (Hei, die Betonung!) : »die Hölle stürzt nach unten, in immer düsterrötere Abgründe, ein ewiges Fallen« (s gleich g Halbe t Quadrat; v gleich g mal t) : »der Ewige Himmel konstituiert sich; die Engel, Sterntreiber, ihres Dienstes entlassen –« (Hallellujah, und dann fängt Eure ewige Liedertafel an, ich weiß: aber ohne mich! Mir sind Dikaiarchos und Marinus von Tyrus interessanter!).

Schluß also?? : Nee, erst noch Ptolemaios n bißchen lächerlich machen; über die angebliche Rotundität der Erde spotten: steht ja auch nichts davon in seiner Bibel: Gott erhalte Dir Dein Terrarium! Wir schwenkten die Hände so verbindlich, eiei: ja, die Skrupel für übermorgen, und er lächelte herablassend und siegesgewiß — : »Morgen gehn wir ja Alle zum Jahrmarkt — mnjaaa —«.

Flüstern: »Nee, wart Du lieber hier, Agraule!«

»Ihr habt Euer Gut wunderbar in Schuß« lobte Anatolios träumerisch, schnalzte und hatte augenscheinlich gar tiefe Gedanken: »Jaaaa — — «; dann, erwachend: »Ja *sicher* darf Agraule mit!«. Da Gabriel mißbilligend zu blicken anhob: »— auf dem Lande: kann man doch die Etikette etwas lokkern!« (noch was von ›solider Familie‹ gemurmelt, ›solider junger Mann‹ : soll ich wohl sein! Hatte gefragt, ob Agraule heute Nachmittag mit ans Meer kommen dürfte, die Miesmuschelbäume nachsehen).

Sie lungerte schon hungrig unweit der Tür: »?« und: »Priemaa!!« : »Zieh Dir aber feste Schuhe an. — Und—warmes—Zo—heug!« —

Wolkenschatten: die Sonne entwich nach allen Seiten; sie lamentierte schon jetzt, daß die ollen Schuhe so schwer wären!

»Und: was macht Deine Katze?« Da mußte ich doch lachen, und schilderte ihr, wie unser Gesinde darauf reagiert hatte: *Kobolde* gabs jetzt bei uns! ›Hausgeister‹ ! :

Man muß ihnen Näpfe mit Milch hinstellen (ein ganzes mythologisches Gebäude war in den paar Tagen entstanden; die junge Gotenmagd hatte mirs schaudernd berichtet). Werden sie — die sich nur selten als ›kleine grauliche Männer‹ zeigen — gut behandelt, so bringen sie manches Glück: spinnen des Nachts ganze Spindeln voll (das Schnurren!); helfen den Mägden in Stall und Küche (weil sie beim Melken leckermäulig von Box zu Box mitgehen; oder nach Speiseresten betteln kommen!); tragen Korn auf die Speicher (negativ richtig: weil sie die Mäuse vom Fruchthaufen fern halten!). Bei schlechter Behandlung werden sie tükkisch: poltern nächtens, und wecken die Leute durch allerhand Unfug (als ausgesprochene Nachttiere!); schleichen als Stimmen hinter glimmenden Augen herum; drücken als Alp die Mädchen (weil sie gern menschennah im Heu mit schlafen, und sich lautlos auf Bein und Brust legen; bei mir war sie gegen Morgen auch mal kurz gewesen!) : so beobachtet und folgert also ›das Volk‹ : wieviel solcher Zeugen wiegt da ein einziger helläugiger Gelehrter auf?! (Katzentürchen muß man ihnen überall einsägen; merken!).

Aber merkwürdige Stimmen haben sie schon, zugegeben: »Haben Deine eigentlich Namen?«. Sie senkte den Kopf; sie druckste eine Weile — — : » ›Mauz & Murmel‹ « gab sie verschämt an. Also die Eine Mauz; die Andere — — ? : »Nein: *Eine* heißt so — die Gefleckte.« (und war erleichtert, als ich lobend und langsam nickte: gar nich ma schlecht, bei den Stimmen! — In einem Gestrüpp von Zwergmandeln; rothaarige Weiden angelten am Bach; die gelbe Fußmatte aus Gräsern).

Auf dem Bauernweg: »Wetten, daß sie *nicht* nach Byzanz fahren?! — : Na, wohin, alter Chronos?!« — der Fahrersklave hob vorsichtig den Kopf, erkannte mich aber scheinbar und zeigte mit der Peitsche: »Es tan polin.«; die Räder greinten und röchelten. »Paß auf: in 100 Jahren heißt sie *nur* noch so!«

Äugte der Himmel aus wütender Tigerpupille (und die ruppigen Wimpern der Wälder. Sogleich ergriff mich Unbehagen ob dieser Metapher, und ich mußte sie mit dem Kopf wegrütteln. : »Direkt noch ma heiß heute.« : »Ja, und ich hab Palla und Kapuze mitnehmen müssen!« flammte sie hoch: »übrigens bekomm ich Ausschlag von Miesmuscheln!« : »Sollst ja heute gar keine essen.«).

Schon fingen einzelne Dünen an: Wolkenalbinos und Agraulefragen; die Flachküste gefiel ihr ungemein: Sümpfe, Lagunen, die endlosen wirren Sandfelder mit den Kanälen dazwischen, die sich manchmal erweiterten, Sinus Iridum, Tümpel, Strandhafer und einsame Vögel.

»*Nee:* Ebbe und Flut giebts im Pontos auch nicht. Aber von Norden her kommt eine Strömung die Küste herunter, die all den Sand und Schlamm absetzt: daher die Haffbildung.« — »Neinnein: die Schiffahrt hört erst im November auf, wenn die Plejaden untergehen«. (aber etwas mußte sie doch beanstanden; also: »Wenig Betrieb hier!«).

»*Ach kuck ma! :* Iss n das? ! « ; vor dem alten mannshohen Stein, und tippte mitten in das grob eingehauene Triangel. »Das?? : Die Strandrechtsgrenze von Horkys.« Sie hatte dergleichen noch nie gehört: wenn in Sturmnächten hier Schiffe scheitern, eilen die Dorfgemeinschaften zum Strand, und suchen so viel wie möglich zu bergen: damit man sich mit dem Nachbarort nicht ins Gehege kommt, sind diese Steine hier gesetzt worden; so giebts kaum noch ernsthafte Streitigkeiten: ganz wie in der Äthiopika, wie? »Überholt?! : Oh, denk bloß das nich! Im Winter ist hier allerlei fällig: einmal haben wir selbst 500 der feinsten Rindshäute für ein Spottgeld aufgekauft! Und die Bewohner heizen das ganze Jahr durch mit Schiffsplanken — vom Schmuggel ganz abgesehen.« »Aber sag Deinem Vater ja nichts!« : »P!«.

Auf dem Kamm der höchsten Düne: weit draußen glitzerte unruhig der Axeinos: »Siehst Du: von *der* Ecke hier hat er eben den alten ungastlichen Namen!« : »Wie sieht es eigentlich hier so im Winter aus?!« fragte sie grüblerisch.

Im Winter? : Dichte Nebelmassen. Fürchterliche Orkane aus Nordost. Unter Eisdecken erstarrende Flüsse. (»Alles vom Berg des Nordens her« murmelte sie gelehrt). In der pfadlosen weißen Öde die seltenen Höfe, kaum am Rauch sichtbar: »Vor 4, 6 Wochen hättest Du mal die Störche sehen sollen: zu Hunderten! Tagelang! Dazu die vielen Eicheln dieses Jahr: das wird ein übler Winter, meint auch Eu ...« (verdammter Husten!) : »Eukrates«. (»N oller erfahrener Knecht —« erläuterte ich noch hastig; vorsichtshalber. Noch mal eindrucksvoll a—hemm!).

Sie bibberte jetzt schon entsetzt: »Hör bloß auf: wird Ei'm ja kalt vom bloßen Zuhören! — Und ausgerechnet der einzige Winter, wo wir hier sein müssen, soll so hart werden?? : Na, einmal und nie wieder!« Heftiger: »Auch Euer olles düsteres Haus von gestern: diese Insomnia kann Einem ja im Schlaf einkommen! Brrr. Und Dein Bett: hab dran denken müssen, wie ich abends in meinem lag. — — — Ach, geh weg mit ›Halkyonische Tage‹, bin doch kein Eisvogel!«

Im Fischerdorf: sie kannten mich Alle, lachten und nickten. (Der Sardellenfang war schon schlecht, sicher: ab September verschwinden sie ja grundsätzlich. Atherinen in Körben; Rochen mit entferntem Stachel; Taucher hatten bei dem ungewöhnlich warmen Wetter noch mal Schwämme geholt, es stank und halbnacktete).

»Iss n das, Du?!« : sie stieß mich heimlich an; aber der alte Krates, rauh und bärtig wie nur je ein Triton, hatte s doch gehört und schmunzelte: »Sehn Se ma her, junge Frau! : « (sie wollte erst, entrüstet ob der Benennung auf; dann losprusten; dann wurde der Mund spitzbübisch, und sie hing sich wie beiläufig bei mir ein — natürlich nur ganz Auge für den greisen Seemann) : er hob einen fußlangen Kalmar an den schlanken Armen empor, ein leichter Stich mit der Messerspitze — : ! : wie ein Blitz fuhr ein Farbengewölk von Gelb und Violett über die helle, fein gefleckte Haut: Malakia! (Schon löste er mit einem Schnitt den weißglänzenden Rückenschulp aus einem andern, entfernte, das Tier wie einen Beutel einfach umkrempelnd, Eingeweide und Tintenbeutel, und griff zum nächsten). (»Daß die homerische Skylla ein Riesenkrake war, weißt Du, ja?!« Sie schüttelte sich immer noch; erst nach einer Pause verblüfft: »Ja gewiß.«).

Mit dem Dreizack? : stechen sie Polypen und Seegurken, Alles Mögliche. Aber sie wollte auch nicht dahinten bleiben, und erzählte, wie sie mal im Bosporos den Thunfisch Palamydes hätte fangen sehen: »in *solchen* Netzgebäuden!«

»Die Delphine jagen gemeinschaftlich in Trupps mit den Fischern; umstellen halbkreisförmig die Flußmündungen, und treiben die Meeräschen den Menschen zu. Erhalten auch dafür einen Teil der Beute, *und* kommen zurück und fordern mehr, wenns zu wenig war!«

Aber jetzt war sogar ich fertig: »Was habt Ihr denn hier gefangen?!« ; sie standen mißmutig drum herum, und betrachteten ihn –

Am 3. Oktober 541 also strandete an der Küste nahe bei Salmydessos ein Fisch von 15 Fuß Länge, den bis dahin noch keiner der dortigen Fischer gesehen hatte: schmal wie ein Band, 2 Spannen hoch, 3 Finger breit, etwa 50 Pfund Gewicht. Totweiß der Fransenleib (mit fäulnisgelbem Flossensaum; einzelne schwarze Schrägbanden); eine dürre Knochenkrone auf dem Haupte (das sich auf eine hohe Flossengabel stützte; das zahnlose Maul senkrecht gespalten: sie schüttelten bedenklicher: der bleiche Riemen gefiel ihnen gar nicht! »Also ein Riemenfisch!« schlug ich resolut vor – erst mal n Namen geben, dann ists schon so gut wie bekannt! und: »Den müssen wir untersuchen: schickt ihn morgen zu uns rüber: kriegts bezahlt!« Sie rhabarberten erleichtert, daß sie das Vieh los waren. »Igittigitt!« = die ›junge Frau‹!).

Oben die blaue Himmelsqualle mit grauem wallendem Saum (und uns hatte sie unter sich gefangen! Riemenfische der Wolken).

»Müssen wir denn unbedingt rein?!« : sie stampfte ungnädig und zeterte halblaute Einwendungen; aber s war nu mal unser Pächter, wenns auch noch so sehr nach Zwiebelkuchen roch! (Schwarze Bohnen auf der Schwelle; wohl für Lemurenarten.).

»Son Krach!!« (zischend ärgerlich; denn man wehklagte drinnen und heulte ›ai, ai‹ und ›eleleuleu‹ : war der Stammhalter also doch schon da): »Na, Gelon?!« und er, ganz freier Mann (hatten nur ein Strandstück in Pacht) : »N Junge!«. (Flüchtig Agraule erklären, daß man hierzulande das Neugeborene beklagt; und den Toten, der die ganze Schinderei hinter sich hat, lachend entläßt).

Am Bett der Wöchnerin: mein großer Klapperstein, schon vor Wochen geschenkt, lag vorsorglich auf dem Ehrenplatz. Der Säugling wurde gerade in einem Kessel gewaschen: davon bekommt er eine helle Stimme! Der Vater hob ihn eigenhändig heraus, und überwachte drohend das Einwindeln: »— wollt Ihr wohl aufpassen! . . . .« (daß er nämlich nicht auf die linke Seite gelegt wird: davon wird er sonst linkshändig! — Ich steckte ihm den mitgebrachten goldenen Doppelsolidus ins Fäustchen: »Der erste von ner Million!«, und die Eltern grinsten vergnügt; indes Agraule flehend die Schüssel mit dem Seehasen abwehrte: 1 Pfund schwer lag die höckrige Riesenschnecke im Essig. »Das Enthaarungsmittel auf Deinem Toilettentisch ist die farbige Ausscheidung von ihr!«; aber sie mochte es trotzdem nicht).

Also: »Meibomeinos foskomeiton! — Gelon: wir treffen uns morgen Mittag im Wachtturm: Waffenkontrolle! Aber nur ganz kurz, ob Alles da ist — in ner Stunde bist Du wieder zuhause!«. (Der Weißkohl im Garten hatte zwar schwarze Trauerflecken; aber er trat den einen Kopf überlegen um!).

Die geflickte Alte segelte ihr Wrack darauf zu, spreizte Rahenarme, und scheiterte an einem Sonnenfleck: »Komm ssu Oma!«; die verräucherte Lade ihres Mundes; schnappend schloß der eine Zahn: ab! (Wäsche hinterm Haus: Togen machten Riesenwellen; Ärmel gestikulierten; man blähte geile Bäuche; Unterhosen traten sich in die Hintern, fußballerten und knufften; Hemden deklamierten und machten zum Abschluß einen effektvollen Kopfsprung; Schürzen drallten, büsteten; usw.).

»Nu laß sie doch getrost Glaukos Pontios und die Alexikakoi verehren: ist doch bei Euch genau so!«

Wieso?! : Bitte sehr: »Sind Eure Heiligen und Engel nich ebenso Minister mit eigenen Ressorts? : wir beobachten eben die Regierungsbildung! Einer allein (Gott, oder wie Ihr das Dings nennt) kann halt doch nicht überall zugleich sein: deswegen verwalten seine höheren Beamten Feuer und Zahnschmerzen, Mondschein und Artillerie. Welche Unverfrorenheit der Christianer, frech und gottesfürchtig, von ihrer krausen und knolligen Mythologie zu behaupten, sie sei etwas ganz Neues, oder Anderes, als die der alten Völker! : anstatt des antiken Namenskrimskrams kriegen die Leute lediglich einen gräkosemitischen eingepaukt! : Siehst *Du* einen anderen als phonetischen Unterschied, ob ich bei Bauchweh Sankt Erasmus anrufe oder Hera?! Ich nich!!« und wir marschierten, uns empört anschweigend, durch die Stockfischgerüste, zu den Sandbänken hinunter. »Im Herbst fängt er Nachteulen!« erklärte ich, grollender Gastgeber, den Vogelsteller im Röhricht; und sie, als stieße sie schwere Beleidigungen aus: »Ach nee!«.

Wir liefen unsere Tierfährten über die Sande: kleine glockenhelle Töne quakten noch um einen Teich; (»Molche!«); es wurde stiller und schmieriger; gelb und grün.

Kähne von uralter Form: flacher Boden, steile Seitenwände; mit spatenförmigen Rudern. Dazu ein völlig richtungsloser Wind, aus jedem Kanal ein anderer: »Müssen im Augenblick gar keine Wolken aufzutreiben sein.« —

»Also nun sei kein Hasenfuß, Mädchen!« : denn sie weigerte sich fast, in ›son Ding‹ rein zu steigen: » Und wenn nu Porphyrio ankommt ? Oder wenns umkippt?!« : »Ich denk, Du *kannst* schwimmen?!« : »Gewiß«, erwiderte sie mit Würde: »aber *so* reinfallen tu ich trotzdem ungern« (lauernd) : »würdest Du mich rausholen? — « (und schulterkokett). »Aus dem Dorf hier faßte Dich Keiner an!« wich ich geschickt einer bindenden Erklärung aus: »sie glauben nämlich, daß es Unglück bringe, einen Ertrinkenden zu retten — — — « :

»Hier: ich blut' schon!« (wehleidig, und zeigte mit tiefem Vorwurf den lädierten Zeigefinger: ! : »Soll ich pusten?«: »Rohling!«; sah sich aber doch neugierig um, räkelte schon die Füße; faßte beide Seiten an, und lehnte sich an die Decke, die ich ihr faltete; beim damenhaften Hintenüberlegen fiel ihr ein: »Kannstu Brücke machen?«).

Ihre langsamen Finger schlugen weiße Wirbel; tiefer rutschen; wir glitten und lavierten; sie hing die Troddeln ihrer Hände ins Wasser.

(A propos: Hände!) : »Siehst Du die Muschel dort?!« : »Wo? — « (sie hatte s für n großen Stein gehalten) : »Aus dem Byssus kann man allerlei Webarbeiten machen: willstu n Paar Meerhandschuhe? Als Andenken? — An mich?« (Gott, man muß ja wohl mal galant sein!). Sie überlegte künstlich und lange. — »In der Muschel lebt ein kleiner Krebs, der Pinnophylax, der sie bei Gefahr kneift; damit sie sofort zumacht. — — Nein: erst müssen wir n paar Bäume kontrollieren!«

Der Wind wurde langsam stärker; bei jeder Biegung fauchte er uns entgegen: » — Ach, sei nich so empfindlich, Agraule! Du müßtest mal einen richtigen Nordoster erleben: so einen, der Dir die Ohren abbläst« (schon hielt sie sie empört fest) »und Dir die Nase auf die Backe umlegt: 3 Mann müssen Dir das Haar auf dem Kopf festhalten: Dir sogar 4!« : »Oh, Du Schwindler, Du!«.

»Machs'n jetz?«; denn ich hatte den kleinen Diopter zur Hand genommen, visierte und brummelte — 1 Stadium weiter nach links also; etwa — : »Ich peil die ungefähre

Richtung, damit ich weiß, wo die Dinger in dem großen Becken zu finden sind — «

Aha hier! : ich nahm die Stange und trieb sie mit dem Holzhammer in den Grund (daß wir dran festmachen konnten!). In dem ruhigen Wasser — noch lagen 5 Reihen Sandbänke als Wellenbrecher zwischen uns und dem offenen Meer — sah man sie genau,

die Miesmuschelbäume: Ellern, von ihren dünnsten Zweigen befreit, angespitzt, unten groß die Jahreszahl eingeschnitten, waren mit Gabel und Tau ins Seegrasniveau gesetzt worden. »›Gezogen‹ werden sie erst im Winter, direkt vom Eis aus; dann schmecken die Muscheln am besten, und sind auch völlig ungefährlich: dann könntest Du sie *auch* essen: sie sind nämlich nur zu Zeiten giftig! — — Na: wieviel sind dran?!« — — Sie schob die Unterlippe weit, weit vor, und bestaunte den über und über schwarzbucklig verkrusteten Stamm: » — Na — : Tausend??« : »Sag getrost: 30 000! Alte! und doppelt so viel ganz winzige Junge — wird ne gute Ernte diesmal: in Manchen sind Perlen drin!« ich ließ den Baum, und jetzt perlten die Fragen, langsam wieder in die Untiefe (»Ach, wir kippen nich um!!«) — so — : »Rund 500 haben wir; ergibt mehrere Wagenladungen voll: nach ›Estanpolin‹«.

In Kanälen (fast still standen wir) : dunkelroter Tang, giftgrüner Seelattich, hellere Ulvenblätter. Borstenwürmer aus Gängen und Röhren; rosenfarbene Fischeier in Säckchen; lederne wulstige Totenhände lagerten auf dem Sand: überall strudelten Wimpern, schlugen Geißeln, Fleischfäden sollten in Stachelmäuler ködern (und sie wurde ganz aufgeregt von so viel Violettheiten).

Übereinander: ein Stoß Glasschüsseln mit gelapptem Rand; die obersten voll mit duftigen Herbstblättern und zarten gekrausten Bändern, gefältelte Armgardinen wehten: »Jungquallen«. »Das Horn der Badeschwämme essen, ist das beste Mittel gegen Kropf.«

Überhaupt die Schwämme: ich holte ihr die gelben fingerlangen Säulchen heraus: alle berührten Stellen liefen in der freien Luft sogleich grün an: »Nee, wart ma!« : langsam machte es die ganze Kolonie nach! (Unterdessen waren die angefaßten Flecken schon kräftig blau — und auch hier folgte der Rest. — Wieder reinwerfen).

Eine Schnecke zog im Schatten von Wasserpflanzen dahin, zwangsweise, immer auf dem Abbild ihrer Ranke entlang: »Sie vermögen sich stundenlang, bis die Nacht einbricht, nicht von der vorgezeichneten Bahn los zu machen!« (Willenlos; ein Spielwerk äußerer Einflüsse; gnothi seauton; ohne ›Zweck‹; sie zwirbelte mißmutig ihre Zehen).

Eine große glasige Narbe auf dem Knie: »Da bin ich als Kind ma hingefallen« (vorwurfsvoll) *»das* hat vielleicht geblutet!« und nickte der Stelle zu. — »Nö: Sonnenbrand krieg ich nie: bin zu brünett.«

Seeigel: auf so was darf man möglichst nie treten: »die Stacheln sind spröde wie Glas; haben dazu noch Widerhaken, und man muß die Wunde ganz tief ausschneiden!« (Ja, und Korallen nesseln; wenn auch schwach).

Auch Brassen haben Giftstacheln: im Herbst kommen sie zum Laichen an die Küste: »Eine ganz besondere Zuneigung haben sie zu den Ziegen; kommen, wenn sie diese meckern oder die Hirten singen hören, truppweise herbei, springen lustig an den Strand, schmeicheln und lecken das Vieh, und jammern, wenn ihre Spielgefährten zu Stalle getrieben werden: deshalb hüllen sich die Hirten in Ziegenfelle, und machen am Ufer allerhand Sätze, um die Betörten zu fangen.«

Sie räkelte die dünnen Armzeiger in die hellblonden Wolken. Gähnte: »Hastu ma Muränen gegessen?« (tat leckrig; gab aber zu, daß es im allgemeinen so berühmt nicht schmecke). Nixentäschchen und Seemäuse in Geranke verflochten: im Innern konnte man schon die Fischgestaltchen erkennen, und wie sie sich bewegten. (»Ach!« betroffen; dann, unsicher: »Süß.«; dann Fragen: a): werden die groß?, b) kann man sie essen?. — Sehr weißes trockenes Fleisch, aber n Genuß ists auch nicht). Aus Seegurken guckten 3 spitze Fischköpfe: einer glitt, gallertisch hinfällig, heraus herum, wieder hinein. Seepferdchen standen senkrecht vor ihrer Wasserpflanze: »Das gilt als Arznei gegen den Biß toller Hunde. — 'türlich Quatsch! — In einem großen Wels hat man die rechte Hand einer Frau mit 2 goldenen Ringen gefunden!«

»Ganz leise, Du!« — wir erstarrten im Kahn (jetzt kannst *Du* Gabriel mal was von Wunderfischen berichten!) : ich nahm ihren Kopf am Haar, und bog sie rückwärts (»Aua!« : »Ruh ichdoch!«), bis eins ihrer Ohren auf dem Wasser lag — — :

ganz deutlich eine leise Musik!! : Bald höher, bald tiefer bald fern, bald nah: schalmeiende Töne; auch glockig und gesanghaft; man unterschied leicht verschiedene zusammenklingende Stimmen. Manchmal waren sie so laut, daß man meinen konnte, der Kahn erzittere; verstärkten sich überhaupt allmählich, und verbreiteten sich endlich über den ganzen Boden und die Seiten des Fahrzeuges. (»Am besten man taucht den Kopf rückwärts bis über die Ohren ein — ich halt' Dich —« ; und in die Augen sehen kann man sich auch noch dabei: Umberfische). — — »Wunderbar genug —« sagte sie zögernd: »wie Fröschequaken würd ich sagen. Oder Harfentöne —« ; und ergriffen: »Schööön!!«.

Oder hier: ein riesiger Zitterrochen, so groß wie sie, lag lauernd im Schlick (»Komm bloß weiter!« haspelte sie erst ängstlich.) »Das ist das seltsamste Tier, was es gibt — : was *ich kenne«* fügte ich, Wille zur Korrektheit, anständig erzogen, hinzu: »wenn Du ihn nur anfaßt, fängt das betreffende Glied sofort an zu zittern, schläft mit einem scharfen Ruck ein, wird kalt und unempfindlich. Sogar, wenn man ihn nur mit einer langen Rute von weitem berührt. Oder im Netz hat. Aber wiederum nur, solange sie lebendig sind: wenn man mit der Angelschnur an sie kommt, fällt Einem die erstarrende Hand am Leibe herunter —« Sie sprang ekstatisch auf: »Das lügst Du! — Oder« (das kam ihr noch wahrscheinlicher vor): »nur, weil Ihr ihm nicht die Kraft des Gebets entgegensetzt: dem widersteht nichts!«, sank auch sofort, Herausforderung und Triumph, auf ein Knie, ganz Konzentration und Pater hemon: »Das überwindet jeden Zauber!«. Schon reichte ich ihr zuvorkommend die Stange, zum ›Beweis der Kraft‹: sie tippttttttt . . . . .

Na, ich rieb ihr das Ärmchen, lange und mit Genuß; und sie war bis in ihre Grundfesten erschüttert: so groß also ist die Macht des Satans! (Oder so schwach der Christenzauber: wie wär das?!). Lachte dann aber doch: »Das müßte dem Alten ma passieren!« : »Und wenn er ein Dutzend Kreuze um hat, seine ganze Knochensammlung mit, und sich von oben bis unten mit Weihwasser einreibt — — : sogar kräftige Männer können wie gelähmt werden, und beim Baden ertrinken: nicht nur der alte Scheich!«

Seenelken (»Wie findest Du Dich bloß hier zurecht?!« wunderte sie; und ich erklärte ihr, daß ich jeden Frühling, sobald die Winterstürme vorüber seien, das Gelände neu aufnähme; schon zur Übung. Aber die Seenelken) :

Aus einer quoll weißer Rauch: eine zweite folgte; und schließlich stießen alle männlichen Exemplare solche Wolken von Sperma aus, daß die Mulde milchig getrübt wurde — — ich erklärte es vorsichtig, und sie hörte fachmännisch zu: Sperma muß sein! (Auch wie der Tintenfisch einen Arm abstößt, der zum Wurm Hektokotylos wird, sich dem Weibchen nähert und es befruchtet — ihr schien nicht wohl, nicht wehe).

Die Hütte: wir sprangen nur kurz auf den Sand, und ich zeigte ihr das Schüppchen: »Zum Übernachten während der Wildgansjagd. — Oder überhaupt.« (schamhaft, ungeduldig; sie besah mich aufmerksam; auch die einfachen Geräte, das Schilfdach, wieder mich: Freiheit, gewiß!).

Der Abend heuchelte ein Dutzend reine Farben zusammen; Laub schnitzelte Schwarzwolken: »Agrau — leeeee!« : »Lüüüü—kophron —« antwortete mein Echo (im Gespensterwald: die Düne war einmal 100 Jahre drüber gewandert; wir rankten uns durch die Totenglieder, mit weiten Augen, an Handketten, Sand in den Zehen, hinkauern und groß ankucken. In Baumnetzen).

Hindurch gebrochen: ganz drüben, weit in den Nebelbergen, 2 Lichter: sie fröstelte beherrscht und ersann Jene.

»Nö: mein Vater hat in Athen studiert!« : »Also n unzuverlässiger Ketzer« faßte sie kalt zusammen. (Ein Engel warf sofort 1 Stern nach einem Dämon !).

»›Die Gedanken sind frei‹? : Das kriegte man nich raus?? — : Die würden Euch einfach Achaimenidon eingeben!!« (Dann die Beschreibung: ein bernsteinfarbiges blätterloses Zauberkraut Indiens, dessen Wurzel, zu Kügelchen geformt und bei Tage eingegeben, Verbrecher nachts durch Qualen und Göttergesichte zu unumwundenem Geständnis zwingt — — sie sah besorgt und mitleidig herüber).

Karneval der Nacht: die wächserne Nase des Mondes zwischen papiernen Wolkenschlangen. Konfetti der Sterne drehte sich steif vorbei: »Na, wars schön?« (Beim Abliefern am Tor. »Nuuuu —« sie seufzte wichtig; plötzlich, erleuchtet: »Nu, man gewöhnt sich dran!«. Ja, gute Nacht. — Halt: »Schön' Gruß an Mauz & Murmel!« : »Und Du an Fräulein Elpis — : Hol mich ja morgen ab! : Tschüs!«).

Heimweg: ›Nacht ist wie ein stilles Meer‹?? — also los: Glitzernder Sternenlaich. Wind schlug Wellen. Das hornige Haifischei des Mondes, überall aufgehängt in schwarzkorallen Bäumen. Wolkenquappen, geschwänzte. Ein fleckiger Roche glitt eben davon, drehte schleimige Flossensäume, machte flach, und legte sich am Horizont auf die Lauer. (Dann die Treppe rauf zu Eutokios).

Er hatte Tharops (unsern alten Knecht, der Venus als Sichel sehen konnte!) im Verhör, und ließ ihn wieder mal die Mondflecken zeichnen. Als er hinuntergepoltert war: »Na, stimmts wieder?« (Stimmte).

Bios brachys, techne makra: so maaß ich wieder einmal, heute ungeduldig, den Monddurchmesser, indem ich ihn einen senkrecht ausgespannten Faden durchwandern ließ, und mit der Sanduhr verglich: 98 Teile; also in unserer Nähe (zwischen 100 und etwa 87 konnte er schwanken. Eutokios hatte die Methode seinerzeit bei *seinem* Lehrer, dem Mechaniker Isidoros, kennengelernt; wir maaßen und plauderten).

»*Wer die Wahrheit liebt,* muß Gott hassen — beruht natürlich auf Gegenseitigkeit. / Für solche Herren sind ganz andere Sächelchen maaßgebend: etwa, was der ›scharfsinnige‹ Augustinus, der ›große‹ Kosmas, oder gar ›Jesus selbst‹ gesagt hat — von Ptolemaios wissen sie so viel, als hätte er 100 Jahre nach ihnen gelebt! / Wenn ich nur die Mathematik auf meiner Seite habe, lasse ich dem Gegner gern Kirche, Patres und beide Testamente! Ja: auch sämtliche Apokryphen und Antilegomena, einschließlich Nikodemus und dem Hirten des Hermas! / Durch das Gebet wird nicht Gott beeinflußt, sondern der Betende: Jeder giebt sich die Spritze, die er braucht. / Wenn s besser werden wird?! : Wenn alle Menschen bis 20 in die Schule müssen, und der Religionsunterricht wegfällt! / — Es giebt nichts schärfer Erregendes für meine Phantasie, als Zahlen, Daten, Namensverzeichnisse, Statistiken, Ortsregister, Karten.«

Eine gläserne Trommel (oben; und die Wespen der Sterne schwirrten) : Buschskelette mochten unten scheuen; Bäume rieben sich ratlos die Knochen (also ›ein Windstoß‹ und Mastwolken rutschten hinterleibig wieder ein Stück weiter).

»*Mein lieber Junge —* « er stockte und wiegte die breite Stirn: »das ist das Fundament des Lebens: Landschaft; Intellekt; Eros! — Im Alter rechne noch, getrost und müde, gutes Essen hinzu: was bei Dir körperliche Bewegung ist. — Laß Dir das nie verleumden!«

(*Und gleich wieder, schamhaft,* die Wissenschaften) : lachten wir eine Weile über das System des Kosmas, und stellten die schlagendsten Gegengründe für übermorgen zusammen. Dann : / Meteore : sind vielleicht Produkte der Mondvulkane! / »Ach, Lyko: was meinst Du, was ich schon an Kosmogonien überlebt habe! — Einmal sollte die eine Seite der Sonne blau und schillernd sein und nur ganz schwach leuchten! Einmal hieß es: die beiden Hälften der Erdkugel paßten nicht ganz genau aufeinander, weshalb sich am Äquator ein Rundumwasserfall von 100 Fuß Höhe bilde, den kein Schiff passieren könne! — Einmal kannte ich Einen« (und wurde doch finsterer: Eklipsis des Gedankens durch die Phantasie; *ist* eine Gefahr!) : »Der wollte behaupten, daß wir in einer *Hohlwelt* lebten. Von 75 000 Stadien Durchmesser: *einer Blase im massiven steinernen*

Weltall, in der Sonne und Gestirne umliefen: stell Dir das vor!!« / (Stell ich mir vor; leider).

Vorm Einschlafen: Eutokios: der Mann muß eine Seele haben wie eine Mondlandschaft! –

Meine Gedanken agraulten noch ein bißchen. –

Aber im massiven Weltall irren: stöhnende Unendlichkeit; Steintunnel saugten mich entlang; tasten und sichern; erst allmählich tappten Schritte fester.

Eine armdicke Silberflamme: brusthoch, ragte unbeweglich mitten im Gang. Davorstehen. Stammelte mit hoher pfeifender Stimme; bei Schnalzlauten öffnete sich oben ein Stummelkranz. Brusthoch. (Danach wurden die Wände feucht und nackt. Wasser scharrte. – Umdrehen: wie aus einem Walmaul sah ich die Flamme; durch hastige Silberbarten wisperte sie noch immer!).

Ein kopfgroßer Goldklumpen lag als Schemel an der Wegegabel: also setzen. – (So weich war die Masse, daß ichman die Messerspitze einschlagen konnte. Schnitzte aber nichts hinein. Keinen Namen auf ›A‹. Ich nicht).

Aus einer Spalte zur Rechten hing farbloser Nebel: ich drängte den zarten Schatten vorsichtig mit der Hand beiseite: innen war das Gewölk weiß gefüttert und dichter. (Gedanken schwammen im Nebel. Gedankenschwämme. Im Nebel. Müde um Felssimse stützen. Unter Felssimsen schlafen. Träumenaufstehnlaufenviel).

Wenn man ganz still hielt (den Mund etwas offen, die Brauen leicht drücken: so –) – – hörte man fern, aus Raumtiefen, das dumpfe Sausen. Sprudeln. Rauschen. Brausen. Rollen. Donnern: schon 1000 Fuß davor warfen mich die Böen hin und her!

Aber ganz vorsichtig: ich schob mich fingerzäh an das zakkige Steinmaul, aus dem die Sturmstöße prellten, und sah dicht unter mir die Stromschnellen dahin jagen; sie glitzerten wie Bündel abgeschossener Pfeile. Brüllend. Ein Fauch blies mich weg, rollte mich in Tüchern hin und her (und ich kroch entsetzt räsonnierend, auf allen Vieren weiter, durch Schallschläuche, bis das Johlen wieder verklang).

Das Licht nahm eigentümlich ab: Füße, unten, meine, mahlten schwarzen Sand, lange; auch kohligen Staub; lange. Erst nach vielen Tagen beschrieb ein metallischgrüner Faden seine Hexenschlingen in der Wand. : Zunicken. Weitergehen.

An der Wand begannen die Abdrücke von Bäumen: kriegerisch gespreizte Glieder; Keuliges duellierte; Krummsäbel verzweigten sich; Fasern spleißten; manchmal über die ganze Decke weg. Fächer träumten Ocker; Büsche machten Männchen. Aus Grasguillochen.

Schatten von Vögeln waren in der fossilen Luft erstarrt. Selten höhlenbärten Tierglieder. Hinter Laubportieren. Haariges sohlengängerte; Schuppenkegel; ein Mund krallte. In Fischabfälle.

Erst der Grundriß eines Menschen = 2 Fußabdrücke. Dann lief der Galeriewald lange leer, aber unermüdlich. Auf Haiden machten Steine Popos. Braune Eisblumen eozooten. Kauft gehörnte Ammoniten.

Aus Ranken und Kapseln: so trat das Herbarienmädchen zur Wahl; nur mit einer dünnen Hüftkordel. Ich-man. Im verschobenen Gesicht, wedelumwickelten, der Schriftzug eines Nasenmundes. Der Bauch mit versteinerten Küssen gemustert: ich bückte mich, und fügte sorgfältig eine neue Tätowierung hinzu, rostig schmeckte der Raseneisenstein (auch nach Tinte; bis sie zufrieden hinter ihren Vorhang blich).

Giftgrün und 1000 Schritt im Durchmesser: eine Taschenwelt! – Felsblöcke (mit zahllosen rauhen Grübchen übertropft; also manchmal Höhlenregen!); ein paar Hundert Bäume, hagere hohe Wesen (mit handlangen Beuteln statt der Blätter, elastisch zu drückenden, anscheinend mit ganz weicher Flüssigkeit gefüllt. Er blieb mir in der Hand, und ich legte n in die Nephritschale).

Aber das lauernde Licht kam schräg von oben. Also hinklettern! –

Neben dem Scheinwerfer: kaltes Leuchten aus irgendeiner großen Edelscheibe; Mineralmineral. Wenn ich mich davor aufbaute, noch breiter den Mantel, war da unten Sonnenfinsternis! Kopfschütteln. Runterhangeln. Hinein in den neuen Gang. (Zuerst kamen noch ein paar schwarzgrüne Finger hinterher geströmt).

Der neue Gang war durchaus ungleichen Querschnitts. Keuchend. Durch Felsdärme zwängend. Röchelpresse. Zwischen Steinwurzeln. – –

1000 später erschien die Laterne im Gang. Ich drückte mich in einen Basaltnabel und polypte Augen übern Rand: völlig verwirrt schien der Alte (ich noch nicht!!) : plapperte und sang. Vor seinem Handwägelchen, beladen mit Gegenständen, von weither, Neundorf-Gräflich, schwatzte das Faltenmaul und lillte (war wohl sehr unterwegs! – ich ließ ihn lange genug vorbei, und kroch dann, straff, weiter: ich noch nicht!!).

(*Dann noch* die ›Stadt der Vergnügten‹; aber das ist ein Buch für sich). – –

Keuchend hoch: der Mond schwamm, schon halb aufgelöst, in gelben Lichtbrühen. Ein Trupp besoffener Nachtwinde randalierte drüben im Obstgarten, hieb sich mit Zweigen und pfiff zuhältrig: hoffentlich bleibts schön morgen! (Umdrehen: lag schon ein langes Mensch aus Mondschein bei mir auf der Decke!).

Vor ihrem Tore: wir hingen unsere Brotbeutel schräger (mit Käse und Trauben drin), die lederne Feldflasche an die Seite, nahmen Knotenstöcke in die Hände, und betrachteten uns wohlgefällig. (Die Alten wollten sich später hinterher tragen lassen. – Eine Katze erschien vorsichtig; sie wischte sich das Gesicht mit der tauigen Erde, rieb den Kopf schnurrend im Gras: »Giebt ander Wetter!«).

Ein Himmel aus wirren weißen Wolkenstrahlen: Nein, Ölbäume gediehen hier nicht mehr, und Aquädukte gebrauchten wir nicht! »Ja, den Hadrianischen hab ich ma gesehen: mein ä – Urgroßvater hatte ne Zeit lang die technische Oberaufsicht«. Mühlen an Bächen: genau wie im reißenden Bosporos, jawohl!

Auf dem Mäuerchen eines alten Puteals sitzend; während ich dozierte, schlenkerte sie vergnügt mit 2 dünnen Beinen: »Also daß es n Brunnen *nich* iss, sondern n Steinkreis einfach auf die Erde gesetzt, seh ich ja auch noch!«

Also: »Wenn früher der Wetterstrahl irgendwo in ein Feld geschlagen hatte, wurde der Bidentalis gerufen – n Spezialist; n Priester – der las das vom Blitz aufgeworfene Erdreich auf, und vergrub es unter religiösem Gemurmel an der gleichen Stelle in den Boden. War ein Mensch dabei mit erschlagen worden, durfte man ihn nicht höher als kniehoch aufheben, oder sonstwo bestatten: er wurde, als zu den ignis gehörig, mit an der Stelle vergraben. Dann wurde geopfert – eben ein Bidens: woher der Name ja kommt – und der Platz mit einer Mauer umgeben: aber ein Dach durfte er nicht erhalten! Er galt dann als unbetretbar, nec intueri nec calcari, und wer ihn zerstört, den bestrafen die Götter –« (sie machte Zelotenaugen und spielte sichtlich mit dem Theatergedanken: denk an den Zitterrochen!) : »Vom Blitz getroffener Wein macht wahnsinnig. – Nee; hier liegt Keiner drin« tröstete ich: »An Quellen bestatten wir unsere Toten gern: damit die dort Erquickung Findenden den Namen lesen, und so die Erinnerung erhalten wird.«

»Siehst Du! : das hatte früher auch kein Mädchen gewagt: die Schwarzfeige ist ein ausgesprochener arbor infelix!« ;

aber sie brach doch einen unglückbringenden Zweig, bog das Reis, und setzte es sich mit fester Hand ins Haar: »Glaubstu solchen Unfug tatsächlich?« : »Natürlich nicht! : Aber ich an gar keinen, während Du. . . . .«

Ein alter Bauer mit Fuchspelzmütze, ganz langlebiger Thrakier, zeigte uns seine getötete Schlange: aus der aufgeschnittenen kroch eben eine Kröte hervor: *die Hinterbeine bereits vollständig verdaut! ! !* »›Und siehe, es war Alles gut‹ : oh derLumpderlump! ! ! «

»*Agraule!*« ich nahm sie hart bei beiden Schultern: »ist denn das ein *Lieber* Gott? ! —— In der Hinsicht waren die Alten klüger als Ihr!« : »Was Ihr hier aber auch für Saumoden habt!« grollte sie, und machte sich rechts los, der Mund glitt ihr wütend im Gesicht herum, sie hätte beinah brechen müssen; und da lachte ich doch auf: »Iss das n Ausdruck für ne Ministerstochter?« : »Iss ja auch keine Umgebung für ne Ministerstochter!«

Eine Eidechse: einst hätte man sich bei Demeter eingeschmeichelt, wenn man sie tötete.

Eine Säule: ›76 Millien‹ (nämlich vom Milliareum aureum, dem geodätischen Zentralpunkt in Byzanz, aus: der Landmesser reinigt die Welt; von Wirrnissen, von Unübersichten, von Nurmythologischem. Aber jetzt war ihr Stichwort gefallen) :

Das goldene Byzanz (›goldig‹ sagte sie sogar) : Über 1 Million Einwohner hatte's / Im Hafen kommt die spanische Silberflotte an. / Die Hagia Sophia war ein halbes Stadium lang, breit und hoch; auf dem großen Platz davor das Reiterstandbild Justinians. ! / A propos: Reiter: das Hippodrom! ! ! —— :

Das Hippodrom: Sport regiert die Welt, und nicht erst seit dem Aufstand der Nika. Die 4 Parteien: Albati, Russati, Prasini, Veneti (angeblich entsprechend den Jahreszeiten: Winter, Sommer, Frühling, und blauschattigem Herbst: ». . . und die machen Krach! !« Glaub ich ohne weiteres: »Ich geh grundsätzlich nich zu so was!« : »Bist schön dumm!«). / Schon um Mitternacht eilt man zum Zirkus, um nur noch einen Platz zu erdrängeln; Buchmacher, Programmverkäufer, Limonaden und Sweetmeats. / Die Rennwagen: »Die sind so leicht, Du: Du kannst die Karosserie mit dem Finger einbeulen!« / Am Start, der Aphesis: sämtliche zweiflügligen Gattertore (»Hinten vor den Garagen, weißt Du?«) springen automatisch zugleich auf; und die Viergespanne rollen, ausgerichtet nebeneinander, auf die mit Calx geweißte Startlinie (»die Moratores müssen haarscharf aufpassen, daß keiner der Fahrer sich vormogelt!«). /

Ein Tubenstoß: — — und schon springen die 200000 auf, brüllen, prügeln sich mit Armen *(und* Beinen), schlagen auch n paar Linienrichter tot / : und dann erst, beim zwanzigsten oder dreißigsten Rennen, wenns um den Großen Preis von Byzanz geht — und in der Nordkurve ist Öl! : *die Stürze* an der Meta! ! (Wo auch die Denkmäler berühmter Rennpferde stehen, Aura und Parthenia: schwarze sind unbeliebt, und werden ausgepfiffen. : »Dabei sind die im Kriege grade praktisch!«. / Oder die berühmten Rennfahrer: Clanis, der viermal auf'm Antiochia-Ring gesiegt hat. Oder Eubulos, der auf seiner Heimatbahn in Sinope unschlagbar ist: » . . . die müssen aber auch trainieren! . . . .«. / Also: Training: Hilfspersonal en masse: Gymnasten, Hypokosmeten, Aleipten; Salber, Trainer, Masseure, Sportlehrer. Nachts legen sie sich Bleiplatten auf die Brust, um Lunge und Atemmuskulatur zu verstärkter Tätigkeit zu zwingen. Gewichtheben; Umgraben; den Korykos stoßen und wieder auffangen; Langlauf und Seilspringen. — »Ä-Enthaltung von Liebe« fügte sie schlau hinzu. / Besondere, von Sportärzten genau überwachte, Schlankheitsdiät: frischer Käse, Mohnbrot, getrocknete Feigen, sparsam Ziegenfleisch; absolut verboten sind Kuchen und Alkohol: » . . . und die Frauen sind vielleicht hinter denen her ! ! « / »Och, das giebts auch massenhaft.« nämlich Frauenklubs und Sportlerinnen, die öffentliche Wettbewerbe abhalten und Athletenkost genießen. — »Na Prost: *ist* das nicht Wahnsinn, das Ganze ? ! « ; aber sie spitzte, absichtlich völlig verständnislos, den Mund: »Das macht doch Laune!«.

Nach links bogen wir ab, in den Feldweg (eigentlich ein limes actuarius und die vorschriftsmäßigen 12 Fuß breit). Spitze Wolkenschädel, Geronten mit Eierköpfen, besahen uns von allen Himmelsrändern, wie wir da in unserer Tellerwelt herumliliputanerten. Teilten uns dazu ein Pilzchen, roh, und das kalte löschpapierne Fleisch beizte uns wenig. Von ihrem säulenheiligen Daniel wollte sie noch händelsüchtig anfangen, der 36 Ellen hoch in der Luft saß, übern Rand schiß, und sich leidenschaftlich in alle Konzilien und orthodoxen Stänkereien mischte. »Marienerscheinungen? ? : Was denkstu, wie oft den Alten Athene erschienen ist! / Gottes Sohn ? ? : Das kam im Altertum in jeder Besseren Familie, die n bissel was auf sich hielt, mindestens einmal vor! : Denk an Herakles, Helena, die Dioskuren etcetera! / Gemeinschaft der Gläubigen? ? : hättest ma ne Dionysosfeier mitmachen sollen! Oder in Eleusis! : *Das* ist doch Alles nischt Neues ! ! «

Drüben auf der Heerstraße Soldaten: norische Schützen zu Pferd, roxolanische Reiter in Lederpanzern, sogar Kataphrakten. (Dann auch die Schnellpost von Hadrianopolis, zehnelang: »Die machen über hundert Millien am Tage!«).

Vorm Wachtturm: »Freilich: Ihr wohnt hinter den Langen Mauern! – Der hat immerhin schon seine 2 Dutzend Belagerungen ausgehalten! – Nee; ich hab erst 2 mitgemacht; ich hab die Hälfte der Artillerie, zur Straße rüber.«

»Loslos komm! : hier helfen keine Grübchen in der Stimme mehr. Nichts wie ad clipeum und rauf!« ; denn sie machte mondäne Schwierigkeiten wegen der engen Leiter: »Dein Vater hat ständig Angst vor Erdbeben und Du stellst Dich wegen dem bißchen Kletterei so an . . . .« : das finstere Gewölk ihres Stirnhaars; Blitze äugten; der pausenlose Mund borborygmosierte an Böslichkeiten – ». . . und dabei siehts so schlank und elegant aus! . . .« (ich, versöhnlich: sie trat blindlings nach mir Nachsteigendem).

»Na endlich!« : auch Gelon trollte über Feld und Gräben heran, betont linkisch, eine Stierblase als Kappe über dem Igelhaar, und konnte absichtlich nur thrakisch. (»Man kontrolliert uns nämlich bestimmt demnächst von Herakleia-Perinthos aus« bedeutete ich Agraule).

Rasch durchsehen: Feigenholzschilde mit Leder bezogen? : »45«. Wetzsteine zum Schärfen der Schwerter? : »Stimmt.« : »Sag bloß Allen, daß sie ihn beim Probealarm nicht wieder vergessen!« Traggestelle für Rucksäcke (ist freilich meiner Ansicht nach Quatsch, für uns hier; aber Vorschrift).

Lassos; ein Wurftuch mit Kugeln in den Ecken: »Alanische Spezialitäten: das wickelt den Kopf zum Ersticken ein, und blendet – während die Kugeln den Kopf zerdreschen – ; wir haben Einen, der damit umgehen kann. – Nee, ich brings auch nich!«. / Schleudern, und die plombierte Kiste mit den 10 000 Bleigeschossen dazu: »Du wirst Dich umkucken! : Gelon kann Dir nachher mal vormachen, wie man auf 50 Schritte einen handgroßen Kreis trifft: und mit einer Wucht, daß sich die Spitze platt drückt! : ich hab mal Einen damit von vorn nach hinten durchschossen gesehen! – – Der Stempel drauf? : bedeutet, daß die Munition aus den großen Waffenfabriken von Hadrianopolis kommt«. / Die Lebensmittel: »Das eine Mal waren wir 30 Tage hier eingeschlossen; zum Schluß ganz ohne Wasser: *wir* sahen vielleicht aus ! ! « : Getreide in Rationssäckchen; Bucellatum, die eiserne Zwiebackration; »Füll die Ledereimer nochmal mit Wasser, daß sie zur Übung dicht sind« ; Wein, Medizin, Verbandszeug, Decken: »Ja, manchmal flüchten auch Frauen oder Kinder mit rein; die nicht mehr zu Land oder See ins Auffanglager nach Philias kommen«. / Im oberen Stock die Semeia: Rauch- und Feuersignale. 2 große, flach hohlgeschliffene Schilde zum Blinken bei Sonnenschein: »Wir geben die vereinbarten Zeichen nach Süden weiter, zu den Bergen — ja, vom Dach: während die Belagerer nach Dir zielen! — Und die dann weiter zur Makra Teiche.« / Dann endlich meine Artillerie: »Drüben, die Batterie nach dem Wald zu, kommandiert mein Vater.« : ein Tormentum mit Mörserflugbahn; 2 Katapulte, Riesenarmbrüste für Flachbeschuß; ein Aerotonium, das Pfeile durch Preßluft schleudert. »Schußweiten? ? — Na, die große Balliste da wirft so einen Stein hier 5 Stadien weit: jaja! ! «. — Brandgeschosse in versiegelten Steintöpfen.

»›*Seit dem Eintritt der christlichen Religion* ist der Zorn der Götter über die Menschheit gekommen‹« übersetzte ich ihr zuvorkommend Gelons Ansichten: »die Barbarenstämme aus den dunklen Wüsteneien des Nordens (Germanen & Hunnen; ist *eine* Firma!) und den roten des Südens (Perser sind gemeint!) berennen uns von allen Seiten: das war früher nich!« : sie überschlug die Historie der letzten 200 Jahre: etwas ist dran, wie? !, und dann stiegen wir wieder in den Sonnenschein.

(*Gelon stieß mich* bauernschlau auf thrakisch an: ? ? ; aber ich verbot ihm entrüstet den Mund: was heißt hier ›Zukünftige‹ ? ! : »Kümmer Dich um Du!«. »Hab ich ja schon!« griente er, und: »nää: ich machs lieber gleich heute noch« (das Wassereinfüllen) »später hab ich keine Zeit.« (murmelnd und möglichst stupide): »Morgen Abend kommt n Schmugglerschiff vorbei; n Küstentramp: da geh ich an Bord, als Lotse bis zur Istrosmündung — « — —

Schon von fern: eine untersetzte Schenke, aus derem schlagflüssigen Klinkerprofil muntere Fenster zwinkerten. Eine Trompete gellerte sich in immer giftigere Seligkeiten, Grünspan mit Spucke — : und dann platzte die gesamte Blechmusik los, daß die Hügel wieder eine zeitlang Echos kauten.

Auf dem Anger: Jongleure; Neurobaten auf dünnen, Eunambuli auf dicken Seilen; (»Ich weiß: in Byzanz brauchen sie gar keine! «) ; Thaumatopoioi! Boxer mit schrecklich anziehenden Blumenkohlnasen und ausgefransten Ohren. Ein Neurospast ließ im Marionettentheater seine Hampelpüppchen zappeln. Der Bänkelsänger hatte angeblich bei einem Schiffbruch sein gesamtes Vermögen verloren, und zog jetzt mit der gemalten Schauerhistorie durch die Lande.

Aber das hier gefiel ihr: ›ein Bißchen‹ : die Rüpelposse vom Dionysos. Klodonea und Mimallona, in Felle des Hirschkalbs gehüllt, kleine Handpauken schlagend, den Thyrsos schwingend. Dann und wann brüllte ein Knecht dazu wie ein Stier. Mädchen trugen krokosfarbene Kleider (um die Bärinnen der Artemis darzustellen, die hoch und hager, bestimmt die längste Megäre von Europa, in ihrer Mitte ragte). Kleine Jungen tobten, mit Pinienkränzen im Haar; gebärdeten sich, und schmissen sich blitzschnell die Fäuste in die Augen. Dann baten sie um Gaben. »O Gott, kann der brüllen! – Naja: Stentor war ja wohl aus Thrake.« fügte sie resigniert hinzu).

Die kleine Stadt: (Ich mußte zum Wechsler, der sich heute einen unheimlichen Collybus abzog. Sie bestaunte die Prägung der Münze von Bizye: Artemis, die einen Pfeil zur Erde wirft; in der Linken eine lange Fackel, vor ihr, archaisch erstarrt, ihr steifer Hirsch – »Och!« ; ich schenkte ihr eine ›zum Andenken an die Wilden in Thrakien damals‹ , und sie hielt mich Erinnerung gerührt fest). (Dann noch für 10 Sekunden zur nächsten Urinamphora ins Sackgäßchen geschlüpft.)

»Komm: ne Bratwurst essen!« erst zierte sie sich, wählte dann lange zwischen Allas und Physke; aber endlich standen wir lachend und beißend umeinander, links die Brotscheibe, rechts die Blutwurst. (»Ja, nach Knoblauch stinken sie mächtig, ob Fischer oder Bauern! – *Ich* kann den Geruch ja auch nich vertragen!«). – An der Würfelbude verlor ich dreimal, grundsätzlich Canis damnosus; beim vierten Mal trat Agraule resolut dazwischen, stülpte pautz den Becher um: Iactus Veneris! ! (Also 3 Sechsen, und sie wählte sich kritisch eine der kunstvollen Crinalen aus Rohr. »Solche Haarnadeln dürfen aber nur Verheiratete tragen!« warnte ich – sie winkte lässig ab, und bargs in ihrem Säckchen).

Aha: viele Füße schmatzten heran (asselten): die Lecticarii (12 Mann hoch in brandroter Livree). Außer ihrem großen Fourposter hatten sie noch eine kleine, leicht gezimmerte, für Agraule mitgebracht. Anatolios tippte mich lebenslustig an die Schulter (während Gabriel salbungsvoll eine dicke Wolkin beblickte: Eitelkeiten ringsum!) :

ein Busch öffnet sich oben (auf der Festwiese wieder): dem grünen Zittermund entschlüpfte sogleich seine Tänzerin; eine andere fiel ihr vom Himmel entgegen: sie machten Reifen aus ihren Armen und drehten sich selig darunter. / Ein Düsterer: wurde nur Auge und Hand. Umhaartes Funkelauge; spitze Marmorhand — : und sein Pfeil zitterte längst drüben in der pendelnden Gurke: gar nich mal schlecht! / 2 Fischer, Freiwillige vor, verschnürten lustvoll den kleinen stillen Mann; ein Dritter untersuchte ihn wiehernd nach verborgenen Messern, hob ihm die Zunge — öffnete den Duldenden hinten: ? — (dann zwängten sie ihn in den Sack und rolltens beiseite). / Ein langes Mädchen, riemenschmal, glitt um einen Baum herab; sie rollte sich lachend ein, daß ihre Glieder völlig durcheinander lagen: der Kopf in der Mitte sah uns listig an (umgeben von Fingern und Füßen, die rhythmisch Kußhändchen warfen. — Anatolios winkte sie burschikos zu sich in die Sänfte, aus der sie nach einer Viertelstunde heiter wieder hervorschlüpfte). / 2 Athletinnen rangen sich zu einem fetten Riesenknäuel; mit breiten Oberarmen verschient. Beine hebelten dazwischen, Muskeln beulten, Brüste buckelten, sie handhabten sich wie Säcke. Eine wuchs langsam aus der Matte, dicke Stücke der verwulsteten Gegnerin über der Schulter, im Arm, zwischen den Beinen: ! : unter dem donnernden Beifall des Volkes rissen ihnen — endlich — die Trikots — jappend ließen sie sich los, und verneigten sich vielemale, künstlich verwirrt und immer freigebiger. / : Drüben der Sack wurde lebendig: faltete sich ein, beulte und höckerte — — binnen Kurzem zerfiel er, und der Lächelnde trat gelassen heraus: ? ? (Später zeigte er uns, für Geld, wo er das Messer barg: am linken Kleinfinger hatte er nur noch das unterste Glied; an den Stumpf war die kleine haarscharfe Klinge geschnallt, ein künstlicher Finger darüber gestülpt).

Auch der Magistrat erschien geschlossen gegen Abend; Anatolios hatte die Ehrerbietigen sogleich vor sich führen lassen, und begann endlose statistische Unterhaltungen. (Allerdings sahen sie, inklusive des heiligen Gabriel, auch diverse Male zu uns herüber: na, wenn man uns nächstes Jahr die Steuer erhöht, weiß ich, woher s kommt!).

Unbeweglich auf rötlichem Gefieder schwebte der Mond über den stillen Buschreihen; die Engel peitschten ihre silbernen und goldenen Kreisel um den Berg.

Neben Agraules Sänfte (die Hand auf dem Rand: so hatte sie es bestimmt gefordert. Hinter uns die 2 letzten Fackelträger: eine Weinrebe mit Pech bestrichen; eine aus sühnkräftigem Weißdorn. — Ihr Mund zwinkerte mir zu: das Tändelmäulchen plapperte; ab und zu, bei einer besonders wichtigen Stelle, nagten ihre Finger die meinen).

Vor uns schwankte die große Lectica: hei, da gings lebhaft zu! Sie debattierten drinnen, daß die Vorhänge wackelten, Gabriels theologischer Zitterbaß, und die gedämpfteren Zischer ihres Vaters; wir blieben noch weiter zurück).

Astronomieexamen: »Die 7 Dreschochsen«, sagte sie stolz, »und n Orion!« Unsicherer: »Die Plejaden — « ; man sah mich erwartungsvoll an —

»Sag die Planeten auf! « : 7 magere Fingerchen erschienen hochzweifelnd, verschwanden Einer nach dem Anderen: »Selene, Stilbon, Eosphoros. — : Helios! — Pyroeis. : Phaeton Phainon!« und »Hastu voriges Jahr den großen Kometen gesehen ? ! « (Jawohl; 40 Tage lang; im Schützen).

Aus weißen Wolkenplatten ein Weg quer über den Himmel gelegt; wir gingen mit mattierten Gesichtern und langen Fingern; es spitzte unsere Schatten an (»Och schon da? ? : Och!« und sie tippte mich sehr zum Abschied).

Anatolios (Gabriel war schon mit pausbäckigem Talar hinein gerauscht; haben sich anscheinend gezankt!) : aber auch der hier schien verlegen: »Naja: gewiß — « hüstelte vorsichtig bejahrt, und scheuerte sich die Nase: »Tschaaa — —«

Plötzlich aber leuchtete sein Gesicht auf; er schien sich entschlossen zu haben; nickte und klopfte unverdrossen meine Schulter; rieb sich auch die Geschäftshand an der Toga warm: »Also bis morgen! — Aber Du kommst *bestimmt*, Lykophron, ja? ! ! «. Ja sicher, gern (und ich gefiel ihm unverkennbar: !).

Am Jahrmarktshimmel: glühende und gefrorene Steine flogen da langsam durcheinander, meinetwegen auch Metallblöcke und Eissplitter. (Oder, wie der Christianer hinten wollte: pastellfarbene Bälle, mit denen die Engel Golf spielten!). — —

Graugestrichener Morgen (mit schwarzen abstrakten Klexen): die trägen Stimmen der Knechte schalten Dunkel und Grau; Stiere murrten; der Hahn wieherte unerbittlich.

Unter einer kahlen Allee (oder: Himmel völlig von schwarzen Gängen zerfressen. Oben, parallel, die Nebelströmung: eine blasse Untiefe drin).

Nanu ? ! ! : Agraule zusteifst in einer Art Kirchenstuhl gefangen. Gabriel eisig-weich, die Hände in den Ärmeln: »Bittö?« (also meinetwegen bitte!):

Einwände gegen Kosmas:

Erstens: Die Schiffer in den Meeren ums Prasum Promontorium (unter 15 Grad *südlicher* Breite!) berichten einstimmig, daß sie am Südhimmel einen neuen ›Polarstern‹ erblickten, um den die Sphäre dort kreise: also ein zweites Rotationszentrum! Und Dioskoros war ein verläßlicher Mann! — »Die Berichte sind doch wohl noch zu unsicher«, antwortete er unbewegt: »schließlich führt Kosmas ja nicht umsonst den Beinamen des ›Indikopleustes‹ ! « . Schön; ist also noch zu klären (ebenso die Meldungen, daß im höchsten Norden die Sonne im Sommer nicht untergehe, ja?).

(Agraules Gesicht, schneeweiß, schwarz und weiß, zerriß einmal so grausam schnell, daß ich erst aufwollte, und ihr helfen — aber sie schüttelte angstvoll drohend die Augen — bildete lautlos ein Wort: ? : ›Ga—bel—‹ : ? ? Ich hob kurz die Schultern: Kannitverstan!).

Zweitens: Bei Mondfinsternissen geht Selene also durch den Schatten des Berges? Augenscheinlichement. Tief unten ist der Berg breiter: sie dauern länger. Oben kürzer. Streift er nur die Spitze, ist die Eklipsis partiell. (Er nickte erhaben pikiert). »Nur: es kommen Finsternisse vor — hundertfach observiert — wo der *obere* Teil der Mondscheibe verdunkelt erscheint! Der untere Teil von der Sonne beleuchtet! . . . . . : ? «

Er (eindeutig um Zeit zu gewinnen!) sagte runzelhastig: »Ich habe nicht verstanden — — ? « (Also noch einmal das schöne Spiel!).

Er war fertig! (und ich wußte, wer Recht hatte, Kosmas oder Eutokios!). Er schluckte. Erstickt: »—es ist—ä—: eine Höhle im Berg! Durch die Sonnenlicht fallen kann. —« (erlöst! Nur: eine solche Höhle müßte ein langes Rohr im Gestein sein, und bei der geringsten Verschiebung der beteiligten Gestirne könnte kein Sonnenlicht den Mond mehr treffen! : »außerdem ist sie auch gar nicht eingezeichnet!« schloß ich triumphierend).

Als er sah, wie ich sah: nämlich, daß er sichs notierte, brummte er was von ›mal bei Kosmas direkt rückfragen‹. (Würden also ›mit Gott‹ die neue ingeniöse Korrektur einarbeiten!).

(Sie lachte nicht! Weder kameraden noch sonst. Blinkte auch nicht zustimmend mit Augen!).

Drittens: Bei Halbmond bilden Erde—Sonne—Mond ein rechtwinkliges Dreieck (mit dem rechten Winkel am Mond; er gabs zu) : mißt man nun von uns aus den Winkel vom Mond zur Sonne, so müßte er — bei Eurer Voraussetzung der annähernden Gleichheit der Bahndurchmesser — stets dicht unter 45 Grad liegen. Er ist aber (tausendfach seit Aristoteles nachgemessen!) so klein, daß er praktisch noch unterhalb unserer heutigen Meßgenauigkeit liegt: und folglich die Radien von Sonnen- und Mondbahn sich *mindestens* wie 60 zu 1 verhalten müssen! (Ja, notiere nur, Schätzchen! Wenn auch mit abfällig geschürztem Gemien!).

Aus weitestem Mund: sie formte entsetzt ›Ka‹ : ›Pel‹ : ›Le‹ ! ! ! Ich verstand zuerst nicht; um ganz sicher zu gehen, meditierte ich, wie in zähen Gedanken: » . . . . ja, und diese Stiftshütte *oder Kapelle* dann . . . . . « — ein weiter transzendenter Blick an die Wand zwischen den Beiden — : ? : sie ließ tief bejahend den Kopf sinken).

Viertens: (Kleinigkeiten nur noch: wem 1 bis 3 nich langt!—) :

a) Die ›Reinheit‹ der uranischen Körper: der fleckige Mond! (schon Plutarch hat ja, aus der unregelmäßigen Schattengrenze, auf Bergzüge geschlossen!).

b) Ebenso ›Reinstes Feuer‹ ? : die hat n ganz hübsch syphilitisches Gesichtel, die Sonne! : Bei Aufgang in dünnem Gewölk (oder mit Blendgläsern) kann man mit bloßem Auge wechselnde Flecke in ihr erkennen! Eine Gruppe erschien 18 Monate lang Tag für Tag: und lief um den Flammenball herum! Erst am West- dann am Ostrand der Sonne: *Unvollkommenheit der Himmelskörper! !*

c) Was wird zuerst beleuchtet: Fuß oder Gipfel des Berges? ! / Oder: was sieht man auf dem Meere zuerst vom Schiff: doch wohl die Mastspitze? ! / Warum ist Phosphoros zuweilen dreimal heller als sonst? (Oh weh: s war ihm noch nie ein Problem gewesen!). / »Wie erklärt Kosmas, daß die Planeten manchmal rückläufig werden? : vielleicht eine Laune des betreffenden Seraphs, der back=spin giebt ? !« (er tötete mich mehrfach mit orthodoxen Giftaugen).

»*Könnte man* — als Kompromiß — diese ganze ›Innere Erde‹ mitsamt dem ›Berg des Nordens‹ nicht als die arg verzeichnete, abgeschnittene Nordhalbkugel des Ptolemaios betrachten? « — Er zuckte auf; er zwang grimmig an sich herum (Warum spie er mir nicht ins Lästerantlitz? : war doch die bequemste und bei Euch beliebteste Methode der Widerlegung? ! Wenn kein Gegengrund mehr einfällt, bleibt immer noch der Scheiterhaufen!). »Ja, das behaupten die Exothen« sagte er, wieder abgekühlt. (Müssen demnach schlaue Leute sein, diese ›Unchristen‹.) »Du glaubst also der Bibel mehr, als Deinen eigenen Augen?« : »Ich breche die Unterhaltung ab!« (giftig=fromm).

Dann konnte er sichs aber doch nicht verkneifen: Von der Äußeren Erde: »Gegen Ende seines 7. Buches muß ja auch Euer Ptolemaios zugeben, daß von Kattigara aus sich Land weiter gegen Süden, und dann gerade nach Westen richtet, so daß es mit dem festen Lande von Afrika zu einem Ganzen werde; das dazwischen liegende Meer zum größten Binnensee. Und weiter: daß sich von der Südspitze Afrikas auch gegen Westen hin Land ziehe! Nun trenne einfach Afrika los — nach dem Bericht Herodots ist es ja umschifft worden! — und Du hast den Südteil der Äußeren Erde!« (Und sieghaft ›bewies‹ er mirs weiter, aus ›meinen eigenen Autoritäten‹ : »Zur Zeit, da Quintus Metellus Celer Prokonsul in Gallien war, wurden an der Küste von Armorica mehrfach Leichen von rothäutigen Dämonen angetrieben: mit Schnabelnasen, und Adlerfedern statt der Haare!« — ich kannte die Stelle im Pomponius Mela wohl: aber die Phantasie dieser Leute! !). / Auch: »Hat nicht Eratosthenes bestätigt, daß das Mare Caspium ein Busen des Nordmeers sei?« / Dann die alten Witze gegen Antipoden. — (Anstatt einzusehen, daß die Welt der Erscheinungen anfänglich verschiedene naive Erklärungen erlaubt; allmählich aber, je größer der durchforschte Raum wird, treten Phänomene auf, die dergleichen Träume nicht mehr gestatten!).

»Du hast alle diese — zum Teil nicht unfeinen — Einwände: *selbst* ersonnen? ? « : »Nein. Mit meinem Vater« : »Soo : *mit Deinem Vater! !* « wiederholte er verzerrten Gesichts (biß auch die Unterlippe zurück, die eben ausplaudern wollte).

Und die Streiche fielen, daß unsere Zungen klirrten: Unwürdige Vorstellung der Heiden von ihren Göttern? : Kümmert Euch um die Erotika des Hohen Liedes, und alttestamentarische Huren / Widersprüche der antiken Mythologien? : Klärt erst mal Eure in den Evangelien! / Eitles Götterpack? : Aber wenn sich ungelernte Tischlerjungen Haar und Bart salben und kräuseln, was? / Überhaupt: »Ist Kosmas nicht eigentlich Nestorianer? ! « (scheinbar harmlos; aber *das* Messer saß, so bäumte sich der fromme Alterszwitter auf: »Das tut wohl wissenschaftlich nichts zur Sache! — Es giebt ja viel schlimmere Ketzer! ! « und wies stammelnd vor Wut so etwa auf mich: ! — Waren *seine* Lästerungen des ewigen Olymps etwa sachlich gewesen? : »Nur, daß sein Bild nich auch mal von Justinian ins Kopron geworfen wird: geht ja schnell bei Euch!«).

»Ich bedaure übrigens, den Unterricht durchaus abbrechen zu müssen! Wichtigste Arbeiten im Dienst unserer Mutter

Kirche — — « (und hämisch wogte sein Maul: von mir aus gern! Ich weiß längst genug von Eurer Kultur: wem *die* Probe noch nicht genügt! — Formelle Neigung zu Agraule: die dippte hastig den Kopf: ›Ka—pel—le‹ !) . —

Stumpfe Mongolengesichter machte die Sonne aus dem Nebel; wäßriges Licht teichte umher; drüben von der Tenne stäubte's im Pumpertakt (bin ja bloß neugierig, was los ist!).

Vor der Kapelle: Im flachen Matsch stehen, wie in geschmolzener Zeit; am Hutrand hing still ein milchiger Tropfen (ich faßte zweifelnd die schwammige Luft an, und sah dann unentschlossen herum: giebt noch mehr Nebel!) :

: sie warf sich schnaufend an mich, krümmte sich vor Anstrengung, ihre Blicke rutschten von allen Gegenständen ab: »Ochch! ! ! «

Der eisige Windstoß wollte uns beide skalpieren. Er packte Agraule beim Schopf, daß sie die Stirnhaut zusammenbiß, und sich an mich duckte; guillotinierte von hinten — und sie floh entsetzt vor uns her, schwere Schwarzflammen ums ganze Gesicht: »Komm mit rein! : Iss sicherer!«

»Wo bistu eigentlich hergekommen? ! « : der ›Gute Hirte‹ stand plötzlich seitwärts im Raum! Und dahinter ein dunkler Klaff, in den ich ohne weiteres hineingestürmt wurde: »—Zieh zu hinter Dir!« —

Mit platten Händen an die Wand gefallen war sie: im breiten ledernen Stirnband glomm ein Tonlämpchen; ihre Zunge schlug blindlings zu, ihre Worte schallten auf mir:

»Der Gang?« (ging die Atempfeife): »bis in die Villa: die Säule iss doch *hohl,* Mensch. Mit ner Schneckentreppe im Innern. — — Nee: Familiengeheimnis; Gabriel hat keine Ahnung!«. Die Einäugige jappte am ganzen Körper:

»Gabriel: hat gestern vom Magistrat in Salmydessos irgendwie rausgekriegt: daß bei Euch n berüchtigter langgesuchter Großketzer lebt. Gegen den noch n altes Urteil zu vollstrecken ist! : Und Du hast ihn auch belogen! Da hat er gestern Abend noch n Eilkurier nach Byzanz abgefertigt: heute Abend kommt die Polizei!«

»Dein Vater iss auch geliefert: wegen wissentlicher Beherbergung eines Verbrechers. Auch ›Vermögenseinziehung unter dem Vorwurf des Polytheismus‹ hat er vorgeschlagen —« die schmale Brust keuchte langsamer:

»Nein! : sie müssen sofort beide fliehen! — Halt: Lyko! ! « :

»Pappa läßt Dir sagen: Du mußt hierbleiben! Dein Vater soll aber sofort das hier unterschreiben —« stieß noch im Re-

den den Stein auf, und schob mir das Elfenbeinröhrchen wie eine Stafette in die Hand. Warf mir in fliegender Eile, Wiedergutmachung, ein Dutzend Streichelfinger ins Gesicht. Dann drohend-treuherziges Fauchen: »Willstu wohl laufen, Nihilist! ! «

Wolkenfratzen galoppierten ringsum: windzerfressen, Graujauche speichelte: fahrt zur Hölle ringsum, Götter und Himmelserscheinungen! (Aber das zottige Pack blieb und sabberte weiter).

Voll braunglitzerndem Schleim: flog die Straße vor mir her, und ich trommelte rasend darauf entlang (und wenn mir die Waden platzten; oben bleiche Feuchte, zog der hängende Schneckenwanst weiter seine Schleimspur, amöbte und schlurrte: 25 Stadien in 15 Minuten!) :

»Wo ist Eutokios! ! « (»Ja, oder mein Vater, ist egal!«)

Sie lauschten immer noch: — ihre Arme ragten aus der Tischplatte — dann wandte er sich scharf ab — »Wohin? : Meister! ! « — der greise Emigrant sah nicht mehr her: »Pakken!« (erbarmungslos!).

»Im Ruderboot? Jetzt im Oktober? ! « — Oder durch die Schluchten des Hämus? : »Da finden Sie uns sofort mit Hunden! « —

Halt! : Da! ! : Fiels auf mich ein! ! ! : Das Schmugglerschiff! Heute Abend ! ! — — Und mein Vater nickte bald: gut, zum einstigen Schwiegersohn nach Cherson. Erstmal. (Etwas Wäsche und ein Bücherkistchen. »Geh sofort Lyko, und erledige das! — Falls es nicht klappt!«).

Die Sonne machte sich schlammigere Teiche; Fetzenfische hasteten; qualligquallig: Alles bewegte sich oben. (Und ich unten; der Regen wusch und schwarz und grün und Zäune und Zotten).

Im Schatten von vorbeieilenden Fässern: könnt man, Diogenes, wohnen; liegenschnarchen; christlich lauern; zu Stuhle gehen; (meinswegen auch Dithyramben schmieden oder ›knieebeugt‹ machen; hinter Fässern. Aus der Mauer zeterte leise das Küchenrinnsal).

»Gee — lonn! ! — « : er hörte mißtrauisch zu und schwankte erst lange: das war riskanter als ein bißchen Schmuggelei! (Und ich verhehlte ihm keine Gefahr!).

»Also beim Nordkanal die dritte Einfahrt rechts?« (Dritte vom Meer aus gerechnet!) »Wir holen Euch mit dem Langboot ab: aber *ganz* wenig Gepäck, Du! Und geschwärzte Gesichter, wenn ich bitten darf! — Ja, meinetwegen auch Kapuzen mit Augenschlitzen: und pünktlich! Wir fahren bloß zweimal hin und her!«

»Noch eins, Gelon! : In seinem Gefolge befindet sich ein Zollbeamter, sein schärfster Spürhund: als Priester verkleidet! Mit dem Spezialauftrag, *Euch hier* zu kontrollieren! Wenn Ihr ihn in der Nähe rumstreichen seht, wißt ihr Bescheid: sags weiter!« er machte bereits Fäuste vom Umfang eines Kinderkopfes.

Ein Zaun im Nebel? : Skias onar anthropos; umbrae somnium homo: eine Grenze. Also voltigierte ich rücksichtslos über das neblige Gesetz!

Ich ruderte den Kahn, endlos durch immer enger werdende Gräben, wie gut, daß ich alle Biegungen kannte, so dicht wie möglich ans Haus: blieben immer noch 1000 Schritte (wenn nicht mehr; und der Nebel wurde dichter!).

Pflöcke und Leine! : Ich schlug sie mäßig ein, und spannte sie – die Nacht war feucht genug – ganz locker. Sträucher hatten sich in der Trübe um mich zusammengerottet: wo war jetzt der Ausgang? (Eventuell noch irgendwelche Winkel bestimmen? –).

Letzte Gespräche (zwischen aufgerissenen Schränken und ärmlichen Säckchen. Mein Vater trübe und gebeugt! Eutokios kalt und aufrecht; fast Freude des Umziehenden? ?):

»Hat das Unterschreiben überhaupt Zweck?« – in dem reichgeschnitzten Zylinder das kalligraphische Blatt: mein Vater hatte mir angeblich bereits vor 3 Jahren das Gut übertragen! Mit notariellem Siegel und 2 Zeugenunterschriften (alle von Anatolios' Personal sicher). / »Ist doch sinnlos!« (Eutokios): *»bereichern* will er sich an uns: wie wunderbar kann er sich arrondieren!« / Ich (mir fiel eine Bemerkung Agraules ein): »Nein! : er legt – zumal im Augenblick – allergrößten Wert darauf, besitzlos zu erscheinen: damit widerlegt er jeden Ankläger!«

Und wie sorgfältig Alles verschnürt war: » – das ist kein Blitzeinfall gewesen: das hat er stundenlang vorbereiten müssen – : noch einmal, Lykophron: *was* hat das Mädel genau gesagt? ! – « / »Ja: warum läßt man uns *überhaupt* warnen? ! ! «

»Tja – dann giebt es wohl nur *eine* Möglichkeit! : – –« verstummte, sein Gesicht wurde scharf; einmal sah er flüchtig zu mir herüber; rechnete wiederum: – – und lachte kurz und gellend auf: »Pffff: klar! : Mensch! ! ! – – Geh mal n Augenblick raus, Lyko – «. –

: »Du wirst wahrscheinlich Agraule heiraten sollen – « (Eutokios sachlich; schob auch schon abwehrend die Hand vor: ichweißichweiß): »Du mußt Dich opfern! : nur so kann unsere finanzielle Grundlage, das Gut – *scheinbar, ich*

weiß es nicht genau — erhalten werden!« / »Sie hat eingestandenermaßen von ihrem Vater den Auftrag, Dich — also uns — zu warnen —« (und die sich ergebenden Korollarien; er suchte mich schwerfälligen Auges ab, scharf, ironischer, wurde stiller; traurig; nickte (schon wieder beim Packen). / »Ach was! : er kriegt als Schwiegersohn n graden unverdorbenen Burschen, wie er ihn in ganz Byzanz nicht wieder findet: die Typen aus ›seinen Kreisen‹ kennt er nur allzu gut!«

»Gabriel von Thisoa? : Wenn ich ihn haßte, könnte er mich vielleicht noch vorschriftsmäßig lieben — aber so haßt *er mich* — das geht selbst über Christenkräfte!« / »Und vergiß die Mondfinsternis am Siebzehnten/Achtzehnten Elften nich!«

»Wir? ? : Wir gehen durchs Kaspische Meer nach Persien!« (Vom Tanais aus führt ein 3500 Stadien langes See- und Flußsystem durch schilfreiche Sümpfe, Bifurkationen und moorige Weiden bis ins Mare Hyrkanum: der halbe Indienhandel geht ja habituell diesen nördlichen Wasserweg! Schon Seleukos hat die Fahrt mit einer Camarenflotille gemacht. — Sogar der große Oxianus Lacus, noch weiter im Osten, hängt damit zusammen, so daß man den Jaxartes oft den ›Östlichen Tanais‹ nennt: Alexander hat seinerzeit mal aus Spaß von Baktrien aus Gesandte *zu Wasser* ans Schwarzmeer geschickt: im Herbst fuhren sie ab, und waren im Winter wieder zurück; brachten auch zur Bestätigung Kaufleute aus Kertsch mit).

Wie weiter? : »Na, zunächst zur Insel Talka, dicht vor der Südküste.« (Feueranbeter: auf einer Landspitze dort steht ein kleiner Tempel, an dessen Altar aus einer großen Röhre immerwährendes blaues Feuer hervorbricht, das die Hand nicht versehrt. Mit hohem singendem Ton. (Wie damals im Massiven; aber die war silbern!)). / »Dann weiter über Zadrakarta zur Universität Madain; ich hab da Bekannte genug unter den Dozenten: von früher noch!«. (Feueranbeter? Reinster Dienst? : »Ja; nachts bricht die Flamme aus der Kuppel des Gebäudes hervor: sieht phantastisch aus! — Andrerseits nehmen sie auch wieder rituelle Waschungen mit Kuhurin vor, und treiben leidenschaftlich Seeräuberei — ich sag Dir s ja: wie s in frommen Köpfen aussieht, können wir uns einfach nicht vorstellen: da ist irgendwie eine achselzuckende Schranke — «) / »Oh, wir müssen uns beeilen! : November bis April ist dort oben Alles zugefroren!« (und packen, packen, packen; ich stemmte indes das vermauerte Wandfach zum Geld auf).

»Du versuchst jedenfalls zunächst das Gut zu halten! : Wenn alle Stränge reißen sollten, kommst Du irgendwie nach. Unsere Anschrift hinterlegen wir bei – nein: nicht notieren! Nichts schriftlich! – bei ›Ssalal–ad–Din; Rektor in Madain‹. Auch eventuelle Geldsendungen, ja.«

6 Uhr abends: Wir verließen die zerfleischten Räume (in lichtgrauen Mänteln: dunkles Geäst drauf geteert, zur Tarnung).

Zum letzten Mal durchs Hoftor: mein Vater! ! Er mußte sich eine Sekunde am Pfosten weiter fassen, krümmte auch den Mund und spie Tränenrotz (während Eutokios Flüche dachte) – – : »Iss das nich – – « : Pferdegetrappel ? ? –

Der Nebel: war grausam und kroch. Rollte und wellte und kroch. Übern Sand – »Moment!« / Langsam fuchtelte Grauweißgrau. Eine zinnerne Scheibe, Wassergalle, schwappte aufs abs. Totenköpfiges löcherte: verflucht? : Gebell? ? ! ! (Erstarrung oder Totschlag) –

Aber es war Parpax, der Alte! : ich zupfte mit fliegenden Fingern am Schinken und stopfte ihm den leise trommelnden Mund, ›ja, guuutes Kerlchen: sosooo‹ – er nickte, machte ein paar freundliche Gebärden und verblaßte wieder – – »Nein, die Pflöcke rausziehen! ! « (Und Eutokios: »Guut, Lyko! ! « – wenn *ers* sagt, *bin* ich gut!).

Gemisch dreier Elemente: im dicken Abendmorast. Ein Baum tastete sich knirschend heran, wir stolperten uns in die Zweige, Wasser rann von uns – schlugen uns zitternd zurück: verflucht, nimm Dich zusamm' !

»Nein: schief! – Der Proviantsack muß nach Backbord!« (einstemmen, die Brust ran, das schwarze Flattertier der Nacht schwebte über uns; einmal hatten wir eine Heh-Stimme gehört).

Eine Einfahrt links: Wind drückte mit kalten weichen Händen ums Gesicht; zweite links (jetzt mußte sofort eine rechts kommen: ? – – : gut!) ; hoffentlich haben sie schwarze Segel am Schiff; die dritte links: und das Ruder durchziehen! – –

»Mensch: Tempoooo!« : Gelon zischte dampfpfeifig, im Bug des Zwanzigrudrigen Langbootes. (»Quatsch: erst die Säcke natürlich!«).

Eutokios sagte: »Noch einmal siegen die ewig Unheilbaren. Die nicht begreifen können, daß die 100 000 Jahre der Metaphysik vorbei sind, und die der Physik angefangen haben: Wir, Lykophron, wissen, wohin wir gehören!« – Er schwenkte die Knochenhand hoch, würdevoll, eine strenge Raumkurve – und ich riß den Kopf: da standen wir: Menhirs in christlicher Nacht! – (Wind schob sich gleich dazwischen; unsere Boote jankten; Blödheit der Geräusche; ein Fluch schlitzte mir den Mund: erzeugt Paradiese: aber ohne Mich! ! (Möchten die Christenpriester einst Gleiches erfahren! Unsere Rächer trinken zukunftssicher ihren Kumys im Imaus!). – – –

Im Traumsumpf molchten Nebel herum (daheim störe ich jetzt nur die Haussuchung: also zur Hütte. – Oder noch warten – –)

Warten: der Nebel wurde dünndicht, dünndicht. – – Warten – –

Da! ! : ein Stern beschrieb eine Parabel am Himmel: rot, also das Zeichen, daß sie sicher an Bord sind! – (und ich floß langsam, rechts-links, durch die Priele) –

Ich robbte unhörbar die Sandbank hoch: – – : »Agraule!« (und die Hand vor ihren Mund! Wind schlug auch um sich, daß uns die Fetzen der Luft um die Ohren klatschten: »Lyko ! ! «)

(*»Ganz leise, Mensch:* 20 Schritte entfernt stehen die Sänftenkerle! – «)

»Drüben an der Ecke waren zuerst noch 2 Fischer« (also Schmiere stehen!) : »die haben, als sie uns sahen, Gabriel, als heiligen Mann, gebeten, doch mitzukommen: in einem Schuppen, 5 Minuten landein, befände sich ein Todkranker. – ? : Ja, er ist sofort mitgegangen!« (und sie erschrak vor einem hysterischen Kehllaut).

»Oh, Du mein Widersacher!« : sagte sie kraftlos – und kam mit; pfropfte mir tapfer ihr Fäustchen in die Hand, und kletterte zaghaft hinten rum – bis sie endlich ganz an mich rutschte, und sich zufrieden festhielt.

Windrassel im Ried; ein ›wo sind wir eigentlich‹ (bei der Jagdhütte natürlich! Sie tastete sich hinein, am Geländer meiner Arme. »Bloß kein Licht: der Nebel steigt ohnehin schon!«).

Auf Decken: sie nahm meinen linken Arm und wickelte sich hinein:

»Morgen Vormittag werden wir getraut: Du kommst um 11 zu Uns. – Nö, n fremder Kaplan!« / »Sofort nach der Trauung kriegst Du unser Gut übergeben: Wir leben hier! Pappa meint auch, das Hofleben wär nichts für Dich, so Ambitus und Nepotismus, das will gelernt sein: Du bekommst allmählich die Aufsicht über die ganze Landmesserei in der Provinz!«.

Ihre Hand schmolz einmal über mein Gesicht; ihre Stimme feixte: »Du, das war gestern vielleicht kullig! : Pappa hat

Gabriel das lahmste Pferd und den doofsten Boten gegeben — und 1 Stunde später dann seinen besten Mann hinterhergejagt: er hat auch gleich Gabriel durch den Patriarchen versetzen lassen, in irgend einen unreinlichen Weltteil : Du brauchst ihn nicht mehr zu sehen! — Klar! : wenn er (Gabriel) nochmal auftaucht, hau ihm ordentlich eine rein: für mich gleich mit! : Pappa wird jetz offiziell Minister, da kann er gar nichts mehr machen — sonst läßt er ihn einfach zum Ketzer erklären, und in die thebaische Wüste schicken.« (Beim Gähnen hielt sie sich *meine* Hand vor! !).

Hätten sie mein Gut nicht einfach einziehen können? : sie schnaufte nur mitleidig: »Dann wär s doch an' Staat gefallen! : So behältst Dus, und meins kommt noch dazu — — so hat Pappa immer ›im Dienst sein Vermögen zugesetzt‹ ; und kann, wenn er will, bei ›seinen Kindern‹ wohnen.« —

Pause. Unsere Atem pendelten.

»Iss es denn so schlimm, mich mal anzufassen? ? ! ! « schrie sie schneidend — »Dann wirds allerdings fein! ! « und heulte einmal kurz auf.

Also: Griffe: wir verfilzten uns düster, wir waren Anfänger, mit Gesichtern; Wind mischte sich ein; Finger würgten und bohrten, meine Hand wußte mehr als ich — bis sie einen Gächzer tat und treuherzig bat: »Ich kanns auch noch nich. : Aber morgen Abend machen wirs richtig: bei Licht! Och!« / »Wir treiben am laufenden Band ab, Du« schwor sie entschlossen »und wenn ich ganze Sade*wälder* kauen soll! « . / »Du kannst mich ja als Feldmesserin ausbilden — ich mach *Alles* mit, Du!« und ihr großer Mund begann glücklich zu wellen — nahm ich sie also wieder höflich bei Bausch und Bogen; ich, von gelben Fingerschlangen überlaufen.

»Nu werd ich ne Landfrau — —« hörte ich sie tiefsinnig murmeln. Behaglich seufzen. — —

Ihr Körper ballte sich langsam um mich zusammen; Hände lagen weiße Brettchen; ihr Gesicht schlief auf mir ein, flach, mit verleimten Augen, schwarze Zottendreiecke sägten die niedrige Stirn.

Der Öltropfen des Mondes löste sich 'hutsam aus seinem Wolkenschlauch, zog sich lang, wupp, und schwebte nach unten. (Agraule im Schlaf: faselte mit hoher impotenter Stimme und lachte schnappend und widerwillig. Ihre Hände maulwurften tiefer um mich herum und nahmen mich weg; ich schob sie wieder ins Deckenetui, aber sie hielt, zähe Besitzerin, fest).

Rücksichtslos: würde ich Geld herauswirtschaften, aus dem neuen Doppelgut! Und Dreiviertel davon hinschicken: sie hatte genug grüne Schuhe! (In dem Schlafgesicht links begann es zu winseln: aus der Mundrinne schloff ein Flüsterhaspel; dann plättete sich die grauleinene Fläche wieder).

›*In 10 Jahren* wäre Gras über die Sache gewachsen‹ hatte sie behauptet: ›da könnte ich sie ja wieder zurückholen, *wenn ich durchaus* wollte‹ ! ! : Oh Captain, my Captain! ! ! –

Ihre Nase entschloß sich, fein zu schluchzen; erst süß und eintönig; dann derber – : und dudelsackte auf einmal gar munter: das würde ich also nun manche Nacht hören! – –

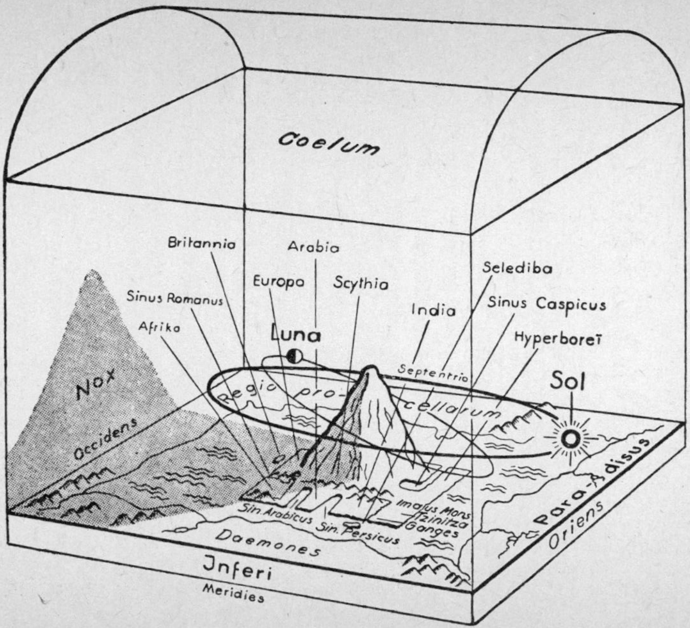
Coelum
Britannia
Arabia
Europa
Scythia
Seledība
Sinus Romanus
India
Sinus Caspicus
Afrika
Luna
Hyperboreī
Septentrio
Sol
Nox
Regio pro-cellarum
Occidens
Sin. Arabicus
Sin. Persicus
Imalus Mons
Tzinitza
Ganges
Para-disus
Oriens
Daemones
Jnferi
Meridies

Arno Schmidt
Zettels Traum
S. Fischer

Fischer Taschenbuch Verlag

Die Gelehrtenrepublik
Kurzroman aus den Roßbreiten
Bd. 685

Seelandschaft mit Pocahontas
Erzählungen
Bd. 719

Tina – oder über die Unsterblichkeit
Nachrichten von Büchern und Menschen
Bd. 755

Das steinerne Herz
Roman
Bd. 802

Sitara und der Weg dorthin
Eine Studie über Wesen, Werk & Wirkung Karl Mays
Bd. 968

Sommermeteor
23 Kurzgeschichten
Bd. 1046

KAFF auch Mare Crisium
Bd. 1080

Orpheus
Fünf Erzählungen
Bd. 1133

Aus dem Leben eines Fauns
Kurzroman
Bd. 1366

Nachrichten von Büchern und Menschen 1
Zur Literatur des 18. Jahrhunderts
Bd. 1164

Nachrichten von Büchern und Menschen 2
Zur Literatur des 19. Jahrhunderts
Bd. 1217

Fischer Taschenbuch Verlag

Literatur der Gegenwart.

Alfred Andersch
Mein Verschwinden in Providence
Erzählungen
Bd. 1400

Beat Brechbühl
Kneuss
Roman
Bd. 1342

Die Exekution des Mythos fand am frühen Morgen statt
Neue Texte aus Griechenland
Hg.: Danae Coulmas
Originalausgabe. Bd. 1398

Günter Bruno Fuchs
Der Bahnwärter Sandomir
Lesebuchroman mit Kapitelzeichnungen des Autors
Bd. 1396

Günter Grass
örtlich betäubt
Roman
Bd. 1248

Franz Fühmann
König Ödipus
Erzählungen 1954 – 1965
Bd. 1294

Lars Gustafsson
Eine Insel in der Nähe von Magora
Gesammelte Erzählungen und Gedichte
Deutsche Erstausgabe
Bd. 1401

Walter Kempowski
Im Block
Bd. 1320

Horst Krüger
Fremde Vaterländer
Reiseerfahrungen eines Deutschen
Bd. 1389

19 Erzähler der DDR
Hg.: Hans-Jürgen Schmitt
Originalausgabe, Bd. 1210

Hans Werner Richter
Rose weiß – Rose rot
Roman
Bd. 1399

Wie ich zuhaus einmarschiert bin
Kubanische Erzählungen
Hg.: Peter Schultze-Kraft
Originalausgabe
Bd. 1363

Gabriele Wohmann
Ernste Absicht
Roman, Bd. 1297

Gerhard Zwerenz
Kopf und Bauch
Die Geschichte eines Arbeiters, der unter die Intellektuellen gefallen ist.
Bd. 1360